觅建筑

曾 哲 著

这两年和中外建筑学者、设计师、建筑师、施工人员、建筑作品接触了之后，我滑稽地发现，我手中居然握着两支笔。扔掉，轻松了许多。原来建筑也可以用语言堆砌，也可以用语言编织，也可以用语言拼搭。建筑不仅有表情，还有目光，还会任意游走。

同心出版社
TONGXIN PRESS

图书在版编目（CIP）数据

觉建筑／曾哲著．
北京：同心出版社，2008
ISBN 978-7-80716-670-2

Ⅰ．觉…　Ⅱ．曾…　Ⅲ．纪实文学－中国－当代　Ⅳ．I25

中国版本图书馆 CIP 数据核字（2008）第 029071 号

觉建筑

出版发行：同心出版社
出　版　人：刘连枢
地　　　址：北京市建国门内大街 20 号
邮　　　编：100734
电　　　话：发行部：(010) 85204603（外埠）、85204612（本市）
　　　　　　总编室：(010) 85204653
E－m a i l：txcbszbs@bjd.com.cn
印　　　刷：北京画中画印刷有限公司
经　　　销：各地新华书店
版　　　次：2008 年 3 月第 1 版
　　　　　　2008 年 6 月第 2 次印刷
开　　　本：787×1092　1/16
印　　　张：16.5
字　　　数：285 千字
印　　　数：7001 ～ 19000 册
定　　　价：32.00 元

开头几句

開,在《说文解字》里的解释是:张也。两边是两扇门,中间一横是门闩,下面是一双手,两手打开门闩。頭,首也。门打开了,头露出来了,进不进由您。两年多下来整完这本书,虽叫开头,却是初稿末尾儿续文。至此,已是昏花老眼晕头转向。恰离2008北京奥运会开幕,整整500天。

晚上在新闻中看到,北京奥组委在首都博物馆隆重发布北京2008年奥运会奖牌式样。直径为70毫米,厚6毫米,镶嵌着中国古代龙纹造型的玉璧,金属图形上镌刻着北京奥运会会徽,挂钩由中国传统玉双龙蒲纹璜演变而成。金银,白青等级分明。

近日香山半坡上桃花正浓,独立院中央望过去,却是模糊得如云团朵朵,飘忽不定。银也罢,金也罢,白也罢,青也罢,罢在等待,罢在不定,为序。

工地角色

如钢、如木、如水、如火、如沙、如石、如混凝土、如空气、如搅拌、如定格、
如门、如窗、如墙、如是……

01　阿　端——1976年生，生日恰是一个伟人去世的那天。现职业："鸟巢"
建筑工地油漆工。粉刷油漆过北京数个高层建筑。终生最喜欢
一本书——《说文解字》。说话有点儿地方口音。生在河南，
长在邯郸。他认为，今天大部分人脚下都有两块土地：一地是
故土——生（诞）；一地是乡土——长（活）。

02　曾　哲——1956年生，北京市民，现职业：作家。本书撰文、采编、摄
影、结构设计装饰人。著有《远去的天》、《呼吸明天》、
《离别北京的天》等诗歌散文小说作品。

03　故　宫——1406年兴建，又名紫禁城，600年的记录者，职业：故宫临时
话语者，喜好楹联。历经24个皇帝。占地72万平方米，房屋
9999间半。世界最大的古代宫殿建筑群。

04　朱小地——1964年生，北京建筑设计艺术研究院院长，总建筑师。主持的
设计作品：海南寰岛（泰得）大酒店、南天大厦、深圳文化中
心、SOHO现代城、万科西山庭院规划、奥林匹克公园景观规
划与设计等。

05 **吴之昕**——1945年生，中信建设国华国际工程承包公司·国家体育场（鸟巢）项目部常务副总经理兼总工程师。工程作品：中国国际贸易中心、关岛凯悦大酒店、香港民航署飞机导航台钢结构工程等。编译著有：《建筑企业经营管理》、《建筑装饰工长手册》、《现代建设工程组织与管理》、《房屋建筑结构设计》等。

06 **胡　越**——1964年生，北京建筑设计艺术研究院总建筑师，五棵松场馆总工程师，中央美术学院建筑学院教授。主要作品：英东游泳馆、奥林匹克体育中心、摩洛哥游泳馆、北京国际金融大厦、秦皇岛体育馆等。

07 **刘自明**——1956年生，北京市民，诗人。文学理论、建筑学理论编译人，自由撰稿人。编著有《东方地平线消逝的建筑》、《建筑，你的名字叫晚霞》、《文学堕落后的建筑使命》等。

08 **董豫赣**——1967年生，设计师。他认为公文简历过长无度，故自简：北京大学建筑学研究中心副教授。写过一本书，盖过三个房子，参加过一些展览，发表过几十篇文章，如今转向中国园林研究。

09 **赵小钧**——1962年生，"水立方"中方建筑总设计师、中建国际（深圳）设计顾问有限公司总裁。作品：济南奥体中心、高交会馆等。

10 **白天仓**——2007年3月13日诞生，中国神话传说中的人物。白泽：通晓天下鬼神万物模样，可使人逢凶化吉。刑天：地球的敌人，握盾持斧与天帝厮杀，被断脖颈，头颅落地，仍大怒不服，以乳头作眼，肚脐作嘴，继续呐喊战斗。仓颉：中国古代神话传说中黄帝的史官，创造发明了汉字。三位一体：白泽·刑天·仓颉，简称：白天仓。

11 **厕　所**——出生不详，人间比比皆是不可或缺，上至总统高官下至百姓乞丐。为食五谷者，排忧解难，化内急为轻松，存逢源而左右。

目 录

工地 一　金

阿 端：

《说文解字》金：五色金也。黄为之长，久埋不生衣，百炼不轻，从革不违，西方之行。从土，左右注，象金在土中形。

俺这么理解的：锅碗瓢勺，居家必备。若说黄金，当是金属中最上等的，没啥说的，金在很多意义上特别指黄金。不像其他金属，黄金这东西长久埋藏在地下也绝不会生锈；永恒地闪耀财富闪耀梦想闪耀光芒。就是经过数百次的熔炼锤打也不消耗，也不减轻；你有什么意愿，就顺从你的意愿，想变成什么形状就变成什么形状，变了改改了变都无伤本质。因为金，人类有了战争；因为金，人类更加贪婪；也正因为金，人类有了进步。金为五行之一。青金铅、白金银、赤金铜、黑金铁和黄金都包括。俺们一般说的金，指的就是金属。锅是吃饭的家伙，不可少。

进入 21 世纪，中国的奥运建筑，它的含"金"量，世人瞩目。

荣光，北京奥运会场馆的建设者，俺是千千万万中的一个。揣着这份心情到今儿个，越捂越热。来北京的那天，俺闺女出生嘞。在俺的脑海里，逛荡的尽是俺闺女的哭声。时间长嘞，像嘎嘎嘎笑嘞。这些日子，她娘俩总骚扰俺，你看看俺手机上她俩的骚扰短信，一句话三字连成长串：多咱回多咱回多咱回……后来俺电话回去，给她们讲了道理。短信就变成：盼奥运盼奥运盼奥运……盼着奥

运会早点召开，盼着俺早点回。眼下忒好嘞，俺获得嘞8天假期，排队排到俺嘞，俺要回去看俺闺女嘞。俺闺女再过16天，足足实实三岁，该是炕里炕外爬上爬下欢蹦乱跳嘞。

明天就新年嘞，这会儿还赶上亲戚发来嘞对月帖，也就是娶嫁帖。亲戚家的闺女要出门的，在2007年1月26号那天。日子是个易学老先生根据女命出嫁大利月算出来的，那闺女属耗子，女婿属马。俺得凑这个热闹，还得送大爷大妈去"暖炕"，老俩口要在新人的炕上躺一躺，图个吉利。俺的礼品是北京的糖果，有红双喜字的那种，和一双红色崭新皮鞋，闺女回门不能穿回头鞋，要穿新鞋。

俺家在河北南部，是四省交界的地方，出茶叶产甜橙子。邯郸城日新月异气象万千，大街小巷建筑物比北京比不上，可大楼也海嘞去嘞，长途通信大厦是城里最高的建筑物嘞，夜黑个，亮刷刷的红的黄的……灯光，比俺们用的油漆颜色还杂花，好看煞嘞。

你说过嘞俺们的语言好听，你是喜欢，可俺不地道嘞不是原装嘞。不是原装但不是假冒伪劣嘞，俺就河南河北掺和着说嘞。

你说的有根据，你说多煞煞成语，历史上都是俺们邯郸那地面产生的。看嘞，像奇货可居、价值连城、负荆请罪、毛遂自荐、一言九鼎、黄粱美梦、

邯郸学步。好像邯郸城附近现在还有个黄粱村，邯郸学步那更是家喻户晓嘞。

你老问俺对"鸟巢"和"鸟巢"西边"水立方"这俩奥运场馆的看法，让俺隔皮断货啊。一次两次三次，把俺问得瞎马临池嘞，没办法寻章摘句应付着说吧。

就从邯郸学步这个成语说开去吧。邯郸学步说的是，战国那时节，赵国都城咱邯郸人的走路姿势美轮美奂——这原本是形容建筑的，搁这也将就，潇洒得很嘞——俺？俺差远嘞，俺是俗话红配绿的产物，俺的骨血底子还是河南一脉，生父是个民间油漆匠。

曾 哲：

这如今各种本位很多，金本位该是老祖宗了。金本位就是拿黄金来做本位货币的货币制度。除了前边阿端解释的，金属还要具备下边的特征：有光泽、有延展性、容易导电、容易传热等，除了汞以外，在常温下都是固体。老话里有金乌西坠一词，金乌指的是太阳，传说里讲太阳中有三只爪子的鸟。这和金属没关系，但在西方和一个坠落和一个升起密不可分。最近美国《物理学评论》杂志刊登了美俄科学家合成了118号超重元素，是用高速钙离子轰击处于旋转状态的锎所得到的，出现时间仅有 0.9 毫秒。金属的家族会越来越振兴，越来越庞大。这个庞大恰恰证明了阿端说的，对

金的认识，是人类的进步。看来有些东西是需要抨击或轰击，才能真相大白。但又不免瞎琢磨，人类对金属的定义，是不是要有所修改了？有些事物我们看不见，事实就是如此。所以说，看见一个事物比想象一个事物更难。

中国最大的金殿在昆明鸣凤山，总重 250 吨，是座重檐飞阁仿木结构方形建筑，殿高 6.7 米，

宽、深各 6.2 米。梁柱斗拱、瓦楞顶檐、神像罗幔、桌案瓶器、匾楹旌旗、层面、门窗、盘龙、装饰等，全都是用铜铸成的。记载为平西王吴三桂 1671 年建的。这幢重檐歇山式铜殿正中的真武像面如吴三桂，俨然一副皇帝模样。看样子，"金"还可以铸造野心。

金是金又不是金的时候，它承载着坚硬、顽固不化、凝神、凝望以及凝聚力所有的品格。

这两年和中外建筑学者、设计师、建筑师、施工人员、建筑作品接触了之后，我滑稽地发现，我手中居然握着两支笔。扔掉，轻松了许多。原来建筑也可以用语言堆砌，也可以用语言编织，也可以用语言拼搭。建筑不仅有表情，还有目光，还会任意游走。

就人类这个种群来说，是思维让我们在混混沌沌的大千世界里脱颖而出。许多事物，经过大脑的过滤，就可无限制地放大，也可无限制地缩小。这种缩小和放大与狭隘和豁达有关。与此同时，诞生嫉妒的阴谋和争端的残忍。艺术不仅不期而遇，还无节制地夸张，粉饰一切可以粉饰的。心灵在凸凹镜上，崇尚真实，崇尚勇敢，崇尚纯洁，崇尚无私，崇尚善良，崇尚返璞归真。意识到的时候有点晚，成败也萧何。

但不管怎么说，人类在这个过程中享受了一切。从洞窟的居住，到今天的高楼大厦；从角斗场、大浴池，到今天的"鸟巢"、"水立方"；从金字塔、泰姬陵、峭壁悬棺，到今天的灵堂、公墓、火葬场。结果，思维在膨胀中畏缩，入土或升天。死亡，不变。心劳日拙以为掌握了，实际什么也掌握不了。

不能指望一个 S 球就大获全胜，刘翔也有磕栏的时候。央告谁也没用，小开门大开门都得有，不仅得自己个儿背地里使劲儿，脑瓜子还得灵泛，那才能要春有春要秋有秋。

　　突然一天，人们对建筑感兴趣了。实际上也不突然，当改革开放让兜里有点钱后，大部分人开始观望自己的蜗居，也许这就是发端。再后来，国家有了钱了，就开始注意街道市容，注意建筑物了。

　　建筑是建筑，建筑物是建筑物。

　　建筑是门艺术，是诗，是凝固的音乐，谁都这么说，还说是物质的实体，也是精神的作品。在意大利，听说建筑属于文学艺术门类。这要搁在中国，是文联的管辖，应该叫建筑协会之类的。

　　中国美术学院前身是国立西湖艺术院，是1928年蔡元培先生倡建的。除了国画、油画、雕塑等还有建筑专业。1952年全国高等学校院系调整时，实用美术系并入中央美院，建筑专业并入上海同济大学。

建筑的观念体系和审美思想，会尽善尽美地表现出建筑的那个时代。这话没大错，但也会留下一些教训。建筑是艺术没错，但很挥霍空间。

亨德里克·威廉·房龙讲过："大自然通过世间万物为人类显示感知，人类则对自然万物作出回应来表达自己，这种表达就是我们所说的艺术。艺术是人类共同的追求。"就像建筑是建筑一样，引用只是引用，归纳只是归纳，追求也仅仅是追求。

建筑还有，严格。"天子之堂九尺，诸侯七尺，大夫五尺，士三尺。"中国的先秦时代，把人和一个住房建筑，等级规范得如此这般细致。

今天没了等级，成为了公民设施。

故　宫：

我还有一名字叫紫禁城。现在有人称故宫博物院。在北京内城的中心，是明清两代的皇宫，前后有 24 个皇帝在这里居住执政。也是我国现存的最壮观、最完整的古建筑群。明永乐十八年（1420 年 12 月 8 日）建成，有 580 多年的历史了。史上整修过很多次，现在的大部分是清朝前期重建的。

故宫东西宽 750 米，南北长 960 米，占地 72 万平方米。围墙 10 米多高，护城河 52 米宽，城墙四角各有角楼，殿堂屋宇 9999 间半。大多是木结构、黄琉璃瓦、青白石底座。宫殿南北取直，左右对称，沿一条南北的中轴线排列开来，威严壮阔缜密。故宫分内外两部分：外朝以太和、中和、保和三殿为主体，是举行盛大典礼和行使统治权力的场所；内廷以乾清宫、交泰殿、坤宁宫后三宫为中心，是皇帝和后妃们衣食居住与处理日常事务的地方。

要是来参观我故宫，可分中路、东路、西路。

太和殿就是俗称的金銮殿，是最大的殿。高35米，东西长64米，南北宽33米，72根巨柱支撑，皇上登基，颁布重要诏书，公布新进士黄榜，派大将出征，举行重大庆典都在这里。1915年，窃国大盗袁世凯复辟帝制，就准备在这里举行登基大典。83天，一个皇帝梦。

太和殿的"太和"，说的是宇宙的一切关系都得到协调和谐。殿内御额"建极绥猷"。绥的意思是安好、安抚；猷的意思是计划、谋划。

这有一联是乾隆题写：

帝命式于九围，兹惟艰哉，奈何弗敬

天心佑夫一德，永言保之，遹求厥宁

解释一下：上联说治国的艰难，时时刻刻不能大意不能掉以轻心；下联说只有同心同德，大家才可以得到安宁。

朱小地：

建筑师将自己个性的思想纳入理性的设计之中，必须具备准确的想象能力。在

　　长期的设计工作中，我逐渐形成了将复杂的设计首先进行理性整合，从而使题目在新的理解层面上形成某种秩序性，然后再寻求感性突破的契机，最终使方案呈现出张力的设计方法。

　　现代人对建筑空间的认识和需求，并非等同于建筑师在做设计时对空间和体形的完整把握，这使我重新审视自己的建筑观，并从以前追求完整空间的静态和形式表现调整到激发观众在空间中动态的心理体验，将建筑与人作为建筑学的两个方面同时加以研究，由此探寻在理论和设计方面的新突破。

　　关于北京的奥运场馆，北京的北部，有以奥运公园为核心的四个主要项目：国家体育场也就是"鸟巢"，国家游泳馆"水立方"，国家体育馆，国际会议中心，四个都是国际竞赛的场馆，主设计方都是国外的。北京的西部有：五棵松文化体育中心就是篮球馆，老山射击馆，老山自行车馆。旧场馆改造的有：首都体育馆，工人体育馆，工人体育场，还有北京科技大学体育馆，北工大羽毛球馆。另外还有青岛的奥运帆船比赛中心。

　　为您提供几个采访对象："鸟巢"的李兴钢，电话略。"水立方"的赵小钧，电话略。国家体育馆的王斌，电话略。国际会议中心的姜维，电话略。老山射击馆的庄惟敏，电话略。五棵松文化体育中心篮球馆的胡越，电话略。这几位都是以上项目的设计师或建筑师。还有建设部的周干翅，电话略。青岛奥帆委的谢均，电话略。清华大学的彭培根，电话略。

　　赫尔佐格与德梅隆事务所他们在国际上属于前卫设计师，做一些试验性的，带有标新立异的设计。"鸟巢"的设计本身从建筑学来讲，我觉得有值得肯定的地方。就是说限定在这个概念下，只

能说限定在这个概念下。什么概念呢？当初中国人要求有一个可以开启的盖，因为所有的体育场都不用跨度的。体育场都是从后面挑出一个梁。它的结构是要从这边搭一个梁过去，等于好多个门式的梁编出的，就像一个线团绕来绕去，中间是空的，一点点挤出中间的圆来。它的结构是这样。

吴之昕：

奥运建筑创作设计，把国家体育场做成鸟巢的形状，这个概念设计是由瑞士的赫尔佐格与德梅隆建筑师事务所提出来的。这个设计公司以前在我国并不知名，这次拿"鸟巢"方案来中国投标，一下成了大手笔。这个事务所常驻北京有六七个建筑师，多数是德国人，其中也有华人，是德籍华人的第二代，年轻的德国籍的华人设计师。外方的结构工程师是英国的欧亚娜工程师事务所，提出结构的概念设计。中方的施工图设计单位是中国建筑设计院，主管的副院长叫任庆英，负责"鸟巢"的总建筑师是李兴钢，钢结构设计师是范重，钢筋混凝土结构设计师是尤天直，机电系统各专业的设计班子。上述三方组成瑞中设计联合体负责"鸟巢"的整个设计。

到 2006 年 7 月底，"鸟巢"工程完成的投资金额还没达到 50%。按照北京市政府的要求，要在 2007 年年底完工，接受北京市消防局等各有关部门验收，2008 年 3 月底完成竣工验收的所有手续。

国家体育场工期太紧，由于设计上的独特性，"鸟巢"的几个大的分部工程无法平行施工，钢筋混凝土看台结构施工阶段，不能拼装、吊装钢结构；而在钢结构吊装阶段，又需要有 80 个钢结构支撑塔架穿过整个看台结构，致使看台结构内的设备安装和装饰工程无法实质性地推进；看台外围上万平方米的基座结构，又必须在钢结构吊装完成之后才能开始土方开挖。因此，"鸟巢"的合理工期应该是 6 年，而从 2003 年 12 月破土动工，扣除 2004 年因设计调整停工近半年，到北京市政府要求的 2008 年 3 月竣工，实际上只有三年零九个月的时间。所以到了这项目上就没有时间休息了，没有时间过星期六和星期日。除春节休两天外，"五一"、"十一"都上班。我们"鸟巢"的建设者戏称自己的工作日程是"从周一到周七，从元旦到除夕"。其他的奥运场馆建筑工地，很少有时间接触，偶尔的机会

去开会,才走马观花地看看。现在在我的露台上,就可以看到附近很多奥运场馆。"水立方"的钢结构,看来已经基本完成了。

"水立方"这样的建筑,也是众说纷纭。我在建筑风格方面思想比较开放,对后现代的、前卫的建筑作品也还都能接受。有很多人,对后现代的、前卫的有排斥心理。关键是心态和观念。我感觉"水立方"也好,"鸟巢"也好,它的建筑创意是出类拔萃的,应该说是很有特色、很有视觉震撼力的。但是,我在国家体育场工程上干,在具体实施中就要面对很多有争议的问题,主要是造价、功能、实施模式等等方面。伟大的建筑有点争议很正常,甚至可以这么说,一座没有争议的建筑不可能成为伟大的建筑。我想说,国家体育场是一项举世瞩目的工程,选中了一个备受争议的设计方案,采用了一套突破传统的实施模式。为此我曾经也想写一点东西,但现在没有时间。

"鸟巢"是现今一项举世瞩目的工程,我想大概没有人会反对,因为这是事实。2005年6月,英国特许建造师协会副首席执行官麦克·布朗访问国家体育场时,正值伦敦在申办2012年奥运会主办权中胜出,他对我说:"当今世界上要看规模这么大在建的体育场只有在中国,你们承建国家体育场很了不起。你们建好了'鸟巢'后还正好可以赶上到我们伦敦建2012年奥运会主会场。"2006年,"鸟巢"被英国著名杂志《建筑新闻》列入令人惊异的世界十大建筑工程。

"鸟巢"独特的建筑造型对结构设计和施工提出很大的挑战,在工程技术上,要面对相当多的难题。现在说过难关,实际上有些已经闯过去了,但仍有很多难关等着我们去闯。我对"鸟巢"的建筑创意是非常赞成的,但对其结构设计和机电设备系统的设计,我认为还有很多值得商榷的地方,只是我们没有时间去"坐而论道"。总的来说，站在我们实施"鸟巢"工程的承包商角度看，我认为这个工程有点过多地采用尚不完全成熟的新技术，致使本工程实施的难度大大增加，需要承担更大的工程进度、质量和安全的风险。在过去的几年中，特别是在 2004 年，很多院士、专家对"鸟巢"的设计从不同角度提出过质疑；后来不少方面已经根据院士、专家们的意见对设计做了调整。但对"鸟巢"设计的争议并没有因为做了设计调整而终结，这种争议甚至在"鸟巢"竣工、29 届奥运会召开之后很长一段时间里还会继续。

胡　越：

今天由我来介绍五棵松体育馆的情况。

就是忙，上班时间都是自己定的，早 7 点到晚 7 点，没有休息日。整个一重体力加重脑力劳动。

我的小孩只有两岁，能腾出一点工夫和他在一起玩玩，真幸福。

人有追求好吧？其实越追求越苦恼。

上次来时就知道了吧，五棵松文化体育中心规划设计竞赛，是 2002 年举行的。尽管瑞士公司的方案与美国 SASAKL 公司的并列二等奖，结果却是他们赢了。

当然，建筑方案到了这一时刻仅仅是个开始，实施是关键。

这一方案中标后经过一轮又一轮的修改、优化，到了 2005 年我们拿出最终的方案时，不能说大相径庭也可以说是面目全非了。我给你的《建筑创作》里的文字中，有详尽的表述。

一波三折起伏有序。瑞士的方案中标后，马上面临的就是深化修改。

可这时候的业主没有，业主是采用法人招标的形式产生。怎么办？只能由海淀区政府代行。

没真正的业主，好多事都定不下来。就像打球总是和陪练打一样，无法上到桌面。可一切事物不进就意味着停滞倒退，北京建筑设

计艺术研究院作为瑞士公司的中方合作单位，开始介入方案调整。

北京院的主要工作是按体育工艺的要求对体育馆的平面做了整个修改。修改方案，得到了瑞士公司的认可。就在这时，业主产生了。对方案的修改更明确了，开始了真正面对设计上的难题。

应了那句话了：设计上的亮点，往往也是技术上的难点。瑞士公司的方案极具想象力，构思大胆，内部空间丰富，亮点颇多。

原方案将一个 6 万平方米的商业及文化娱乐设施，放在一个 18000 座位的大型体育馆屋顶上，这在世界范围内极为罕见。顶部有一个 10 米高的立体桁架，通过上部设施内部布置的 12 个双曲面体，将体育馆的屋顶和 6 层楼板吊起来。双曲面体在最初的设计中有四种功能：结构构件、采光、通风、消防排烟。还把上部设施的室内设计为一个连通的空间，共 7 层，每层楼板做成互不相同的自由曲线形，形成的室内空间，很像喀斯特地貌。

还在建筑的四个立面设计了四个各7000 平方米的 LED 大屏幕，毫无疑问是想成为发表传递信息的载体，成为一个观众可以内外观看比赛或表演的场所，平时兼做广告外墙。两大设施一起使用的交通问题是很大的，为了解决，体育馆观众入口不得不放到地下 8 米处。

这些特点，带来了巨大的技术挑战和巨额的建造费用。

先说交通问题。尽管多方优化，尽管拿出了解决方案，也仅仅是理论上的。一举行大型活动的时候，交通一管制，商业设施没法正常使用。

再有是结构异常复杂，消防、抗震等问题都不好解决。北京市消防局的专家看了后，认为这是所有奥运场馆里消防问题最难处理的一个。外面的大屏幕也存在光污染、高能耗、可视距离过远等等问题，而且造价过高，投入与产出极不成比例。业主觉得实施起来难度很大，造价也高，就要求北京院主持方案修改，这时的瑞士公司已变成了业主顾问。

北京院对体育馆内部交通流线进行了重大调整，增加了大型环形车道，优化了进入上部设施的天桥。体育馆和上部设施分为两大块考虑。体育馆再分成两小块，一块为特殊人员用房，一块为比赛大厅和观众休息大厅。上部设施也分为两小块，一块为中庭，另一块为使用空间。自由形楼板全部取消。这样一来消防设计问题得以圆满解决，但也付出了代价：室内空间效果荡然无存。

模拟检验结果，双曲面体的排烟作用很有限。原方案设想利用双曲面体为体育馆提供天然采光，可不符合奥运会电视转播的要求。在业主一再要求下，12 个双曲面体减少到 4 个。这样上部商业设施的空间更加完整，也节约了造价（一个双曲面体的造价达到数百万元）。外立面的大屏幕缩小了尺寸，变成一块小屏幕。2004 年，修改后的初步设计完成。

刘自明：

建筑需要态度，一种来源于建筑本身的态度，是物质和事实的沉思与表情
建筑原则很少永恒，不同的建筑师跟社会一并，都有着不同的作答和回应
永恒源于建筑表达理性和简化的秉性，建筑师的方案，与之关联固定类型
建筑循环反复，再同义复重。建筑未来取悦于无休止地跋涉和再跋涉自省
建筑是一个识别的过程，为了取得建筑的自治，理论基础要重建随时机警
社会条件的掌握，为了更清醒地入境，而不是以此作为决断或建筑的屈从
建筑功能可比作体形，一样要求发展结合器官的功能，变化同时要求神同
软弱的原则，含糊的因果，不能把形式，从它最复杂的渊源中，剥离出境
建筑并不拥有任何自主的价值但它们在等。不仅等还准备热火朝天地接应
美学观念塑造城市形象建立了它们之间的联营，却不能分析归纳优化继承
漂亮秩序的含义之途的确必经，对终极形式进行探究后，消失得无影无踪
现代主义者试图消除建筑形式提供的解题捷径，导致形式诞生过程的真空
形式诞生迂回的过程，是建筑影响阅读者审美观念的途径，途径开始发生

历史档案再一次堆积，自由表现过度纵容。嗜好失败者是一个又一个典型

城建中最重要是构成社区氛围和谐要求，人们可融入游玩购物活动和参谋
是为了民众，可以不间断新的体验新的持有，新的微笑新的生活新的交流
哲学的话题：建筑本体价值观的缺失和错谬。不仅是建筑还有文学的作秀
对它的回答仿佛预示着一些极易导致的趋就，或骂街式的尖损像泼妇老朽
或玄妙雾里不知所云艰深得难受，相信这话题，许多人都会感觉乏味烦愁
无聊不等于没有现象价值和审美追求。事实上，命题和解题过程白云悠悠
从逻辑的角度解读命题有两层内涵可叙旧，A是建筑的本体价值观的范畴
白云悠悠才有机会从容收获心灵建筑的冒险丰收，也可称之为艺术的行走
B是这一现象的缺失、错位和荒谬。A者客观存在则B者具有存在的理由
A者若不存在B者绝对虚构。A者本体、本体价值，本体价值观循循善诱
B者鲜明表达个性材料异构。缺失错位意味在本体价值观肆无忌惮地认购
在主观层面的存在，由于主客观的矛盾，造成实现中的错位变异直到死囚
本体即事理的原本可视针对现象而言的根本具有。本体论就是本体的追求
可以形成现象的艺术的本体是存在的虚构，但并没有根本实体，毋须迁就

现代艺术好像出现了困局，人的主体性解放最佳途径的天生特例就是取替
杜尚把小便斗赋予了位置和展期，称赞鄙弃都在完成创意。如看皇帝新衣
说他穿了背叛视力；说他没穿趋炎附理；无法取舍时选择跟着起哄是唯一
建筑和艺术有不同的价值取予。艺术的核心价值是自由价值，价值的自己
艺术活动中人有本能和潜在的实据；建筑的核心价值是生存，生存的质地
如壳于蜗牛如屋之人类如避淋之蓑衣，如孩子出生就会寻觅到乳房的真理
一种本体的价值无疑，是建筑最基准最原始最天赋的外因存在价值的剥离
孩子终究要告别乳头，去亲近麦当劳、肯德基，亲近海鲜鲍鱼，亲近香气
最终在各色食物间惘迷；就像珍珠翡翠白玉汤在生死交汇的空间显出见地
娃娃一旦成为皇帝，还有何必要搞懂饥饿与美食的意义。懵懂是成长专利
建筑与之同意。或许可以说建筑的发展之旅，自身就是在此路缺失了本体
人类抗不住发展的诱惑，很像夏娃难抗拒禁果的香袭。人类和伊甸园远离
自己建房子，并且因为有了艺术这一永恒的词语，建筑才发现了美的进取
与之建固难舍难离的暧昧情谊，建筑的价值观不可避免地挂上艺术的旌旗

董豫赣：

　　重读《巴黎圣母院》后断言：文学将杀死建筑。

　　雨果认为建筑术的发端与文字的发端并无二致，它首先是字母表。

　　人们竖起一块石头，就如同在石头上刻下一个字母，每个字母是一个象形文字，每个象形文字托起一组思想，如埃及的方尖碑、中国的城墙、罗马的凯旋门，它们分别是崇拜、防御、记功等单一思想的具体象形。

　　然后人们构词。人们在石头上叠置石头，把花岗岩的音节连接起来，尝试一些单字的组合，在语言叫词语，在建筑叫结构。如英格兰石环的楣梁体系，希伯来人墓穴的发券方式，以及回教国家的尖券。有了字词，书写则开

始从一一对应的象形字词，发展到复合表达的象征书写。

要表达的思想越来越多，建筑就越来越消失在象征之下，如同树干匿身在密枝浓叶之下，以至最初单义的纪念性建筑已容纳它们不下，它们勉为其难地表达着那些思想的象征。好在有宗教信仰的人们有的是时间与耐心来完善他们的建筑术与对应其间的观念，直到他们可以用一种永恒的、可见的、可触摸的方式把那些漂流不定的象征固定下来，直到它们可以在一个时代的总观念的指导下，写成这些奇妙的石头的史书。

在建筑起始的观念里，圣言，不仅存在于这些建筑的庙堂里，而且圣言本身就化身为具体的建筑。金字塔本身就是法老的谶言，圣约柜也是一种建筑，所罗门的神庙不仅是圣书的装帧，它就是圣书本身。在这所庙宇的每一圈围墙上，祭司可以读到明白晓示的圣言，从一个殿堂到另一个殿堂他们追随着圣言的变化，直至在其最后的栖身之地，通过最具体的形式予以把握。

假如雨果列举的这些例子过于简单还不够明白的话，我们可以考察一下爪哇国的婆罗浮屠，如此复杂的建筑也同样可以证明建筑如何就是圣书本身：在这个极其繁复的曼陀罗平面中，层层叠叠的九重方圆交替的基座就是圣路的全部规定，顺时针的方向规定重叠着佛从诞生到涅槃的时间秩序；色界或无色界的路径盘旋是被佛本身的浮雕故事所精确限定……最后在最高的三圈圆形基座上的 72 座小而空心的窣堵波，它们包围并诠释了中央最大最高的窣堵波的整体意义：尽管佛陀在 72 座窣堵波里的姿态恒常不变，那些小窣堵波塔身上可以窥见佛陀的镂空小孔却越来越少，其间光线越来越暗，佛陀越来越若有若无，恍恍惚惚于无常与恒常、幻象与寂灭之间……于是中央的大窣堵波不仅在位置或高度上控制了一切，它光洁而实体的塔身表面终结了一切窥视小孔所显露出的幻觉，无空也无有，无明也无暗……

赵小钧：

"水立方"的方案主创人员还有我们中建国际（深圳）的王敏和商宏。"简洁纯净的体形谦虚地与宏伟的主场对话，不同气质的对比使各自的灵性得到趣味盎然的共生。作为一个摹写水的建筑，纷繁自由的结构形式，源自对规划体系巧妙而简单的变异，却演绎出人与水之间的万般快乐。椰树、沙滩、人造海浪……将奥林匹克的竞技场升华为世人心目中永远的水上乐园。"

我们这样表述着"水立方"，是希望透过不多的文字告诉人们，这一设计的三个重要命题：奥运公园的群体关系，结构与外观如何产生以及功能和运营的安排带给建筑的不同意义。

赫尔佐格的主体育场，如同评委所谓"推动性的、革命性的发展"的评语一样，我们看到的是对体育建筑语言模式的重构，雄伟、新奇、单纯、完整、明确、强烈，是我们对它的解读。游泳中心与之同处于一组群体关系中，构建一种饶有趣味的和谐并非易事。国家游泳中心处于这样一个特定区域内特定建筑旁，如何与"鸟巢"相协调、如何遵循整个奥林匹克公园的规划设计，便成为设计师关注的问题。面对空间上一个无可争辩的控制者，任何分庭抗礼的努力都会成为无聊的举动，各自为政、孤芳自赏也会因缺少相互间内在的张力，而使环境变得无趣。要做的就是在主场已经确定的条件下，找到一种共生的关系。所谓剑走偏锋，我们在与主场完全不同的审美取向上做了一种极端的努力，产生一个纯净得无以复加的正方形，用一种近乎毫无表情的平静表达对主场的礼让与尊重，同时，尊重并不意味着臣服，一个高级的共生关系应该可以彰显各自不同的特征。没有人希望看到一副木讷的嘴脸，而是期待平静后面的惊异与灵动。犹如文静贤淑的东方女性，时而呈现出的睿智、活泼和热情。这种饶有趣味的对比使"水立方"与主体育场完整的圆形相得益彰。因其自身的优雅气质得到了尊重。在这种极端却是积极的协调中，"水立方"与"鸟巢"获得了真正意义上的共生。这让人们想起贝氏的罗浮宫金字塔，同样面临需要协调的环境，外观上的极端无为，反而成为其存在的依据。从这个意义上说，"水立方"绝对是一个中国式的建筑，并非说它表象上具有传统形式，而是它的产生过程和存在依据。用东方的思维来寻求事物间的关系均衡，这是设计师

在整个过程中遵循的原则。

水是整个建筑的主题，设计师希望人们通过这个建筑能体会到与水有关的种种快乐：流动、多变、不确定、宁静、奔涌、潮起潮落……水的流动、多变和不确定性给人们不同的体验。如果说规矩的四方体会让人感到乏味的话，那么气泡和自由结构的加入，使得"水立方"凸显无边的浪漫。这是形体上的极端简洁与表现上的极端丰富带给人的愉快。表面上自由的结构并非是看上去的杂乱无章，一种极为严格的数字逻辑蕴涵其中。人们穿透平静的第一印象，看到漫天的水泡，伴随着惊喜得到一种仿佛置身在水中的快意。这样平静的外表与内在的浪漫，如同在形体上与主场的对应一样，体现的是事物中矛盾双方的平衡，也即阴阳相济的关系。

方形是中国古代城市建筑最基本的形态，在方的形制之中体现了中国文化中以纲常伦理为代表的社会生活规则。生存空间和生活资源相对匮乏的中国社会，需要严格的社会规则下的生存。对规则的尊重是提升人的社会层次的唯一途径。这不免有些负面的成分，但规则并不限制智慧的光芒。中国历史上经典的文化成果及千古传颂的人物，无不是这种规则与灵性的复合体，一个尊重现实规则而又灵光四射的事物，必然是易于被人接受的。

白天仓：

奥林匹克公园中央区平缓的坡地上有个国家体育场。

场馆的模样跟个酒爵口差不多，边沿高起低伏。灰钢材的质地，圆流的外观，缓和了这一建筑的体重感，没有大胖子的那种臃肿，坚实、稳健。错综复杂的钢材，富有戏剧性，新颖并具有震撼力。文学的原则，在这里同样有效：充满了矛盾，才有可视性和可读性。

场馆的建材元素简约，外观就是建筑的结构，立面与结构统一完美。结构的组件相互支撑，形成了网络状的构架，就像树枝编织的鸟巢。它的空间效果前所未有，独创、典雅。这一形象，为2008年奥运会树立了一座独特的历史性的标志性建筑。

"鸟巢"，灰色矿质般的钢网，透明的膜材料覆盖，土红色碗状的体育场看台。手法是中国传统的镂空，陶瓷的纹路，红色的灿烂、热烈和现代最先进的设计准确地结合。

"鸟巢"，是通过巨型网状结构联系，内部没有立柱。看台是个完整的没任何遮挡的网状造型，像个巨大容器。这赋予体育场里边不可思议的戏剧性感触和无与伦比的空阔震撼。观众得到最佳的视野，带动他们观看的兴奋情绪。观众的情绪又激励运动员，向更快、更高、更强冲刺。这一时刻，人真正被赋予中心的位置。

整个结构的表现力，不仅可以告诉人们哪里是入口，而且还能让人们产生丰富的联想。像鸟巢、像砚台、像酒爵……角度提供给视觉不同的感受。

这一建筑的外国设计师赫尔佐格说：一座建筑都不会简单地只存在一两天，建筑存在的状态与时间注定它会影响我们的社会生活。当然，任何一个建筑都不可能是完全自我的，作为公共建筑，必然打上意识形态的印迹，但意识形态又必然寄存于一个文化体系中。因此，看中国的建筑是对称、和谐的，而美国的建筑则把注重实用、功能主义演绎到极致。任何一个公共建筑都离不开这个社会的生活方式、思考方式、社会状态。"鸟巢"的建筑思想：一、不追从任何一个潮流，不会遵循哪一种风格，当然也不会刻意与谁区别；二、随性而成，你看看一棵树的变化，在夏天是那么丰盛，

在秋天开始凋零，到冬天就会变成枯枝，不同的时空总是造就不同的情形，所以我的建筑是自然的。

另一个设计师德梅隆认为：还可以把它解释成其他中国建筑上的东西，比如菱花隔断、有着冰花纹的中国瓷器。它又像是一个容器，包容着巨大的人群，这些都是中国的文化。

在世界范围的第四代体育场馆的伟大建筑作品中，"鸟巢"体育场鹤立鸡群。这表明了人类的21世纪，在人居环境领域与建筑上的不懈追求，表明了改革开放下的中国这个东方文明古国，在不断地求新求变走向开放。

厕　所：

"WTO"，是世界贸易组织，估计谁都知道；"WTO"是世界旅游组织，大概少有人晓得；"WTO"还是世界厕所组织，恐怕鲜为人知了。

没想到吧，我们厕所也有组织了。世界厕所组织的官方网站上显示，目前有 17 个成员国。

我们这个世界组织是非政府性的，2001 年成立。感谢这些创立者：新加坡洗手间协会、日本厕所协会、韩国清洁厕所协会、中国台湾厕所协会。总部设在新加坡，致力于全球性的厕所文化，倡导厕所清洁、舒适、健康。

我们组织提供的数字：每人每天约上厕所 6 至 8 次，一年约 2500 次，一生约有两年的时间。如厕是每人生命中的一件大事，成立一个国际组织来研讨 60 亿人的如厕问题，事关重大。

我们希望通过努力，改善那些占世界 40% 却从未使用过冲水厕所的人的卫生状况。2001 年，在新加坡举行了第一届世界厕所峰会。我们难登大雅之堂的问题，得到全世界的首次关注。厕所设计、卫生、舒适，以及解决排泄物污染，像贸易问题一样，在高级别议事厅商议了。并决定，每年的 11 月 19 日为世界厕所日——我们的节日。

2002 年的厕所峰会，在拥有世界上最好厕所同时也是维修和建筑厕所所需费用最高的韩国举行；2003 年的厕所会议地点，在中国台北。

第四届世界厕所峰会，2004 年 11 月 17—19 日在北京召开。会议发表了《世界厕所峰会宣言》。主题是："以人为本，改善生活环境，提高生活质量。"日本厕所协会秘书长在峰会上介绍日本的厕所文化；新加坡的代表推介"让细菌清理厕所"的新技术；印度苏拉伯国际组织创办者介绍用厕所博物馆创业，将创收用于厕所建设的经验；俄罗斯厕所管理协会主管把俄罗斯的可移动厕所设施推向世界；中国宣布北京市将投资 8000 万元用于公共厕所改造……

北京人管上厕所叫方便或者解手，解手又分解小手和解大手。"厕所"、"茅厕"、"马桶"是老话对我们的习惯称呼。古文称"如厕"，土话说"上茅房"，粗话叫"拉屎"、"撒尿"，听着过于形象直观，却也通俗易懂，后来北京人用的"方便"传播甚广，确实就顺耳了许多。到如今名为"洗手间"、"卫生间"、"盥洗室"等等，显出贴切大方，显示温文尔雅，亮出的是绅士风度。假如您在饭店或者餐厅问服务员茅房在哪里，差不多是要丢死人的。可您要是到了穷乡僻壤，问房东卫生间或者盥洗室，也会闹出笑话。环境制约人，环境造就人，环境的重要，就在于此。

全世界第一个抽水马桶谁发明的？一数就到了几个世纪前。法国，法国人发明。一个马桶，卫生史上标志着人类文明的一大进步。随着进步及科技资讯的发展，现代意义的"厕所"，不仅是一个清理和整洁自我的"方便"场所，还应是一个交流时尚信息、展示文明形象的"品牌"宝地。

故　宫：

由故宫南面午门进入，正北之门便是太和门，是前朝三大殿的正门。明朝这里是皇帝"御门听政"的地方（听奏事，作决策）。有文献记：公元1644年，清代第一帝顺治（福临）就是在此门举行大典和颁诏的。太和左门有一联：

日丽丹山，云绕旌旗辉凤羽

祥开紫禁，人从阊阖觐龙光

古人说：今天湖北巴东县西北边四十里，山间时有赤气笼罩林木，此山岭是红色的，因名丹山。丹山，在这里指的是紫禁城。古代有一种旗帜叫旌旗，旗杆顶用五色羽毛装饰。古代天文学家将天上星垣分为三垣、二十八宿和其他星座。太微垣、紫微垣、天市垣。紫微星垣处于三垣中央，由群星环绕拱卫，其他不可接近。在神话传说中，阊阖就是天门，在这里指的是宫门。太和右门有一联：

鹢观祥云，九泽同文朝玉陛

凤楼焕彩，八方从律度瑶闿

这个"从"，是和的意思。大家都和着美妙的音律，走过时空。一个和谐美好的社会，是人们的期待。

工地 二　木

阿　端：

《说文解字》木：冒也，冒地而生。东方之行。从中，下象其根。凡木之属皆从木。

俺解释，木是从地里冒出来而生长的，所以读音跟冒差不多。五行之一，按古人的分配属东方。中为木刚刚初生的样子，下部像木的根。中表示树木刚刚萌芽，撑裂且脱落掉种子的外皮。各种植物都是从微小的幼芽开始，木从中。

老子的话："万物草木之生也柔脆，其死也枯槁。"淮南子曰："直木先伐，甘泉先竭。"向自然学习，木给俺们无数的启迪，给俺们无数的道理。

掉书袋，一屉窝头三个半。俺还是回来说邯郸学步吧，燕国寿陵一少年听说咱邯郸人走路这么好看那么好看，就大老远的大概上千里路，来到邯郸学走路的姿势步法。结果嘞，结果不但啥没学成，反而连自己原来咋走路也忘光嘞，最后只好爬着回去（阿端抡开胳膊做爬行状）。这成语背后的意思俺理解，学人家的可以，但万万不能一推六二五，把自己原本的东西甩落个干干净净。要

改往修来不能鼓脑争头好大喜功，更不能为渊驱鱼，为丛驱雀，令人齿冷令世界齿冷（摇头晃脑）。

"鸟巢"、"水立方"两个建筑大小虽异，但各适其适，这叫冠山戴粒。《艺文类聚》那本书里写得清楚："彼之冠山，何异乎我之戴粒也。"还有北京大学体育馆，还有五棵松体育文化中心等等，这些个奥运建筑，都是光前裕后的伟业。有人形容这几个建筑里好多技术是龟毛兔角，世上不生不长，前人没有做过。没有的咱做出来，多骄傲，社会才进步嘞。俺不实在？都是空话？咋说实在（瞪大眼睛）？

你不让俺只看《说文解字》，可俺习惯嘞。就说"水立方"的"方"，在《说文解字》记"方，并船也。象两舟省、緫头形。凡方之属皆从方。汸，方或从水。府良切"。古人说的，你没法反驳吧。方舟而济于河。方，以筏渡；舟，以船渡。方和房子的"房"相通。方还是规律和道理。有一点咱要跟你说清楚，《说文解字》引用的是繁体字（得意地笑）。

你说俺食古不化，俺还真有点脾气倔强方头不律固执己见。平常说的不合时宜就是方头；生硬反常规就是不律。也就是你对俺的评价，说俺是方头方脸，牛腿熊腰板。其实我不至于到那份儿上，死板成一个疙瘩痼疾。油漆里有疙瘩，干起活来最腻烦人。扔了可惜，用着急人。

你说俺再不加强学习开阔眼界思路，会食古不化的，就给俺送来那么多的新书，谢谢嘞。你是好人，俺长的是慧眼，俺这些日子看了，可开眼可长进嘞。读嘞这多的书，才真的体会到邯郸学步的含义，跟食古不化有点姊妹俩对生子。

闲话少说——俺的普通话也不赖，就说那"水立方"的白吧。白是个象形字，甲骨文字形，像日光上往下照射的形状，太阳之明为白。白色那是象征啥？那是象征纯洁超凡脱俗神圣清新。反射光线强烈嘞，能使房间一下的豁亮嘞，活学活用色彩，对设计师忒重要。白颜色和谐统一还花搭融合着优雅高贵，舒适温暖的感觉。它还能相配任何颜色，甭管啥颜色都成。当然，搭配组合的效果和基调各不相同，就像你有你脾气俺有俺性格。白与浅色搭配出来效果是精致是浪漫，和三原色相配出来效果是明亮是热烈。

俺媳妇就是那白，俺差不多是三原色。而你老师是白发黑脸，红心热肠。中国的漆画里的"计白当黑"，说法真好。

曾　哲：

在世界建筑史上，说中国古建筑结构的组群布局艺术风格，一格独具。着眼肯定在两方面，建筑材料和结构方式。材料大家都知道木和土为主。结构方式是在土木混用的基础上，形成了承重和围护分工明确的木梁柱体系、抬梁及穿斗屋架、凹曲面屋盖、斗拱、翼角以及深远的出檐等。其实我们周边一些国家的建筑，大体相同。

当然，历史比大家看到的远远要复杂得多得多，人们期待它的客观真实。如同三星堆出土的目光，就像DNA线粒体的结果。

那个叫安德鲁的设计师观点有点邪性："我就是要切断历史。""我认为保护一种文化的唯一办法就是要

把它置于危险的境地。"

中国文化说：大言稀声，大美无形。

现代、后现代的金科玉律说："型随功能而生。"

也有人说："没有建筑师的建筑，才是最美的建筑。"

形式越简单越有规则就越容易让人感知和理解。标志性建筑的基本特征就是人们可以用最简单的形态最少的笔画来唤起对它的记忆。

建筑对应的重要条件，是地理环境。建筑劳动，直接对应地理环境。我们做啥都是有目的的，建筑也如是。大概可以这么说，建筑目的是制造一个既相似于当下地理环境的环境，但又不同于当下地理环境的环境。建筑在这个环境上进行加法，自然环境挟持建筑环境，进行减法。太阳出来了免受暴晒酷暑；山洪暴发了避免水淹雨淋；空气流通却遮挡风沙雨雪。

有人总结：建筑劳动的过程，就是利用地理环境改造地理环境。我改为：建筑劳动的过程，就

是我们向自然环境乞讨的过程。带着感恩被护佑的诚心和尊重，进行着这个劳动，进行设计、进行施工、进行景观维护。

埃及的金字塔，是实和质以及巨大的建筑代表。规模之最的是齐阿普斯金字塔（又称胡夫金字塔），高 146.5 米，石灰岩的大石料，大概用了 230 万方。

古代和我们之间的时空，被分分秒秒的光阴之箭把距离扯开。过去的历史，像你我的呱呱啼哭一样，越来越遥远，有时遥远得模糊，模糊得像在窃笑。其实，历史并不完全像我对距离的理解和经验，在戈壁在塔克拉玛干的时候，把地平线当做尽头是常事。视觉中有了地球的弧——这完全是间接经验，才知道遥远是什么。但那个弧，是永远无法接近的。有时，以为接近了。

古建筑不是这样，它用它的语言，直接告诉你我，建筑历史不是这样，它以最完满的，含义最丰富，最具多种决定性因素的历史，告诉你我。

故　宫：

北京城和故宫，是在元大都的旧址上建立起来的。元大都的主要设计者是刘秉忠。从至元四年（1267 年）动工到至元二十二年（1285 年）基本竣工，历时 19 年。在这方面，好像没什么争议。

兴建北京城，明朝理由充分记载明确：北枕居庸，西峙太行，东连山海，南俯中原，沃壤千里，山川形胜足以控四夷、制天下，诚帝王万世之都也。

要说的这个遂初堂在宁寿宫花园（乾隆花园）北面，是花园中唯一的三合院。额题："养素陶情"。其中有佚名联：

墨斗砚山足遣逸

琪花瑶草底须妍

可见墨砚之大。底，是何的意思。"花飞有底急？"是杜甫的诗句，他的这首诗名字叫《可惜》，急也去，惜也去，去底归兮。主张"陈言务去"的文人之雄韩愈也有这么一句："有底忙时不肯来？"来吧，铺天盖地的水泥建筑来了，巨大的钢材建筑也来了。那么，什么去了呢？

朱小地：

我们院做的方案就是挑出来的，上面像一个飞艇把中间盖住。但是它的重量是飞艇自己承受的，它的重量是有点像这个概念，是从这边斜着一点点编过来的。"鸟巢"像一个笼子似的，像南方用竹子编的筐。必须限定在这个概念下。如果说一开始时就没有这个洞，那我们的造价就太高了。当时设计的有一个盖，下雨的时候可以关起来。

用钢量太大了。优化调整后，用钢量还 4 万多吨，如果挑出来用，不会受这个影响，结构会很

轻，当时领导要求比较高，要这个盖。但实际上在所有的奥运场馆都不需要盖，而且也没有这样做的。在私人俱乐部有这样做的。国家投入根本没必要要盖，在要盖的情况下，做了这样一个结构门式梁的一种组合。我们做的这个弄了一个飞艇，以后可以活动。瘦身后取消了开启屋顶，我们也拿掉飞艇正合适。但"鸟巢"还要编，为了装饰，加了很多斜的乱的非受力的构件。

我理解"鸟巢"的模型比较好看，从上面可以看到规律。实物大了，对比关系变了，尺度反过来了，就差一些。

当然，我认为"鸟巢"是具有挑战性的。如果有盖是很好的设计，建筑是个高科技的概念，不一定要简单附庸中国文化传统的东西。"鸟巢"是个高科技的，它不光是建筑的东西，把结构的美暴露在外面。有一种结构的特点像鸟巢式的，像我们编的筐。结构表现的美与建筑相得益彰，重合在一起，在建筑艺术性上有一定的价值。从宏观上讲，奥运值不值得投入这么大的资金去做这个，值得考虑。这不是一个建筑的问题了，这是怎么理解的问题。当然，我觉得外国人不会考虑中国人花多少钱，他追求的是一种新奇，商业效果，也有一定的意义，包括体现中国人的改革开放和经济实力有一定的作用，历来这些都有两方面意义。但要求技术含量比较高，就是在所有的桁架焊在一起的时候。我不知道是否解决这些问题了。当时的技术难度，都是在电脑上算出来，在工厂里加工好的，但焊在一起时，有一定难度。焊接时会变形的，所有300米大的巨型结构，在高温下内部有一些应力变化，通过温度影响，有一些变化，有一些技术难度，包括结构安全性的问题。

我觉得看问题，不能简单地说好与不好。从建筑学和结构学看，"鸟巢"发挥了建筑师与结构师的才能，达到了使用要求。李兴钢，肯定特赞成。

吴之昕：

"鸟巢"这个项目是业主组合招标来的。2003 年，北京市政府计划在国内首次将 PPP(Public Private Partnership，公私合营) 模式引入大型公共建筑工程，启动了"鸟巢"的业主合作方招标，希望引进私人投资者来参与项目的投资、建设与运营。

由中信集团牵头的中信联合体在"鸟巢"项目的业主合作方投标中一举中标，接着北京市政府的国有资产管理公司与中信联合体双方注资成立了国家体育场有限责任公司，北京市政府占 58% 股份，中信联合体占 42% 股份。

在中信联合体内部，中信的出资比例是 65%，城建占 30%，美国金州控股集团占 5%。国家体育场有限责任公司经营班子的主要成员由中信联合体各成员单位派出，其中总经理由中信集团派出。国家体育场有限责任公司负责"鸟巢"的筹资、建设及建成后 30 年的运营。

这是一种突破传统的施工模式。根据之前所交标书的联合体协议，如果中信—北京城建联合体中标的话，工程将是按照股份比例来实施。但另一方面，中信所拥有的承包资质为一级，而"鸟巢"的建设要求总承包商有特级资质。业主合作方招标文件中规定，如果业主联合方中有企业拥有特级资质的话，就自动成为总承包商，无需再另行招标。原来我们以为可以以联合体的身份总包，但法规上的原因，还是需要城建来做总包。

而《中华人民共和国建筑法》规定，总承包商在项目中完成的工程量，必须超过 50%。

双方协商之后,决定由总包方北京城建集团,完成总工程量的约52%,剩下的近48%由中信完成。

如果没有PPP,就没有"鸟巢",没有民营资金介入,就没有人投资建设"鸟巢";在PPP模式下确定了建设"鸟巢"的业主合作方,实施起来和北京市原有的法规产生了冲突。结果,因为在总承包合同里要出现中信国华公司的名称,总承包合同很长时间就备不了案。实施起来非常困难。后来北京市建委以与时俱进的精神,采取变通的办法给办了备案。我感觉"鸟巢"是个突破传统的实施模式,这种突破是完全必要的。我们的建筑法规必须与时俱进,要让我们的法规去适应发展,而不能用法规来限制发展。

此外,国家体育场还有一笔久议难决的预算造价。到现在造价到底是多少,还没有定。开始的时候,"鸟巢"的工程概算总投资要近40亿人民币,建安造价要30多个亿。一些院士、专家联名上书,对"鸟巢"的设计提出异议。后来国务院下令一定要瘦身,从2004年中停了近半年的工。对于"瘦身"也有不同的议论。原来有盖,中间可以盖上,盖上是体育馆,打开是体育场,但是这个盖要300来吨重量,要靠整个结构来支撑,所以结构要做大,用钢量要5万多吨。后来专家提出"瘦身",减少了1万多吨用钢量,变成42000吨。但有一个问题,对后期中信联合体的运营来说就大不一样了,运营的可塑性就大大缩小了。比如说,演唱会、服装展示会这些演出,不能是敞开式的,运营受到了限制。后来,北京市发改委议定建安造价23个亿。但实际实施中间,大家都知道23个亿拿不下来。这23个亿是按1996年概算定额算出来的,"96概"是针对当时的建筑类型编制的,当时的建筑哪有现在那么复杂呀,"鸟巢"又是当今建筑中最复杂的,搞过工程的人都知道,拿简单工程的钱做不出复杂工程来。现在付款都按23个亿概算在付,但实际上做不下来,混凝土按概算给分包,可做下来要亏的,但现在为了支持这个项目,我们中信国华公司都是贷款给他们,支持他们往前走,钢结构也是这样。现在就造成分包商没有足够的资金来垫着往前走,所以施工很困难。施工问题复杂,即便是在国家体育场工程里并不算太复杂的钢筋混凝土结构,也比20世纪80年代我做过的国贸工程复杂得多。拿国贸工程和"鸟巢"工程来比,国贸比较简单,"鸟巢"工程结构就很复杂。

胡　越：

马上开始施工图设计时,"节俭办奥运,重新优化奥运场馆设计"精神下来,北京院再次实施了优化。拿掉上部商业设施,简化结构,消防问题不复存在;观众入口大厅由地下放到地上,简化交通流线;外立面大屏幕取消,重新设计外立面。建筑面积再减少一半,仅剩63000平方米,造价大幅度降低。新的方案定位为:设施完善的大型篮球比赛馆,兼顾其他项目。

修改后的体育馆在活动看台全打开时,是篮球场地。国内大型体育馆一般是按手球比赛设计的。五棵松馆内场尺寸比国内其他大型体育馆内场尺寸小,前排观众离篮球比赛场地的边缘近。看

NBA 的比赛，你应该注意到观众席延伸在赛场边，气氛极其热烈。这样布局对观众，对运动员，对电视转播都有益无害。有自己鲜明的个性，节省了投资。

修改后的五棵松体育馆特殊人员用房完全按篮球比赛配置，标准相当高，国内首创。一般球类馆的运动员更衣、淋浴设施都做两套，五棵松做了6套，每套都在120平方米以上。

修改后的体育馆在场地中心上方，设置了符合篮球比赛要求的中央斗型屏。四块是图像屏，四块是文字屏。在场地东西轴上，还有两块大型文字屏。显示屏的配置数量和质量，堪称国内罕见。

修改后的体育馆，观众总座位数去除比赛大厅的体积，恰恰是每座容积指标。这是建声和电声设计的重要指标，也是通风、空调设计的重要参数。馆内尺寸小，每座容积指标仅为19.2平方米。为声学设计，节约空调能耗和节约土地，留下了好条件和参考。

修改后的体育馆，是一个简洁的正方体，一个不断变换光影的"宝盒"。这种效果，源于简洁现代，处理立面肌理，利用玻璃和光线的关系。为此建筑师提出了一个外挑玻璃肋单元式玻璃外墙幕墙方案。这一样式在国际上尚无先例，而且在构造上极富挑战性。为解决美观、日常维护、节能等多项功能的问题，在外立面还采用了多层镀膜。纳米易洁镀膜，是中科院自主开发的，具有国际先进水平。水一旦落在玻璃表面，会形成均匀的水膜，并完全浸湿玻璃和污染物，再通过水的重力将玻璃上的污物带走。

减少了太阳辐射对内部的影响，在外挑玻璃肋和幕墙的第二面上进行了彩釉处理，使得该幕墙

拥有了大量外遮阳设施，减少了影响。在幕墙的第三面上增加了一层低辐射镀膜，有效地防止冬天室内热量向外辐射。

五棵松体育中心整个占地面积是 52 公顷，除体育馆和两块室外运动场，其余都是市民健身和绿化用地，容积率极低，而绿化率极高，统共有绿地 20 公顷，将成为京西的人们一个非常好的运动休闲场所。

五棵松体育馆的设计，是从复杂到简单的过程，是一步步逐渐务实的过程。极简主义的风格，呈现一座建筑。当然，不仅仅是建筑本身可引以为荣，也可引以为鉴。

本人没有在建筑实践当中真正做成过绿色生态建筑。但是，对于这个也有一些思考。原来也做过一些工程，我觉得目前在国内的状态就是实践工程当中，可能大部分对于绿色生态建筑的理解，还比较表面，许多是通过行政命令式的，在建筑上贴一些标签。实际上从整体来说，对建筑和整个的社会或者周围的小环境，并不是生态的一些东西。所以在这方面，给我们带来了很多思索。我是这样想，因为从咱们整个社会的发展来说，有文明以来，人实际上一直做的工作就是改善自己的生存条件，就是让人能够活得更舒服一点，实际上人所有的目的都是这样的。我记得有位哲学家说，人实际上是没有进化完全的一种动物，就是本身不完善。人虽然有智力，但跟动物相比，抵御自然条件的能力比较差，所以要通过建筑，通过各种手段，人工的手段，去改善自己的生存条件，能够使自己活得更舒服，或者活得时间更长。在这种条件下，人做了很多建造的活动，实际上建筑就是这种主要的建造活动，来改善人的环境。

在这种条件下，随着技术的发展，人变得对自然抵御的能力越来越差。到工业社会以后，发展小环境，破坏了大环境，实际上使人类未来的环境面临更大的危机，最后小环境也没法进行下去了。

如何让我们建造的小环境，能够不跟大环境发生更大的冲突，从自私的角度讲，就是让人活得更长一点，让人类延续得更长一点，这是我们应该考虑的。所以我觉得，这个视野应该更宽一些，应该看大环境。我想重视人类生态环境，是人类发展的一个必然。但是现在的技术条件和人的意识，好像还没有到必须做生态建筑和绿色建筑的时代。

刘自明：

当我们无法理解杜尚时，自然也难以理解埃森曼、盖里和库哈斯以及当今越来越多的貌似走形的人物，甚至在深入地探究密斯、莱特和柯布的生平和建筑态度后，他们在我们心中匆匆前行的身影，变得不可思议而且朦胧建筑的本体价值与建筑发展观及建筑师价值观之间的冲锋，作为社会现行建筑富有更多的社会价值潜能。方法运用实证，选取这个时代与建筑有着最亲密接触的不同岗位上的多种人等，进行一场小型的研用。对此种情形调研统计显示功能、使用价值居首位占百分之五十；明确把价值的商品属性

放在首位的占百分之三十，而物质价值包含使用和经济双重，并价值诉求等
十数个侧面中，社会对其复杂多向定名。多向的价值已为体系，附着构成
建筑的本体缺失，像天生的永远无法治愈的心脏病，注定要让起搏器陪送
这个零件已是他身体组成，无即死，有就健康；摘掉这该死玩意儿是做梦
它非自身生长是强加是强奸是金属的心灵；生个肿瘤或许会让人自愿认命
可热血的腔膛总挂个零件，再讨厌你不能讨厌生命。自由人表达充满天性
借用专家的说法："没有人不是艺术家。"这点和艺术家没有分别都是普通

建筑师要做尽可能超常的，是那些多余的东西，那些超日常，务必的东西
与现代艺术相伴相生的现代建筑，是否也存在本体的虚无与无助呢？成立
建筑的本体价值就不复存在，而价值观也就没有是非之分，没了日朝日夕
由此错位应运而生，无法回避，建筑的本体价值不等同建筑师的价值本体
建筑的价值体系更有别建筑师的价值体系。创造是无限，无限生为创造力
建筑是时间空间文化的载体，也是更大层面和尺度上时间空间文化的产地
历史上建筑师实现本体价值无不例外要和教会、执政官等权术受益者协议
这个时代建筑师本体价值的表里，一定要与开发商、机构官员和市场沆气
权力群体应当对自己的冲动有理智的节育，少点在设计中四处干涉的妄举
就建筑师本性张扬的脾气，建筑设计的过程常常就是一个自我克隆的程序
错位的作品像被强暴生出的胎儿有脸没皮，建筑师的情人不该是贞节烈女
谁都喜欢两情相悦情形下双双生孩子。这需要态度，需要技巧，需要魅力
面对错位的神经麻痹，甚至像得了歇斯底里癫狂症一样，去做罪犯的凶器
围绕命题解题所形成的一场理论探讨、调研取证的"行为艺术"已近关闭

中国建筑界的现有时代，催化神话盛况。人一旦没了判断，神话乘虚而上
神话正是所有本体价值走向异化的无路之路，也是给缺失错位止痛的药方
无所谓有无所谓无，无论缺失无论错位，本体价值无处不在，没办法躲藏
中国当代建筑师活得轻松，是最幸福最惬意，他们活在无建筑价值的市场
所谓价值详细阐述复杂，要具政治、经济、文化、宗教、伦理道德的智商
环环相扣、盘根错节，快刀斩乱麻是天开异想，想弄清楚却永远无法思想
会眼晕会头脑发胀，所谓价值就是活像。选定某种活法就闪烁出价值之光
孤立的东西或事项，哪个更值哪个丰富意向，作比较、判断，作价值估量

比较身边的人和事物，中国当代建筑师不仅横向，还要作比较历史的纵向
纵横比较，找到自己的历史标榜，才会对于生命的稍纵即逝不停留于恐慌
有意识竖立自以为对现实和未来有益的形象，为自己生命确定立场和磁场
进行历史比较，就会对眼下完全利己毫不利人的某些行为进行约束的清仓
本来在很累人的环境中生存，这些东西无意滋养，无异患得患失自讨苦尝
凭借本能会趋利避害，你的你想我的我想，自主生活清爽生活，生活清爽

董豫赣：

就这样，圣言不仅仅蕴藏在建筑物中，建筑就是最古老的圣言本身，它们被修建，被理解，被
阅读。这个时候建筑与其象征的观念间的对位如此精确，使得建筑难以被时间或技术所更改，它们

是对各种信仰的忠实记载，它们坚定
地拒绝变化并构成了我们日后可以区
别的各种民族的建筑特征。

这一后来不幸被我们称为风格的
特征，雨果将它称为体系。

在雨果可以想见的古代，他列举
了建筑摇篮里曾诞生过的三种体系：
埃及（希腊）、印度（腓尼基建筑）以
及罗曼建筑（哥特建筑）。在埃及建筑、
印度建筑以及罗曼建筑里，后来的人
们可以从中清楚地区别出不同的权力
象征：神权、种姓以及统一；而在希
腊建筑、腓尼基建筑以及哥特建筑里
人们也同样可以发现：民主、公平与
人性。在前者人们只能感觉到神父的
存在，不管它是叫婆罗门、法老还是
教皇，而在民众建筑里感觉到的就丰
富一些：人们在希腊建筑里感到自由，
在腓尼基建筑里感到商业，在哥特建
筑里感觉到市民的世俗的存在。

按照雨果的断言：小总会战胜大。

于是，世俗的权力将杀死宗教权力。

权力的松动一开始只发生在特殊时刻。

在雨果的《巴黎圣母院》里这些发生在万圣节（主显日）与胡闹节（狂欢节）合一的日子里。在这一天，凡人与圣人可以获得短暂的地位颠倒：学生可以羞辱校长，教徒可以辱骂主教，裁缝可以挑衅枢密官员……在这一天，卡西莫多甚至可以以丑陋获得短暂的王权的荣耀光环……

权力的交替一开始也只能发生在特殊地点。

雨果选择宗教赦免权及宗教审判权合一的巴黎圣母院作为故事发生的地点也别有用意。在这里，宗教权力所希望把持的审判权与世俗民众所希望获得的赦免权相互制约地重叠在巴黎圣母院：圣母院作为教廷权力的中心，它判定了爱丝美拉达有亵渎宗教的罪行，它也作为普通民众逃避审判的避难所，而被卡西莫多所占领并守护着他从宗教那里夺回的牺牲品——爱丝美拉达。

赵小钧：

我们选择一个方形，同样认为方是对既有事物最好的尊重，而且可以与其内在的浪漫产生更强烈的对比，从而激发出更多的趣味。方的选择是一种极端的努力，单独接触它并不见得很快被人接受，但面对众多竞赛方案的权衡比较，面对与主场间难以协调的关系，一种极端的努力往往会成为最容易接受的事实。这是一种东方式的思维，一种寻找事物间均衡关系的努力。面对主场我们希望得到的均衡就是"我的平静是因为你的热烈与新奇，我的灵动是因为你的壮美与坦然"。

内在的浪漫是靠自由的结构形式和"ETFE"气泡的外表营造的。这是一种消解了建筑固有几何

关系的自然观感，但它仍然是有严格逻辑的。ARUP的工程师精彩地实现了规则与自由间的对应关系，非常契合整个建筑的思维方式。规则是建筑被人接受而且易于建造的保证，自由是我们盼望的结果。一个十二面体作为一个几何单元，在空间中相互拼合，以每个边线作为钢杆件，形成空间钢框架体系，这就是结构体系的基本规则。设想如果这种体系没有边界，它将是一种统一单元无限重复的空间结构框架。我们将这种结构框架在空间上设定一个角度，然后用建筑所要求的各个界面去切割，由于角度的作用，每一个作为结构几何单元的十二面体与界面相切的位置不同，会呈现不同形状的切面。所以我们在外立面上便得到了一种自然状态的若干多边形组成的图案。每一个多边形上覆盖一个"ETFE"气泡，这就是"水泡"的外观。可以看到这一结构体系一直是在理性与规则中操作，仅在形成结果的最后一个环节，使之呈现了一个自然状态。值得说明的是，前面提到的切割面与结构框架间的角度，这一角度与几何单元间存在一定的关系，可以使得外观的自由图案以一定范围做"四方连续"的重复，这可以更好地为实施带来方便，但这种重复被控制在不易察觉的程度上。我们认为这一结构解决方案，使代表着建筑内在逻辑体系的"构"没有被"解"掉，而是在一个纷繁

自由的外观下得到了强化和尊重，这种努力使"水立方"真正成为建筑而不是雕塑。因为雕塑是依靠艺术家的智慧之手确定每一细节，别人是难以参与的，成本与工程都是困难的。而这一设计设定的是一个程序，任何人遵循这一程序输入相同的原始条件会得到同样的结果，这无疑使之具备相当

好的工程意义。

"ETFE"是近年国际上渐渐流行的材料，格雷姆肖、赫尔佐格等大师都有用其建成的作品。它的外观特性用在这一设计中非常恰当。这是一种叫做"乙烯—四氟乙烯共聚物"的超稳定有机物薄膜，中间充气形成气枕，边界固定在铝合金边框上形成一个个扇页，再将边框固定在结构构件上。其节点与施工工艺与一般的玻璃天窗大同小异。这种材料与家用不粘锅内的"特氟龙"属同族物质，表面附着力极小，对灰尘、污水的自洁性能大大优于玻璃，在北京的特殊气候下，无疑是现有最好的透明半透明的材料。

现代奥运会已超越纯竞技体育的意义而成为世界性的大 Party，是社会、文化、科技的综合展示场。对中国对北京更有深刻的精神意义。基于这种考虑，在满足比赛需要以后，我们不但安排了大量赛后运营的活动内容，还赋予它更多的场所意义。赛后运营的主体是人造冲浪海滩，围绕它还有种类繁多的水上娱乐、健身、培训等设施，建成后是北京最大型、最全面的市民水上游乐中心。赛场北侧的临时座椅拆除后，形成独立的高级水上健身会所，南侧的临时座椅拆除后，形成连接东侧主场轴线与西侧商业区的室内步行街。步行街一边有若干餐饮、酒吧、商场、电影院等设施；一边是椰林掩映下的冲浪沙滩，将是奥运公园一带颇具特色的城市空间。

白天仓：

2002 年 10 月 25 日，北京市规划委向全球征集 2008 年奥运会主体育场——中国国家体育场的建筑概念设计方案。

北京市规划委介绍，国家体育场建筑概念设计竞赛分两段：一资格预审；二正式竞赛。截至 2002 年 11 月 20 日，竞赛办公室共收到 44 家著名设计单位提供的有效资格预审文件，经严格的资格预审，最终确定 14 家设计单位进入正式的方案竞赛。他们来自中国、美国、法国、意大利、德国、澳大利亚、日本、加拿大、瑞士、墨西哥等国家和地区。

最伟大的建筑师在奥运会创造最伟大的作品；最伟大的运动员在奥运会创造最好的成绩。这是一个不用争论的事实存在。

2003 年 3 月 18 日，参与竞赛的全球 13 家建筑设计公司及设计联合体，将他们精心策划的中国国家体育场的绚丽构想，送到北京。境内方案 2 个、境外方案 8 个、中外合作方案 3 个。中国工程院院士关肇邺和荷兰建筑大师库哈斯等 13 名权威人士组成的评委会，对其严格评审、比较、筛选。

无记名两轮投票，选出 3 个优秀方案：由瑞士赫尔佐格和德梅隆设计公司与中国建筑设计研究院组成的联合体设计完成的"鸟巢"方案；由中国北京市建筑设计研究院独立设计的"浮空开启屋面"方案；由日本株式会社佐藤与中国清华大学建筑设计研究院合作设计的"天空体育场"方案。

评委会以多数票，推选"鸟巢"方案为重点推荐实施方案。在讨论"鸟巢"方案时，共有 8 票赞成、2 票反对、2 票弃权、1 票作废。

还将 13 个设计方案在北京国际会议中心公开展出，历时 6 天，征得观众投票 6000 余张。被中外评委重点推荐的"鸟巢"方案获票 3506 张，"浮空开启屋面"获票 3472 张，"天空体育场"获票 3454 张，排名前三位。

经决策部门认真研究，"鸟巢"最终被确

定为 2008 年北京奥运会主体育场——中国国家体育场的最终实施方案。

看过"鸟巢"设计模型的人这样形容：那是一个用树枝般的钢网把一个可容 10 万人的体育场编织成的一个温馨鸟巢！用来孕育与呵护生命的"巢"，寄托着人类对未来的希望。

匠心独具，"鸟巢"把整个体育场室外地形微微隆起，将很多附属设施置于地形下面，避免下挖土方所耗的巨资，隆起的坡地在室外广场的边缘缓缓降落，依势筑成热身场地的 2000 个露天坐席，恰如其分地融合了周围环境。

评委会主席、中国工程院院士关肇邺评价说，这个建筑没有任何多余的处理，一切因其功能而产生形象，建筑形式与结构细部自然统一。

评委会和建筑界专家认为，"鸟巢"将不仅为 2008 年奥运会树立一座独特的历史性的标志性建筑，而且在世界建筑发展史上也将具有开创性意义，将为 21 世纪的中国和世界建筑发展提供历史见证。

"鸟巢"共 10 万个坐席，8 万个是永久性的，另外两万个是临时的。"鸟巢"所在的奥林匹克公园中心区，赛后将成为一个集体育竞赛、会议展览、文化娱乐、商务和休闲购物于一体的市民公共活动中心；将成为北京的地标；将成为参观旅游的热点。

厕　所：

想象中的一个城市：开阔平坦的道路四通八达、美洁整齐的垃圾桶容纳了废弃物，再有先进无异味的厕所点缀绿地街道。好城市发言：道路、厕所、垃圾桶，是现代社会与人类生活的"三大文明标志"。

我们 WTO 在北京的行动，从小的方面说，定能刺激和促进北京以至全国的公厕整体建设；从大的方面讲，也将影响厕所文明相对落后的国家动作起来，来一场"厕所革命"。

一般的情况下，男人们来到小便池边，拉下拉链，撒尿，结束，只需要32秒。而女性所花费的时间，可能三倍于此。那就意味着需要排起长队，厕所就会变乱变脏变差，以至搞得人们一天的心情郁闷。所以厕所的呼声：男女的蹲位器4：6，这样一来可以缓解一下。

厕所构件也有拍卖价值，美国前总统肯尼迪的便器被拍卖了30美元。当然这是老早的事了，要搁在今天就大不一样了。进而言之，厕所自身有何价值？是使用厕所的人，使得厕所身价百倍。

从下面的厕所轶闻看，中国古人的确也很重视厕所。在那个时期，真正意义上的厕所当属权贵。

清代把便器称之为"官房"。慈禧太后的"官房"是檀香木雕成的，外壁雕刻成驱邪的壁虎形象，瞪着红彤彤的宝石眼睛，微张的嘴里衔着手纸。壁虎的肚子里灌满的是香木屑末，便物降落时

会被香屑裹起，也裹起异味。这之后咋处理呢？不得而知。

赵匡胤得江山的同时，还得到了后蜀国主孟昶宫中的一件镶满玛瑙翡翠的盆子，他当成一个玩物爱如珍宝却不知是甚。召被他收入帐中的孟昶妃子花蕊夫人询问，才知是孟昶的溺器。匡胤先生震怒：使用如此溺器不亡国才怪。遂将这宝贝击得粉碎。

晋代有个显赫的大将军，去一富豪宅邸，内急。仆人领他到一间锦幔垂挂、古玩罗列、美女环绕、香气袭人的屋子。将军以为走错房间，慌忙退出，被告就是厕所，不免愧叹自己如此身份却世面少见。再入，美女捧出两枚干枣，明明是食物也不敢妄动，尴尬中得知果然是塞鼻孔避闻臭气之用。便后，美女手捧花瓣清水，给他洗手，洗出嫉妒。哇哇哇，将军不平。厕所，给这位富豪带来了杀身之祸。

现代把上厕所叫去洗手间或卫生间，也有叫盥洗室或化妆间。中国古代把厕所叫更衣轩，名字雅趣，功能丰富。汉武帝在姐姐平阳公主家看上了歌伎卫子夫，就假装更衣离开，在更衣轩召会了卫子夫。厕所能成全好事，厕所还能给历史滋生出枝节。承前启后，这是我们始料不及的。

世界上最洁净的厕所在新加坡。洁净得益于自动冲洗装置和法律。新加坡的法律对便后不冲洗者课以罚款。

我们世界组织作出一个别出心裁的决定，在新加坡设立世界第一所厕所学院，提供在厕所清洁行业的新配备和新技术方面的培训。结果，新加坡媒体在 2005 年 8 月 27 日报道，该学院将在 10 月开课。第一批学员共 30 人，来自新加坡本地的清洁公司。上课地点，设在新加坡共和理工学院。这让我们感觉惬意，感觉欣慰，感觉一种被提升的飘飘然。

故　宫：

宝月楼在南海南岸，北与迎熏亭隔海相对，东西与同豫轩、茂对斋相望。楼上悬乾隆御额"仰视俯察"。是乾隆皇帝于 1758 年亲自下令兴建的，旨在屏蔽中南海。后来传说，这幢楼是乾隆为他宠爱的香妃而建，为了迎合她登楼眺望，见其同胞，如归故里，以慰乡愁。因此人们也称"望乡楼"。民国初年，改叫新华门，一直是通向中南海的正门。乾隆题有七联，第六联是：

写影水中央，百川同印

澄辉天尺五，一镜常悬

要是解释"写影"简单，就是泻影的意思。百川同印：就是百水相合。水中摇曳着倒影。澄辉：泻光的华藻之辞。天尺五：尺五，比喻离天很近，可见这幢楼的地位高贵显赫。一镜：指的是月亮。这楹联挺富有，带着景致，抒着情怀，表着志向。

琳光三殿以北是阅古楼，这座楼后临山池，上边还建有石亭，亭北便是宙鉴殿。乾隆联：

一泓水镜呈当面

满魄冰轮映举头

只管造景，太闲，这就不敌上一联饱满了，不管是水镜、满魄还是冰轮，都说的是明亮的月亮。"遥望齐州九点烟，一泓海水杯中泻。"这月亮到了唐代诗人李贺的手里，味道就不一般了。

工地 三　水

阿　端：

《说文解字》水：准也。北方之行。象众水并流，中有微阳之气也。

俺以为，理解水是一件很难的事。是循环是周流的意思，可为什么水是最平的事物，都以它为准？为此俺对水进行了点儿研究，不当之处老师多多指教。水也是五行之一，分配属北方。是个象形字，水流的样子。按八卦说，坎卦为水，形态也是如同篆书水字。而坎卦外边四条短线象征阴，中间一条长线代表阳，一阳被四阴包围，众水流向一处，中间有些微的阳气。俺们生活的这个世界，是在阴阳二气的相互作用下孳生着、发展着和变化着的。用到字的部首，带水的字多如繁星雨点，与水分有关的就更多了。水能滋润万物，而什么能滋润水呢？这是俺的一个课题。古代人说，污潦之水，可荐于鬼神，能让妖魔鬼怪荐不唧没有精神；可羞怯王公，能让权贵显赫一时无地自容。还告诫俺们，水的流向是有道理的，无尊贵无卑下一起向前。是有智慧礼数还不疑虑；是勇者而清清澈澈，是知命者历险致远，是有德者，天地以成，群物以生，国家以宁，万事以平。说得没错，人的行为处事，要以水为榜样。"土地各以类生人，是故清水音小，浊水音大，湍水人轻，迟水人重。"

逝者如斯夫，不舍昼夜，就不多说了，古人水说得忒多了，咱往下看俺的记述（俺建议你给抄录下来，否则现代文字废话太多）：

"上善若水，水善利万物而不争，处众人之所恶，故几于道。"（老子）

"混混之水浊，可以濯吾足，青青之水清，可以濯我缨。"（文子）

"美哉水乎，其浊无不涂，其清无不洒。"（晏子）

"君子不镜于水而镜于人，镜于水见面之容，镜于人则知吉凶。"（古语）

"性犹湍水也，决诸东方则东流，决诸西方则西流，人性之无分于善恶也，犹水之无分于东西也。"（孟子）

"水静则明，浊则混，水静犹明，而况精神圣人之心静乎。"（庄子）

俺的书袋掉完嘞可水说还没完，俺娘给俺讲过《搜神记》里的故事：在汉末时，某太守膝下有个独女，美艳贤惠。一天误喝了太守秘书的洗手水，不久之后发现怀孕了，很快生嘞一个大胖娃娃。到了能走路的时候，太守抱着娃娃找到秘书，想让他们亲近亲近以后好认下这个女婿，就把娃娃放

在秘书的大腿上，秘书早有耳闻此时更加惊愕，慌忙推却，娃娃被推摔在地上，转眼化为一摊水。水被蒸发后，地上留下一个永远去不掉的娃娃水印。

暂停说"水立方"的水，再说这"鸟巢"颜色的灰。根据《说文解字》的大意，让俺解释灰，就是死火余烬也。是白色和黑色混合而成的颜色。灰不溜丢、灰不拉叽、灰心丧气，这灰没什么好词嘞。可灰色象征宁静安详，沉着踏实，平静中庸，使人深思、平和、理智。灰色无论单个使用像"鸟巢"，还是与其他颜色搭配使用像西边那片大厦，它都是很理想的颜色。书上说，一般用于不引人注目的背景。尤其适合住在乱哄哄城市却喜欢向往宁静的人，北京的那些老房子都是这色儿，你们喜欢灰。好像还听说，灰色儿被确定为北京的主色调嘞。这差不多都是书上说的。

技巧和规矩概念俺就寻章摘句了，至于对奥运建筑的看法，俺想过几次嘞，像"鸟巢"这样的建筑一定要做好防备雷电的技术准备，可俺至今还没看到，俺建议嘞。那年夏天，邯郸的一个矿区就遭了雷击，说那云层多老厚？一万米。5人死，8人伤。谁知道那雷啥时来？不能打马虎眼，防患于未然嘛。

俺的工作是和颜色打交道的，赤、橙、黄、绿、青、蓝、紫。它们的色相和色彩的强弱及明暗没有关系，只是纯粹表示色彩相貌的差异。所以"水立方"和"鸟巢"，白和灰颜色，选得好厉害。

俺们人类对色彩的感知和俺们人类自身的历史一样漫长，有主意有意识地使用色彩那就早了去嘞，一追溯就到嘞原始人拿颜色画脸画身体的时代，随便说也得几千年嘞。可正儿八经上的色彩学研究，比那个建筑上说的透视学、艺术解剖学要晚多嘞，是近代才开始的。为什么？是有光彩透视的原因，这是基础。直到那个叫牛顿的一个实验——记不住啥实验——完成，证明白光是由不同颜色光线混合出来的，那是 17 世纪 60 年代的事。俺们人类对颜色的本质，才慢慢慢慢得到正确的解释。20 世纪以后，色彩学在现代光学、心理物理学、神经物理学、艺术心理学，还有什么什么学——俺都是第一次听说的基础上获得了迈跨大步的发展。这个色彩学的发展呢？对视觉艺术又起到了督促又督促的作用。

你说嘞，俺说错没关系，俺就说嘞。俺是生瓜蛋的不知深浅，搞了这多年油漆对色彩还是外行。外行就老实巴交地学，就此当三十而立。

彩度是表示色的纯度，其实就是色的饱和度。是表明一种颜色中是否含有白或黑。假如某个色不含有白或黑，就叫它"纯色"，彩度最高；如含有越多白或越多黑，它的彩度就会逐步下降。俺理解"鸟巢"和"水立方"恰恰放弃了高彩度，表达嘞咱中国人丰富的内敛气质。不厉害，别夸俺。一边跟你说，一边俺在复习您老给留下的功课。

曾　哲：

现代主义建筑"于 1972 年 7 月 15 日 15 点 32 分在密苏里州的圣路易斯死亡"。多么神奇。这是美国建筑评论家查尔·詹克斯在他 1977 年出版的《后现代建筑语言》一书的开篇文字。他认为现代主义建筑是 20 世纪五六十年代依据呆板的"功能主义"理论建立的。多有可疑，因为那年那天那时那分，一大片居民住宅区被炸毁了，所以一个流派就死亡了。他还特意讲，这片建筑曾经获得过美国建筑师奖。难道他这是在表明，后现代生活方式及后现代主义建筑开始了吗？获奖的就不能摧毁吗？

美国建筑师文丘里说现代主义建筑"大肆简化的结果是产生大批平淡的建筑"。他说现代主义建筑的话很损：不识人间烟火，不懂得生活，不懂如何享受，是"清教徒式的语言"。他的主张极其肆意：建筑要走向流行趋势，建筑想怎样盖就怎样盖，如此建筑才能多元化。他一再强调建筑装饰的必须，在同一幢建筑中让建筑的几个立面表达出各自不同的风格。因装饰，建筑才富个性、象征性，建筑才不同于建筑物，具有文化的内涵。

你我早已在时间的箭弦上离去，正向着未来梭飞。但你我与历史的位置，不是定向不是一个方向的拉开。你我与历史，是在一个多维时空中。这样一来，你我还得警惕。因为你我的运行方向，并不一定是进步的向前的。如此说来，怀疑你我的处境，怀疑你我未必是在攀登的心境，才能在相对上升的阶梯上，获得一个对过去的历史的新的视点与认识和位置。

一切在过去，一支香烟燃烧掉，一次鼠标的点击，都是过去。但我不能无所谓历史，因为历史比较人类，比较建筑，它的目标更加伟岸巨大，更是重要文献。历史的巨大目标和历史的文献目标，与人类息息相关。在这一点上，我是很敬仰历史的，像敬仰蜗牛爬过的痕迹。

一个人是这样，一个民族是这样，一个历史是这样。之所以成为这样而不是那样，这是因为这个人群是这样。地域与人种多样性，制度与社会的多样性，在很大程度上，远远地超过了历史，甚至还在驾驭着历史。即便这样，还得记住老残之语：天地生才有限，不宜妄自菲薄。《出师表》："诚宜开张圣听，以光先帝遗德，恢弘志士之气，不宜妄自菲薄，引喻失义，以塞忠谏之路也。"你看，我和历史人物诸葛亮，距离有多大。

说到距离，刚刚提到的詹克斯和文丘里，和他们好像是在两个时空里一样。我把时空认定为数个，这是有一定的道理的。因为我们在进入到他们那个时代时，那个时代已经不复存在了，或者在另一地域隐匿。中国的建筑不管是挎现代主义胳膊还是尾随后现代主义脚跟儿或者滋生在其他什么主义温床上，都一定不是那一个。庞大的人类的经验和信息告诉我们，中国非自己不可了。

故　宫：

在建造我们的三大殿的时候，有这么一个故事。几千公里外的缅甸国向明王朝进贡了一根巨大的原木，永乐皇帝下令将其制成大殿的门槛。操锯者一不留神儿，多锯了一尺多，吓得这个小木匠脸色死灰。工头看到，安慰了一番，叫他索性再锯一尺多。如此这般后，在门槛的两端雕琢上两个龙头，再各镶一颗珠子，用活络榫头装卸。完工后，皇帝看了大加赞赏。这就是古建筑里著名的"金刚腿"。创新发明者，就是前面说到的工头，故宫的建筑师蒯祥。

中和殿在太和殿后边，设宝座、金鼎、熏炉等，有肩舆——轿子，是皇帝在紫禁城内乘用的，是皇帝去太和殿前休息或接受执事官员朝拜的地方。祭天坛在这里阅读祭文；祭先农坛在这里检查种子。殿内御额为"允执厥中"。"中和"就是说，凡事要做得恰如其分，正中适度，这样才能协和调顺。保和殿在中和殿北，明清时期的除夕，在这里宴请王公大臣。18世纪后期成了清代举行最高级科举殿试的固定考场。状元、探花、榜眼，在这里产生。保和，保持万事万物间的协和关系。在此，乾隆爷也有一联：

凝鼎命而当阳，圣篆同符日月

握乾枢以御极，泰阶共仰星云

过去人解释泰阶，是天的三阶梯。三阶平，则阴阳和，风雨时，岁大登，民人息，天下平，是谓太平。现代人解释泰阶，是泰安和谐的阶梯。

朱小地：

我们做国家大剧院的时候，是合作的，但方案是外国人的。开始争论不是很大。到后来，很多人都持反对态度，没人敢接了。现在运营下来，要两个亿。包括擦屋顶，都解决不了。

"鸟巢"开始时赞成的比较多，盖起来反对的多起来了。尺度感变了，都说用这么多钢干什么？我觉得"鸟巢"从建筑学上看，应该给予肯定。持中间态度的，有一大堆人。两头的，各占10%。清华的一位副教授，上书国务院持反对态度。工程院的院士，赞成我们院的方案。

我是力主原创的，我们院接的那几个活，包括体育馆、会议中心、五棵松的项目，我们都重新做了。中标的都是合作方案，但后来外方都做不了。瘦身后他们就做不了了，都是我们自己独立做了。"鸟巢"还比较好，任何事再发展都可能会走向反面。"鸟巢"在一个点上，抓得比较好，又争论，又能站得住脚。像五棵松，就是胡闹了。原设计在一个篮球馆上放一个六层的商业楼，把大量的人引到上面。120米乘120米，上面没有柱子，所有的房子都要从上面吊下来，结构不合理，使用不合理。简直是胡闹。我觉得不要过多地去强调从建筑的领域影响社会思想，我们历来主张自己能做就自己做。我们要承认和外国设计师的差距，包括建筑材料发展和技术的进步，但能做的还是要自己做。不然，成来料加工了。

有关外国建筑师，我喜欢SIM，设计北京工行总行的。还有上海外滩的金茂大厦也是他们设计的。像中国的塔，具有中国神韵，保证工程质量、保证使用功能是第一位的。金茂大厦很精致，在世界上都很有地位。工行项目仔细研究它的比例关系，特像中国传统建筑的老房子。

建筑应该是耐久性的。"鸟巢"是时装性的建筑。我觉得建筑应该是持久性的，具有长久吸引力的。我接触的像美国的RTL公司，都是大公司，能保证工程质量。当然，这跟每个建筑师自己的情绪爱好、价值观有关。

我觉得"鸟巢"在奥运会，在体育建筑设计上，正好达到一个点。真理和谬误之间的转折点，真难找，我觉得它找到了这个点。说它很前卫，但是还能接受；说它浪费，又带来美学价值。

吴之昕：

"鸟巢"的柱子、梁大多数是斜的。大量柱子都是斜的，不光往一个方向斜，而是往几个地方斜，有些紧挨在一起的柱子各自向不同方向倾斜，就像一簇葱似的。平时我们见到的斜柱一般有两个面和地面垂直，而"鸟巢"的很多柱子没一个面和地面垂直。混凝土结构难度很大，钢结构就更复杂，弯的扭的，整个钢结构是中心对称的，只有旋转180度的位置才能找到一模一样的构件。建筑师的设计理念是"乱形"，在不规则中找规则。地面也是这样，石材也是"乱形"。以后的玻璃幕墙里面的印花，也是"乱形"，天花板也是"乱形"。施工里面没规律性，比较难做。一般民营建筑盖楼时，

基坑也就三四个不同的标高足矣。挖国贸基坑时，基底也就是七八个不同的标高。而鸟巢有四五十个不同的标高，形状各不一样，斜的、方的、圆的、三角形的，我没有见到过这样复杂的基坑。

还有最后一个问题就是关死后门的进度计划，开奥运会的时间是定死的，测试赛的时间也是定死的，施工的时间非常紧。由于"鸟巢"的独特设计，造成它的几个大的分部工程不能平行施工或者搭接施工。混凝土看台结构施工阶段立着11台塔吊，不可能进行钢结构施工；钢结构吊装阶段，在混凝土看台结构中立了80座立式支撑塔架，从混凝土楼板上一层层穿过，看台结构里的机电安装和装饰工程不可能实质性地开展；钢结构吊装阶段大型起重机要沿看台结构外边缘来回行走，这样看台结构外围的近8万平方米的基座结构在钢结构吊装完成之前也不可能开工。有人曾经说，由于"鸟巢"结构的特殊性，它的合理工期应该要6年，而我们实际只有4年半的时间，其中还包括因为设计调整停工的5个多月在内，因为2008年奥运会的时间是不可能推迟的，后门是关死的。

我是复工前的2004年11月份过来的。2004年12月底开工。

"鸟巢"原来说要用钢55000吨，后来降到42000吨，但实际上下不来。42000吨是笼统的。现在（2006年7月29日）用到了45000吨。

"鸟巢"好的方面有两个，建筑设计构思是好的，有震撼力的，是能够成为历史性建筑的，成为人们长期记得住的建筑，能够变成文化遗产的建筑物。建筑形状上来说，有回归自然的理念。用钢结构表现，用钢结构来编织像自然的鸟巢，这样的形状是非常好的。

我们项目上自己编了录像片，解说词是这样说的："鸟巢"用厚重的钢结构把中国人百年的奥运梦想和企盼编织成为中国人的现实和自豪。对中国人来讲，都希望搞好奥运。它现在用非常厚重的1.2米乘1.2米的钢结构的柱子弯曲编织成，有一种力量与柔和的美相结合，连外国人都感到很惊讶。从外国人的惊讶中，能体现我们中国人的骄傲。很多外国人来都感到，几乎不可能的事，你们把钢结构这样弯那样弯，最后编织成这样大的东西，最后合龙，这样的工程不可想象，这样的工程只有在中国能看得到。欧洲没有这样大的工程，他们的座位4万足矣。

我感到"鸟巢"在建筑理念上和构思上是好的，成功的。在结构设计上，我觉得还有值得优化的空间。现在"鸟巢"的钢结构与混凝土是完全分离的，相互之间没有刚性的连接，结构工程师的理由是钢结构与混凝土在地震的情况下，振动的频率不一样，有可能造成结构毁

坏，有它的道理。原来有几个专家有不同的意见，建议把钢结构和混凝土结构连接成一个整体，然后上面屋顶部分不用钢结构，而用钢索和膜，也能形成现在这样的形状。我个人认为，这个意见应该给予考虑。把混凝土下面的柱子跟钢结构连成一体，上面的屋顶，最后整个钢结构要支撑两层膜，像伞布一样，上面一层，下面一层。

胡　越：

我可能了解得不是特别透彻。我觉得不管是亚洲的还是中国的开发商或者业主，还是欧洲的大部分或者美国的业主，他们想到的更多的是利益，而不是环境。现在很多欧洲的设计师在做绿色生态建筑，开了一个好头。但是就我个人认为，绿色建筑是耗费了大量社会资源，建造了一个高科技的生态建筑，从局部来说节约了资源，但是从大社会的消耗来说，它材料很贵，技术很高，实际上是耗费了更大的资源。从这个角度上来讲，它并不是一个真正的生态建筑。但是这正好是人类的实验，如不花大价钱做实验，将来人们就没有基础做到那个份上。研究这些话题，还是非常有意义的。

我经常碰到记者或者官员问，你这个奥运工程里面有什么亮点？这个问题有两部分：一个是你喜欢什么技术的创新点，第二部分就是，你现在的绿色奥运里头有什么亮点，这个经常让我非常为难。我的感觉，第一点让我很难回答的是，在建筑里头，这些亮点，技术上的亮点，实际上是建筑

师在出一个难题，然后由工程师解决的时候，有技术亮点。先出一个难题，通常人说的不合理、浪费等等，然后我要把这个问题解决掉，所以有亮点了。

五棵松体育馆，原来说是要出亮点的，后来说要成为节约办奥运的样子。

从现状来说，更需要绿色生态。体育馆的使用只是晚上，一年能有几十次就不错了。这个时候要花费大量的钱先把绿色的东西，比如建筑材料或者什么东西搞上去，是没有意义的。所以我个人认为，它不是太有效。但是在里头要贯彻绿色的概念，所以必须加进去一些东西。

加什么东西呢？比如说光伏电池板，要求我们必须加上去。加上去以后，我个人认为，也是建筑师的一个毛病。就是我做了这个房子，我当时没有想到要加这些东西，现在要硬让我加上去的时候，从我的内心来说，不太愿意加。因为光伏电池板形象是非常特殊的一个东西，加在我原来做好的房子上，没有什么地方可以加。于是后来我弄在一个非常不起眼的地方，做了太阳能光伏电池板。但是这个必须要解释，因为这个地方虽然对于大众来说看不太清楚，但是正好是一个 VIP 的入口，坐车进去的时候可以看见，发现有一个光伏电池板，是绿色生态的，评价不错。

再有一个就是雨水回收系统，因为五棵松这个场地有 50 公顷，其实可以回收不少雨水。另外，本身这个建筑，130 米这么一个屋顶，也可以回收一些雨水。当时我们都做了一些基础的工作，但是现在开发商来了，他要省钱，他不愿意做雨水回收，所以现在还没有完全进行下去。130 米乘130 米见方的体育馆，是很少见的，这么一个体积，我觉得从节地来说，这个体积是非常小的。

这个体育馆是咱们北京市新旧体育馆，加上所有奥运体育馆里面，每座面积最小的。实际上从这个角度上讲，当时让我想亮点，我想出这么几个亮点来。好多记者觉得，你这个亮点太没意思了。我觉得这个恰恰是实实在在的，对于省地、省体积以及将来的空调运作，都是非常有意义的。

　　我觉得现在建筑设计在整个行业当中的地位比原来有很大的提升，但是它的重要性还没有充分体现，可能和国际接轨还没有到位，这是我的感觉，因为这和长期传统习惯有关系。

　　一会儿我们一起用午餐，在我们单位的咖啡屋，那里的就餐环境比较好。但不会大家都喜欢他们的菜肴，肯定选适应我们胃口能接受的来吃，就是这么个道理。

　　国外当然也是开发、设计和建设的程序，但是设计的重要性比咱们国家要高很多，我们和很多国外大的设计公司的设计师都有合作。国外比较注重知识产权，设计师在整个过程中的权力较大，我们在这方面虽然改革开放以后获得很大的提升，但是还有很多工作要做。整个的设计，包括环境和建筑的设计都存在，所以在产业链中设计应该更值得重视，更值得尊重。

刘自明：

一个笑料接着一个笑料闹哄哄的小品，不是没来由的受青睐受欢迎地流行
中国当代建筑点缀给大地的相当多数是十分轻松的作品，小品约等于轻松
很快展示出一个热闹场景，速逝的场景，做出一些夸张的姿势，简单易懂
过程简单化甚至无厘头的切换、复制、剽窃、挪用，有它生存的合理合情
像我现在语言符号和观念以及信息的使用，重复性很重，感觉到熟悉机能
也能看出部分灰色的剪影，但我有我的篡改和我的风格，基础知识的形成
史无前例的工作量提供机会，也供给极不具备基础知识的人以刀叉和大葱
本来曲高和寡的专业，成为有利可图的产生，携带强烈功利染指游戏规程
同样的游戏，专业的有专业的玩法，强调超常的创意技巧，超凡的观赏性
业余的有业余玩法，突出的是乐趣和参与的高兴，无所谓高下不计较输赢
本质上讲，他们势必与所有涉及到的其他人具有价值取向的不同，是个另
无论任何时代与业主见解不谋而合或者一见如故恰如做梦。因与市场相逢
可是专业的难道只剩下炫耀技巧，只剩下艺术价值一项值得操心吗？不行
搞艺术和设计创作的与业内其他人士的差异，在于敏感和内心杠杆的天平

人在开发者心目中，要能换算成银行票证，人在政客心目中是抽象的民工
关心人，也是中国所有专业领域最少的分成，而这，具有悠久的历史传承
地球目光关注的是人与人之间的关系，而非本身的事情。没有人没有路径

对付五花八门的人际关系是独到的技能，这需要高超的功夫，高超的表情
中式和西式思考方式及观念的异同，为什么作品缺乏力度也从某角度证明
具独立人格的思考者生活在真空，挽救珍稀品种，要恢复他们自然的环境
时刻想着价值问题，学以致用。不能为思考找到市场，本身就要怀疑个性
思考的人，每天都在实践着。独立的声音、独到的见解，在市场不受欢迎
有的你获得，你耳闻目睹的视听，往往为错觉，它们属于伪评伪批伪现形
是合唱中的不同声部，图的是音色圆润、效果强猛、显摆更多的形式技能
甚至更多听见的不是专业化程度很高的合声，是旋律单一不分声部的歌颂
用中国的概念和思路，随心所欲地挪用西方外表和符号的现成，拿来主动
史无前例的建设速度和工作量，并不必然保证杰作的纷呈，不乏壮观伟雄
雄伟的规模和数量，记录下这时代的特征。对设计者是个非常自由的时空

对于建筑，价值观简单地说往往是指建筑好坏的问题，但同时又复杂纷纠
对同一个建筑，其看法和评论却往往不同，比如：中央电视台新总部大楼
2008 奥运会主场"鸟巢"工程。从学术角度看，建筑有时没有标准和要求
建筑一般分两类，一类是解决诸如城市、技术、文化等问题属于学术分流
另一类，属于商业性建筑是满足市场和业主的要求。这很像中国文学作秀
商业性建筑的建筑师也要区别良莠，有的一味迎合有的牺牲利益抵触对手
有的坚持原则与甲方沟通最终双收。坚持不懈坚持不渝坚持是流血的阵守
世界上，大部分的建筑师是商业建筑师，商业建筑的市场投放量最多最臭
建筑是一个社会性产品，它是政府、开发商、建筑师以及市场产物的合谋
建筑师处于被开发商和政府钳制的卡口，其建筑怎会影响市民的趣味感受
建筑师要引导适当的建筑形象与合理的居住方式，实验性的今天独具榜首
中国的实验建筑师尽管处于边畴，1999，首次实验建筑师作品展至今往后
他们仍会以独特的设计方式系统的理论思想，成为年轻人的偶像而非木偶
规模虽小但会逐渐影响到整个建筑业影响商业建筑师，脚步零乱可以装修

董豫赣：

雨果的用意显然超出了一般的爱情故事，他试图在他这一明显离题的章节里表明这些时间与地点对立的权力的重叠，也是哥特建筑可以辉煌的全部成因。

因为只有在教堂作为宗教避难所的情况下，艺术家才可以在这里真正自由地表达世俗的生活，

辛辣的讽刺，思想只能在这样的时刻与这样的地点以这种方式获得与建筑的重逢，所以全部思想只能写在叫做教堂的石头书上。它若不托付于教堂的建筑物，而是鲁莽地采取书本的形式，就会在广场上被刽子手们付之一炬（在秦始皇的时代，因为没有宗教避难的一面，广场上不但焚烧了书籍还坑埋了儒生）。因此，教堂建筑也成为那个时代思想唯一的出路。为了能一见天日，各种思想从四面八方汇聚而来，社会的全部物力与智慧都在这里集中。

就这样，以建造教堂为借口，艺术得到广阔而辉煌的发展。所以这些教堂一次比一次建造得更大更高。

大建筑与大山一样，是若干世纪的作品。往往艺术发生变化而建筑尚未完工（比如夏特尔教堂迥异的两座钟塔表明了分别修建时间的距离遥远），于是人们按照变化了的艺术法则不慌不忙地继续施工。在那个时代，在文艺复兴以前，人们有造化还不知道风格问题，人们有造化还不知道社会分工问题，人们齐心合力地将建筑看做集体的事业。因此哥特的教堂建筑与其说是技术或天才的产物，毋宁说是整个民族整个时代的创作。假如我们在金字塔里知道建筑师是伊普荷太姆，而在雅典卫城里知道菲迪亚斯，哥特建筑反而是匿名的：它们是一个民族的遗物，是许多世代的积累，是人类社会迭次蒸发后的沉淀物……

一言以蔽之，它们好比地质层系，每个时代的洪流都把自己的冲击层叠加上去，每个种族都在建筑物上留下自己的层次，每个人添加一块石头。在这里海狸、蜜蜂与人的行为如出一辙。

赵小钧：

值得一提的是设计过程中成功的团队合作。它出现在中外建筑师的合作中尤其难能可贵，这

一局面极其令人快慰。在起初的分歧与争论过后，参与的每个人都热情地为这一方案贡献了自己的智慧，使之一步一步向好的方向发展。最后的结果所有参与者都视同己出，读得到每个人眼中对方案的期许和爱意。中外合作设计在中国已不是新鲜事，但是很多情况下合作得并不完美。经常是外方做方案概念，中方深化设计，在这个过程中由于缺乏了一方积极参与的主动性而使合作更多时候仅仅是一种分工，在这里面也很难再谈中国建筑师的自身设计能力的学习提高。这次和PTW、ARUP合作让我们充分感受到设计团队的力量，每一个成员都可以在设计里面找到自己意见的反映，因而每一个人都将这个设计看做是自己的努力结晶和骄傲。正是这种集体智慧的贡献产生了优秀的作品，中方建筑师也因为积极的参与得到了对方的尊重。就是这样一个相互尊重，相互信任，相互包容的团队使得"水立方"的诞生过程如此令人回味。

回首过程竟然发现，所有参与的人缺一不可，方案中留下了每个人的印迹。在这一过程中都能够得到很多文化与情感上的历练。事后大家彼此想念，怀念这一段共同的经历，这已经是从工作与事业中可以得到的最大快乐和享受。

在设计过程中很重要的一个工作，是对世界和国内潮流的把握、对竞争对手情况的分析及评委价值取向的研究，以决定自己的对策。最终的结果与我们当初的设想基本一致。作为设计的主要参与者，我们自认为"水立方"在艺术价值上绝不及惊世骇俗的境地，仅仅可以看做是在建筑设计中寻找人文内涵的一些愿望和努力，结果尚需评判。但对过程的掌控、成功的团队合作、过程中做的每一个选择以及一个中外合作的良好局面等等都有圈点之处。

本来建筑设计就应当是冷静与理性、与激情、与灵感的对比与均衡，这种均衡与方案中处处追求的强烈与含蓄、平静与灵动、规则与自由的均衡如出一辙，也许世上的很多事物都是一样的。

看似简单的"方盒子"，是中国传统文化和现代科技共同"搭建"而成的。这话有道理，没有规矩不成方圆，按照制定出来的规矩做事，就可以获得整体的和谐统一。在中国传统文化中，"天圆地方"的设计思想催生了"水立方"，它与圆形的"鸟巢"——国家体育场相互呼应，相得益彰，而这个"方盒子"又能够最佳体现国家游泳中心的多功能要求，从而实现了传统文化与建筑功能的完美结合。

"水立方"不仅是一幢优美和复杂的建筑，它还能激发人们的灵感和热情，丰富人们的生活，为人们提供记忆的载体。因此设计中不仅利用水的装饰作用，同时还利用其独特的微观结构。

中国社会发展到了现在这个阶段，各个方面的因素渐渐地在融合，融合的过程里面我们是可以通过做到对互相各自利益的一种尊重，换取大家互相价值的一种承认，实际上这个过程在我们这个行业、设计师、知识分子所提供社会价值的时候，这是一个非常好的机会。也就是说，实际上上级领导也是很理解这件事情的，所以在最近听到了和谐社会、创新，给这样的社会现实带来了很微妙的变化。在这个变化里面，作为设计师怎么理解这件事情呢？我觉得非常有感触。"水立方"的设计过程里面遭遇到的一些事情，"我也进来了"反映了一个心态，我们这样的国家，当有很多的工作面临外来的引入或者说是冲击的时候，我们保持什么样的心态，能够在里面获得更好、更大的价值，这是非常受启发的一件事情。

白天仓：

以前体育场馆建设属社会公益项目，一般由政府投资，主管部门经营，出现亏损由财政补贴。许多体育设施在建成后，往往成为政府财政补贴长期甩也甩不掉的"包袱"。现在建设投资方式分两部分：北京市政府出资 58%，授权北京市国有资产经营有限责任公司作为出资代表；另外的投资部分则通过全球招标，由最终中标的项目法人合作方出资。

国家体育场投资额度巨大，赛后营运成本巨高。为吸引投资商，北京市开出了相当优惠的条件，除国资公司代表政府投资 58% 外，在土地转让、拆迁等方面也都给予了相当优惠的政策。

2002 年 10 月 28 日，北京向全球公开发售奥运项目资格预审和意向征集文件，国家体育场项目法人招标工作正式启动；2003 年 1 至 2 月，由中外专家组成的评委会对投标申请人的投标资格、建设方案设想、融资计划思路、运营方案意向等进行评估，确定了 5 名投标人围者；2003 年 7 月，在对投标人递交的优化设计、建设、融资、运营以及移交等方面进行综合评审后，推荐了 2 名中标候选人；随后经过谈判并报有关部门批准，最终确定项目法人合作方中标者。

2003 年 8 月 9 日上午，国家体育场项目法人合作方签约仪式举行，以中国中信集团公司为代表的联合体，最终成为国家体育场项目法人合作方招标的中标人。这个联合体成员包括北京城建集团有限责任公司、美国金州控股集团公司及中信集团公司所属国安岳强有限公司。中标联合体与北京市国资公司共同组建项目公司，项目公司将获得 2008 年奥运会后 30 年的国家体育场经营权。国资公司 30 年不参与分红，经营期满后收回完好的体育场。

项目法人招标工作的国家体育场等 6 个项目，总投资约 205 亿元，其中 85% 即 174 亿元的资金通过项目法人招标，运用市场机制融资。

奥运建设项目，会大力推动北京产业结构的调整，增强城市经济持久发展的后劲；会提高就业率和就业质量。首尔奥运会提供 16 万个就业岗位，为制造业提供了 5 万个就业岗位，为建筑业提供了 9 万个就业岗位；1992 年举行的巴塞罗那奥运会，增加就业人数达 8 万；而 2000 年的悉尼奥运会使悉尼的直接就业人数增加了 45 万人。

有专家预计：北京奥运会的召开，将给北京创造大约 200 万个就业机会，其中直接岗位就有 80 万个。奥运会拉动与此密切相关的体育管理、电子信息、环保产业、文化产业和旅游服务等产业，并由此将催生 100 多万个新职位。

奥运会在任何城市举办，都意味着庞大的工程建设，意味着种种最先进的技术手段的运用。高昂的费用曾经使奥运会成为经济上的噩梦，巨大的亏空也曾使申办的热情受到一定程度的遏制降低，甚至 1972 年还发生了交还冬奥会主办权的情景。直到 1984 年洛杉矶奥运会扭转局势，才变成了一项有预期赢利的事业。

在近几届奥运会的筹办过程中，仍然时常听到建设工程进展不顺畅的消息，巴塞罗那、亚特兰大、悉尼的场馆工程建设都引出过"能否如期举行"的担忧。雅典奥运会更是在赛前5个月，仍有半数场馆未能完工。这足以显示出奥运计划的支出，极其巨大。现代奥林匹克与古希腊奥林匹亚的定期竞技集会，显然已非故事，犹如在当下生活中要想享受最简单、最纯粹的乐趣，已成奢侈一样。

厕所：

毫无疑问，清洗公厕的工作给人的印象是薪水少、形象差。在新加坡，公厕清洁工每月的薪金大约是500新元（约折合人民币2500元）。而这批学员在结束培训后，将成为公厕清洁行业的骨干力量和专业人员，月薪也将猛增到1000新元。除了厕所清洁培训课程之外，学院还将开设公厕设计和建筑课程。看看，厕所的建筑、设计也将得到提升。提升是好，但我们也隐隐约约有点不安。一个国家和一个国家不一样，一个地区和一个地区也不一样。我们境遇的三六九等，短时间内是难以解决的。

如厕是本能。据考证，人类直到近代还没完全摆脱"旱地行动"的方式。1852年8月14日，世界第一座冲水马桶式公共厕所在英国诞生，人类厕所文明进入新时代。到21世纪，世界各国的厕所文明参差不齐，尽管日本等发达国家走到了厕所文明的前列，但还有相当数量国家的厕所设计与使用，停留在18至19世纪水平。世界卫生组织（WHO）的一项报告显示：目前，世界上仍有40%的人口无法享用合理的公共卫生设施，致使传染病肆虐，每年夺去200万条生命！

这数字多可怕，它告诉人们不仅仅战争要死人，不仅仅天灾要死人。不寒而栗，我们厕所——

人类的忠诚朋友，也能置人于死地？！

中国厕所资源的开发和保护很不平衡。有统计，截至 2001 年年底，共有公厕 107656 座。按 13 亿人口来计算，平均每 12000 人才拥有一座公厕，而这些公厕，绝大部分都在城市。

网络报道：在北京、上海、深圳等"窗口型"大城市的一些主要街道，不乏花费上百万元装饰的"豪华厕所"，而百姓生活区内的公厕卫生难以让人接受；全国厕所每年泄漏生活用水 7 亿吨，1 吨厕所排出的污水可污染 220 吨干净水，全国城市每天厕所耗水 1440 万吨。

世界上对农村改厕分成 4 个等级。第一个等级，以泰国为代表，卫生厕所覆盖率 75% 以上；第二个等级，以印度尼西亚等国为代表，卫生厕所覆盖率为 50% ～ 75%；第三个等级是 25% 以上；第四个等级在 25% 以下。中国处于第三个等级。

2008 年奥运会即将在北京举行，在北京举办的 2004 年世界厕所峰会上得知：北京在过去三年时间里新建和改建了 700 多座星级旅游公厕，从 2007 年起到 2008 年奥运会前，北京每年要建设和改造 400 座符合标准的公厕。

北京共有公共厕所 5000 余座，其中又以天安门广场毛主席纪念堂西侧、中国国家博物馆北侧和故宫博物院金水桥西侧的公共厕所，档次最高。

高到什么程度？曾有媒体如此表述中国国家博物馆北侧那座公共厕所：蹲位宽敞明亮自不必说，里面还有巨幅壁画、电脑查询台，上面能清楚地反映总共有多少个厕位，哪个厕位有人，哪个没人，每个小便位后面还有挡板。无论是洗面台还是地面都擦得锃亮，如同进入了宫殿。

故　宫：

乾清门在保和殿北，广宇五间，是"内廷"后三宫的正门。里边便是乾清宫。清初是皇帝"御门听政"的地方。乾隆的御门诗中有：凌晨御内朝，咨采接群彦。门联也是这位爷写的：

帝座九重高，禹服周疆环紫极

皇图千禩永，尧天舜日启青阳

多高是高？《楚辞·天问》："圜则九重，孰营度之？"高大，也许说明不了什么问题。我故宫有多高？不高不一定不宏伟。

工地 四　火

阿　端：

《说文解字》火：毁也。南方之行。炎而上。象形。

俺理解的意思是说，火是物体燃烧时所产生的光焰。又称毁。五行之一，配属南方。火其性炽盛上腾，其色红黄兼备。

火代表热能，其作用可大了去了，当年若没有火，补天都甭想。创造世界万物的女娲——俺们邯郸人，在大江大河中挑选了许多五彩的石子，架起火来，把石子炼成溶液，然后用这种溶液去修补破坏了的天。

火能成全也能破坏，恶狠狠一副凶煞模样。2003 年年底，邯郸的武安北岭煤矿火灾，26 名矿工窒息死亡。2005 年 8 月，桃顶山煤矿火灾，13 名矿工全部丧生。2006 年 2 月，邯郸市的康德商场工地突燃大火，吞噬了整个二期工程。火火火，这年头当吉利的多。

火的红黄让俺想到色彩，都是你给俺的那些书闹的。俺所见的各种色彩，都是由三种色光或三种颜色组成。它们是不能再分拆出其他颜色，这就叫三原色。一类是光学三原色：红、绿、蓝。把这三种色光混合，随便可以得出白色光。像霓虹灯啊，邯郸夜了个多嘞花嘞眼嘞，它的光本身带有颜色，直刷刷刺激俺的视觉神经，一刺激俺就有色彩感嘞。电视荧屏和电脑显示器，大同小异。二类是物体三原色：青蓝、洋红、黄，三色混在一起，是黑色。物体不像霓虹灯可以自己个儿放出色光，它要依附光线照耀，再反射出部分光线，视觉就产生了颜色。

应该说谁都受到过色彩的感染，色彩的感染力极其巨大，专家指示俺世界上没有好看的色彩和不好看的色彩这么一说，关键看设计师如何运用嘞。运用崭新的观念去表现色彩的特色，设计和组合要清新，就可以引导俺们观众再一步深掘色彩背后的含义。大自然用没有形状的大手给俺们展示了一个色彩缤纷的世界，变化万千的色彩配搭令俺着迷。成功的色彩设计是极富生命力的，可以长久地感染俺们观众情绪嘞。俺是把这些话，当做名言名句楔在脑壳壳里嘞。

北京有根线叫中轴，刚好从"鸟巢"和"水立方"中间穿过，再往北嘞延伸，这一大片以后是奥林匹克公园。俺们可以想象，白的"水立方"，灰的"鸟巢"，玻璃光亮的国家体育馆，绿色的植被环境。俺争取 2009 年带着俺娘俺媳妇俺闺女来一趟。

俺掐算过嘞，国家体育馆的玻璃幕墙总面积差不多 19000 平方米，相当于 45 个篮球场，28 亩地还多。俺还没一次种过这么多地。幕墙玻璃最高处是 41 米，玻璃片分量重到 500 千克嘞。南北面倾斜明框玻璃幕墙，外倾斜和水平面是 80 度夹角。这些个玻璃对大自然恩赐的阳光，给予嘞充分的呼应。它们是光色的最大受益者。光色和色光好像不大一样，俺这么琢磨，就又去看你给的书。

俺差不多读了十遍，才明白一点。色光混合与颜料混合，得出的色相是不同的。白色光是有色光的混合，色光混合得愈多愈显得洁净明亮，也就愈近似于白光。光谱上的红和蓝绿、紫和黄绿、蓝和黄等对比色光混合，都合成一种色光的色相。而颜料的对比色混合就成为灰黑色。颜料混合越多，纯度越差，色相倾向越灰黑。

原色是什么？原色是根据太阳光谱绘成的颜料色环，其中红、黄、蓝称为三原色——哦，说过嘞。恁别嫌烦，恁烦俺更背不出嘞。原色是指这个颜料中的色彩，已不能再进行分解嘞。就是说，红、黄、蓝这三个基本色，不可能用其他颜色调配出来。它仁是色彩中最纯正、最鲜明、最强烈的基本颜色，但它们的三色，可以调配出其他各种色相的色彩。

还有个色也得说就是间色——好像特专业其实都是基本常识，由两个原色相混合的色彩叫间色，就是红调黄得橙、黄调青得绿、红调青得紫。这么一来能产生红、橙、黄、绿、青、紫，六色色环。美术课上俺学过，几个颜色大圈圈。把这六种色与相邻色相再调和，还可以再得到六个间色：红橙、黄橙、黄绿、青绿、青紫、红紫。如此等等就可画出 12 色色环环。好玩吧，对色彩我是越学越明白，越学越来情绪。有兴趣背起书来，记性也好。没兴趣就完了，连中午饭都记不起吃的是啥。

曾 哲：

火中显品质。有个寓言：一只猴子和一只猫看见炉火中烤着栗子，猴子叫猫去偷，猫用爪子从火中取出几个，自己脚上的毛被烧掉，栗子却都被猴子给吃了。这个故事叫火中取栗。是法国拉封丹写的。故事的意思是说猫多么地愚蠢，猴子多么地聪明。实际上是借助他人不劳而获是欺凌弱小是抢夺，不值得提倡。想吃栗子就自己拿，甭玩儿这投机取巧的把戏。在中国文化道德观念里这叫假手于人，是被唾弃被贬低被轻视的。

火梢有钩子，勾我想起很多事。那年我独自游逛到青海玉树的通天河边，征得活佛的同意，住在他的寺庙里，几天后继续上路。临行前他送了我佛珠和一个火镰。火镰像镰刀，打在火石上，火星点着火绒。火绒是用艾草蘸硝做成的，极易燃烧。在海南的毛公山，认识了一位火居道士。开始不解什么叫火居道士，后来他跟我解释，就是不出家也可以娶老婆的道士。可我不明白，这为什么就是火居——是居住在人间烟火中的出家人？

火焰表情怀。大凉山的蘑菇岭，白云缭绕。彝族的火把节是在农历六月二十四开始。唱歌啊，

跳舞呀，喝酒啦。太阳沙啦啦一落山，把天擦黑了，人们在火塘里点燃火把游山。你若站在高处看，山峦山路彝族人都没有了，只有弯曲的火龙。火还聚情趣，老友围着火盆，用火筷子挑着烧熟的橡籽，就着热酒，吃着喝着，在火炕上闲聊。

焊接需要火色，但得拿稳火候才行。"鸟巢"的焊接量和焊接技术，是一大串数字，一串惊人的数字。

要是不把真理迷信的话，其实你我看待一个建筑，也可以认定它能诞生一个真理，像金字塔，像泰姬陵，像古希腊神庙，像艾菲尔铁塔，像悉尼歌剧院，像长城、故宫。这几乎是历史的鉴定，而不是片面的现在结论。现在的结论，永远是片面的。

建筑和历史有相似之处。你看历史上的人物，要不是那个时代过早地就下了结论的话，他们就更伟大。比如中国的孔夫子、秦嬴政、武则天；外国的拿破仑、柏拉图、哥白尼、牛顿、黑格尔。过去看到了他们的结论，今天就都出现了质疑。

我寄予腿力，建筑寄予光纤。预言有一天，钢铁的"鸟巢"离开了北京的中轴线，灰色的光芒，在大海的上空出现。你瞅着吧！

肠胃不舒服的人，要远离"鸟巢"这样的建筑。它会使你呕吐，吐出一匹威风凛凛赤红色的西极骏马。我在帕米尔高原，见到过它一动不动的姿态。一个人看到是梦境，两个人看到的就是现实。"鸟巢"已经矗立在那里，不是梦。

苏州古往今来人才辈出，蒯祥、唐伯虎、阮仪山。贝聿铭大家都知道也是苏州人，法国罗浮宫前的玻璃金字塔和柏林的历史博物馆及北京香山饭店都是他设计的。我在撰写这段文字的时候，恰在北京的香山别墅居住，离香山饭店只有数百米。昨晚一场三月小雨，把整个山峦淋湿染绿。喜鹊呱呱，黄雀啾啾，穿过竹林带着湿润的风钻进窗来。坐不住了，便来到这座洁白的香山饭店前，看着手中他设计的苏州博物馆的照片，一方面觉得这两个建筑很有些相似却又不似，一方面又感慨这位令人尊敬的老人。有报道说：在他90多岁设计了苏州博物馆后，他曾欣喜地告诉大家，这是他的"小女儿"。报道中还说：博物馆内的一草一木，都是贝老亲自选定的。苏州博物馆的位置，在今天的"拙政园"旁边。

这时香山的香炉峰的香雾平台，一群喊山的人，在放喉大叫：好哇——好哇——好哇……妙啊——妙啊——妙啊……山香、泉香、云香、雾香，连缭绕着云烟的香炉峰，也是香的。这个香山啊！

故　宫：

蒯祥（1398 年—1481 年），苏州吴县香山人，明代初期著名建筑学家。蒯祥的父亲也是著名匠人，

参加过南京明宫城的建造。蒯祥 20 岁时与全国各地数以万计的优秀工匠一样，被征召到北京，参与皇家宫城的建造。当时他是"香山帮"匠人的首领，跟现在的包工头差不多。"香山帮"是以木匠为领衔，集泥水匠、漆匠、石匠、堆灰匠、雕塑匠、彩绘匠于一体的建筑群体。《苏州府志》记录："回廊曲宇，祥随手图之，无不称上意。"38 岁那年，他受命营建乾清宫、坤宁宫和重建太和殿、中和殿、保和殿工程；66 岁担任十三陵之一的裕陵地下宫殿的总设计师。

乾清宫始建于明永乐十八年（1420 年），清嘉庆二年（1797 年）火灾后重建。此宫广九楹，重檐庑殿顶，是皇帝的寝宫，与交泰殿、坤宁宫合称"内廷"后三宫。后来皇帝有时也在此召见大臣。有乾隆题联：

克宽克仁，皇建其有极

惟精惟一，道积于厥躬

这是和平大义劝诫的一种表达。能宽厚，能仁爱，所施政教得其正中；只要精心，只要专一，积累道义在于本人。

朱小地：

说到了"水立方"和大剧院，我觉得又过头了。没什么意义，一点没有值得夸耀的意义。

五棵松上面放几层楼，简直就是滑稽丑陋，完全违背了建筑学的意义。

北京奥运项目本身，实际上真正是中国开放与东西方包括经济、文化，包括城市管理等等各层面能力的碰撞。

我现在负责整个奥运工程景观。说白了除了房子之外，地上绿化、景观、运营这些都要管。我们的管理能力，我们整体思维的稳定性差很多。中国人逻辑思维较差，跳跃性思维，随意性很高，本身没有章法。来了，也不知道哪个好，哪个最新、最漂亮，就是它了。

有一个国外的人写"鸟巢"说：对于建筑师来讲，中国是个梦想的大陆，在这里可以做很多的事。现在的人们受到鼓舞，纷纷去尝试那些愚蠢和放纵的设计。在好的和不好的品位之间，在简约和繁琐之间完全没有区隔。北京的奥运建筑，传达给我们的信息是，没有任何事会令人惊讶。他的意思是说，好坏没有区别，追求新颖，追求视觉的冲击？他也不知道中国人要什么，中国人自己也不知道要什么。是两条平行的线，偶尔会交叉，这就是"鸟巢"。

"鸟巢"肯定会有争论，当时国家大剧院就是这样争论。《建筑学报》登了好几版，好的坏的骂得狗血喷头。我对以前老专家的能力表示怀疑，因为他们做大工程比较少，他们没有实际经验来评判，"鸟巢"模型比较好看，放大就不同了，人的视觉尺度就变了。这和雕塑不同，雕塑没有尺度的。建筑，要受建筑空间限定，建筑的尺度感比较可怕。你走到"鸟巢"身边，每一个截面都比较大。你感觉

它和人的距离，那么远。

正是一个历史时期，可能过了这个时期，又会回落。解放以后，民族宫、工体、首体都是大屋顶，都是我们做的。大屋顶浪费太大了。

吴之昕：

"鸟巢"膜结构大致是这样的，下面一层膜叫声学膜，相当于天花板，吸收一部分声音，改善体育场扩声系统的语言清晰度；上面一层膜叫光学膜，既透光、又挡雨。中间可以活动的可开启屋顶，在设计调整时已被取消了。照理说一把伞的伞骨可以做得很细，现在下面伞骨做得很大，90%都是撑着自己的重量。上面的两层膜厚度，声学膜 0.35 毫米，光学膜只有 0.25 毫米，很薄很薄，几乎不占什么分量。下面的钢结构很大很重，最厚的部分钢板厚达 11 厘米。这些厚钢板，焊接上都有技术难点，目前都解决了。所以我自己感觉建筑上也是成功的、好的，可以成为一项中国的历史文化遗产，是一座经得起看的建筑。当然，在结构上应该说还有改进的余地，不过现在想要改也已经晚了。

我感觉，外国人理解中国文化还是很肤浅的。在贵宾厅使用一些中国的丝绸，红色的，用寿字图案来体现中国文化。在建筑外形上是那样的，而里面的墙，大量用的是故宫红。还有争议，我们现在在做样板，等着建筑师来看，业主来看，政府来看。工人担心会不会改，业主讲现在还不好说。一天没开工，随时都有可能改。里面的墙是红的，外面的骨架是钢的，银灰色的。这样颜色明亮、吸热少一点。我们的钢结构很怕太阳晒，晒了以后钢结构会膨胀，由于跨度非常大，每一个桁架跨度 250 米左右。温度升高 1℃，要膨胀 5 毫米。如果升高 40℃，钢结构表面会非常烫，能够到 60℃，钢结构会伸长 20 厘米。温度控制是个大问题。合龙也是大问题。合龙要在最冷与最热中间，取一个中间值。原定北京最冷 −27℃，最高 40℃，钢结构表面要比气温高 20℃，再加上 20℃……钢结构的使用寿命，设计年限是 100 年，能承受 7 级以上的地震。耐久性，也都考虑了。合龙的温度，原来要求是 14℃ ±4℃，也就是 10℃ 与 18℃ 之间。现在调整到 19℃ ±4℃。

我说的这些，工地简报里有，在我们的局域网。对新闻媒体不能说，不能随便说。我自己琢磨了一些施工心得，今后，想和同事们一起弄一本施工实录。

低成本、高品质是建筑工程企业所追求的一个永恒的目标，也是我们在市场上占有主动地位的一种基本的竞争策略。

随着我们国家的建筑市场的发展和我们中国加入 WTO，现在我们中国的建筑市场蓬勃发展，同时竞争越来越激烈，国内的建筑市场的竞争也趋于国际化。我国工程造价管理模式也将必然进行根本性改革，从计划经济年代沿用至今的政府统一预算定额将逐步退出历史舞台。一个没有政府统一预算定额的市场化价格竞争时期已经逼近。

在过去的十来年的时间里，一大批乡镇建筑企业在学习了大型国营的建筑企业的施工技术与管理模式以后，取得了长足的进步，开始或者已经走上了建筑施工总承包的舞台，与我们国有大型建筑企业展开面对面的竞争。而这些从乡镇建筑企业发展起来的一大批施工企业和民营企业，他们具有的劳动力资源低廉和经营机制上灵活的优势，往往以更加低的价格与我们国营大型建筑企业进行竞争。而国营大型建筑企业由于历史的原因，背负着比较重的包袱。我们一批大型国有建筑企业在职职工中，有接近 50% 的非生产经营性人员，生产经营性人员也只占 50%。此外，大部分国有大型建筑企业往往还负担着人数相当于在职职工 40%～50% 的退、离休职工。也就是说，在一批大型国有建筑企业里，生产经营性的人员、非生产经营性人员和退、离休职工的比例基本是 1∶1∶1。而从乡镇建筑企业发展起来的一批民营建筑企业，非生产经营型人员一般在 5%～10%，而且他们的劳动力基本上做到招之即来，挥之即去。因此他们的劳动力成本就比国有大型建筑企业低一大块。

价格的竞争归根结底是成本的竞争。面对无情的市场竞争，实行低成本、高品质的竞争战略，关系企业的生死存亡。项目成本管理是企业成本管理的基石。因此，项目成本管理对建筑企业而言，确系存亡攸关。

胡 越：

我的感觉不能简单把建筑师个人和国外比，因为建筑设计是一个很复杂的过程，如果从整体上来看，我的感觉应该属于中等偏下。我们和很多国外大公司合作，他们分工非常细，很多内容都有专人做，而中国建筑师是一把抓什么都做，什么都做就做不精。业主也没有意识要多花钱请专业的设计师来做，他觉得你做就可以了，这么多钱就足够了，所以也不给你钱，也不给你时间，我们也没有这种资源。比如说很多资源，在国外已经司空见惯了，而国内可能没有这种资源，只能找国外的资源，但是建筑师又付不起钱请人家。我举一个例子，比如说每天使用的电梯，在国外有专门的设计机构计算建筑需要多少电梯，咱们现在计算都是由一些厂家来做，你要找他算，必须对他有利才给你算，没有利益就不会给你算，还有类似很多问题。所以导致最后做好的产品如果和人家相比，还是有相当大的差距。但是就建筑师个人水平来看，我觉得没有那么大的差别的。

当然建筑从我们的角度来说是一个实用美术，像一个碗、一个锅或者是一辆车那样，不完全是一个艺术品。因为建筑和时装，或者是和工业用品不一样，因为做好会长久影响社会环境，一个锅或者是一件衣服过时就算了，但是建筑会长久影响人们的生活环境。所以我的感觉如果要想提高中国普通老百姓的建筑审美意识，可能还应该做大量的普及工作。现在建筑还是缺少普及教育，也就是我们把它作为一个科学、一个技术，到大学分专业去学，而不是作为一个修养去学习。

其实我的感觉就是建筑比任何一个日常使用的东西对人的影响更多，因为一个糟糕的城市环境会让你感觉这个地方很别扭，但是优美的地方让你感觉很舒服。中国人由于传统的原因，不太注重外在的东西，比如说公共环境，中国人包括在外国长期居住的中国人都不太注意，国外是特别注意维护公共环境。像咱们家里可能设计很好，推开门外面很糟糕。这需要长时间的教化和影响。但是现在中小学都没有提供这样审美的教育，这也是一个缺失。因为在国外据说在这方面的教育还是很多的，比如说国外上大学，学的是艺术但未必从事艺术，只是作为一种教育。比如说意大利这个国家，很多人在大学读的建筑，但是也没有想做建筑师或者是自己盖房子，而只是受教育。罗马大学建筑系就有 1 万人，咱们一个大学可能才有 1 万人，这是很大的差别。所以还是需要教化，因为建筑环境对咱们特别重要，过去大家都注重内在的修炼，而没有注重外在的东西。咱们的外面环境其实很差。

我举一个例子，比如说跃层，就是自己家里面带一个小楼梯这种房子，这种房子其实要是理性的消费，我觉得可能很多房子都卖不出去。这可能与中国人的心理需求有关，但是实际上自己住进去很不方便，100 平方米的房子也要搞跃层，用起来是很难受的，本身就是很小的一套分成两层，楼梯很窄，家里如果有小孩或者是老人非常不方便。这种房子，也是从国外来的，过去是板式建筑，中间有走廊，为了节省面积，本来是两层房子有两层的走廊，通过跃层的方式把其中一层的走廊取消了，节省了公共走廊的面积，提高了房子的使用率。现在这么做其实就是为了实现人们的一个梦，就是住大楼房，觉得自己家里有一个楼梯，楼上楼下，可能觉得满足了他的一种感觉，所以即使不方便也要用。

我不是说所有的跃层，我就觉得面积很小，用地很紧张的户型完全没有必要跃层。跃层原来考虑的是节省面积，现在很多单元式的住宅公共走廊照样层层有，但是还是做跃层。开发商可能有个人的爱好，但是更重要是市场的需求。因为过去住洋楼是很多人的一个梦，欧陆风情加跃层正好满足了人们的这种需求，一个是"洋"，一个是"楼"。

我觉得主要表现在两个方面。一个是开发商和政府官员的水平，这里包括鉴赏水平和执政水平；再一个就是刚才所说的建筑行业内部的机制和人员素质。我们和发达国家还有相当大的差距。

比如说"鸟巢"虽然表现形态不一样，但是方法一样，没有特殊的软件是没有办法做这个项目的。必须要依靠先进的设计工具，工具进步了人才能做这个项目。

刘自明：

观念决定语言，啥样的建筑观念，会选择啥样的建筑语言。观念首当其关
以建筑为雕塑为绘画长卷，为凝固的音乐和立体的诗篇，无疑在选择古典
选择比例和尺度，选择对称与韵律选择节奏的婉转，选择宏伟壮丽的场面
若仅为居住条件会敲定现代建筑语言，强调赛维的准则按物质功能去设宴
没有批评没有局限，毋须考虑对现实和未来的责任，却极易丧失自我创见
肤浅思想的游戏烘托出火爆热闹的沙滩，当事者换来的是立等可取的笑脸
实验建筑师不应该只是媒体的亮点，要占据建筑界的主旋。要以务实作战
实验建筑师的建筑作品，的确使部分项目并兼城市价值，有了升值的空间
新意兼学术性：斯蒂芬·霍尔设计的当代 MOMA，库哈斯的央视新楼盘
良知并商业性：SOM 的上海金茂大厦经典。缺乏实践影响建筑的发展
外国实验建筑师有长时间设计的习惯，修改不断，习惯造成价格飙升飞攀
实验性建筑在中国有了立锥地块。极少主义理论和建构主义理论影响广泛
不仅是形式和表象问题抓住建筑不断，而是这两点对城市肌理的破坏撕缠
原有城市价值的丧失加上大量商业性建筑的席卷，导致该城市格局的遣散

20 世纪六十年代后兴起了研究建筑语言热潮，语言即现代艺术耀眼的旗帜
城市的规划问题远远大于建筑问题，几乎每个城市，都面临对城市的修饰
近来又刮起研究语言的世界风势，语言决定风格，建筑艺术方面比比皆是

救世主不是建筑师，对他们能改变几多，勿设期望值。柳暗花明腾空出世
一七六三年鼎鼎大名的约·杨·威盖尔曼把"风格"概念引入他的艺术史
艺术现象术语二百多年由这家伙把持。以前人们普遍关注建筑风格的争执
建国后建筑界相继有三次建筑艺术风格的讨论。讨论出进步也讨论出矜持
进步和矜持最终烟消云逝。一九七八年后翻开新的时日颠覆固有如期开始
一九八六年"中国建筑风格"再次全面入世，对历史风格概念开始了审视
勒·柯布西耶高举现代建筑的旗帜跋扈地说"风格是谎言"像嫁接的青柿
"建筑艺术与各种风格毫无共同之处"建筑艺术大师格罗皮乌斯异口同志
"我们寻求新方法，而不是风格"他俩从理论到实践都在与历代风格对峙
不无讽刺的是，传统使用强制，把这两个家伙，封为国际建筑风格的祖师
不知道他们的历史性贡献，进而把他们当做千篇一律的火柴盒的伟大创始

大众化使用的通用语言到大师的作品之间，捷径是虚无的更不可能在咫尺
现代语言被批判主义当做工具把持，是精确是无情是一张严格的石蕊试纸
从讲风格、抄袭历史风格——反风格——强调语言，是现代建筑艺术进时
语言决定风格，这一进程的变化本身，是人类对建筑艺术本质深化的认识
风格首先第一步要蠢立即语言表达，至于怎么表达，就是风格再议的开始
既然重点的蠢立已经按部就班，风格的议论，就成为艺术建筑的伟大历史
这么看来对未来的追求，只能尽力明确要蠢立什么，随后才有相应的标志
中国特色、民族风格、社会主义的某种风格不可以固执。固执脚步在后滞
"越有民族性就越有世界性"的观念遍地滋事，盲目抄搬更残缺是非曲直
公家的建筑师，顾主不是使用者，建筑师与使用者之间既无对话也不相识
更无合作的姿势。其设计是按抽象的使用人，被粗略的设计任务书来挟持
建筑艺术本质上，应是建筑师设计师与使用者和管理者合作的一致，应是
现代语言是为满足社会的心理学和人性的需知，而生产而出世而完善之至
古典主义建筑之所以穷极奢侈，因它是象征性的，它必须维护尊严的自治

董豫赣：

没有建筑师与使用者的区别，没有艺术家与工匠的区别，所有人都像工蜂一样，忙碌地修建他们心目中的高塔，他们的共同目标就是通过高塔接近上帝。

这就是巴别塔建筑的全部巨大象征。

那么大建筑，按雨果的判断：建筑就应当是一个蜂房。

而瓦解这巴别塔的恰恰就是被这神话所预言过的，那一次是由于语言的瓦解而导致，而这一次，是因为语言的载体——印刷术的诞生。

任何一种文明都以神权开始，以民主告终。

民主取代宗教，自由取代统一，这条法则也同样写在建筑术里。

提供自由的条件的就是印刷术。

印刷术提供对思想的避难就像修道院对普通人提供身体的避难一样。

以往的书籍因为书写困难而不可多得，因此消灭也就相当容易，印刷术的意义不在于书籍的持久而在于它发行的广泛而无法集权控制，它的小使它便于流通、繁殖并蔓延。

思想一旦取得印刷品的形式，就比任何时候更难毁灭；它四处扩散，不可捕捉，不能摧毁。在建筑术时代它（思想）化为山岳（建筑），挟着强大的威力占据一个时代、一个地点。现在它化为鸟群，飞向四方，同时占领天空各处与天空各点。在印刷术发明之前，宗教改革只是教会内部的分裂行为。有了印刷术，它便成为革命。

这不仅仅是一场宗教改革的革命，也不仅仅是雨果那"文学将杀死建筑"的预言。人的思想在改变其表达媒介时也将改变其表达方式；从今往后，每一代人的各种重要思想，既然不再用同样材料以同样方式书写，那就不再会有大一统的思想，也不再出现大一统的建筑术。

建筑艺术将被社会分工所分离并被瓦解，既然建筑术与其他艺术处于平等的地位，既然它不再是君主艺术、暴君艺术，它就不再是总体艺术，它就不再有力量拘束其他艺术。与建筑分离使得其他艺术都获益匪浅地获得平等而独立的权利——这是民

主与自由的核心纲领。于是，原先从属于哥特教堂里的石匠成为独立的雕塑家（米开朗琪罗），为哥特教堂绘制彩色玻璃的工匠摇身一变变成崇高的画家（拉斐尔），而为教堂演奏教堂卡农曲的乐工从此蜕变为尊敬的音乐家（巴赫）。

赵小钧：

我自己是一个建筑师，跟许多设计师有一定的区别，不完全一样。而且我有一些自卑，因为在1993年、1994年的时候也做过一段时间设计，但是没有做成功，做了两年又开始做建筑设计，还好，转变没有走错，因为在设计的行业里面后来也做了一些事情，也有了一些收获。从"水立方"的设计来讲，它对我的影响也是很大的。在"水立方"里面我们也有很大的责任，很多行内、行外的人说成是中国设计师主导的设计，但是我身上有一种压力，这种压力来自于大伙的期待、大伙的希望，甚至可以说在目前新闻化框架下大伙的一种愿望。所以"水立方"的好坏对我来讲确实是一件非常大的事情，在很多的场合我也介绍到"水立方"。今天在室内设计里面，我加了后来在工作过程里的一些内容，以及后来"水立方"设计里的一些内容。

首先，我介绍一下"水立方"设计方案时的一个动画。"水立方"跟"鸟巢"的关系，它是在奥林匹克公园里面最主要的两座建筑，东边是"鸟巢"西边是"水立方"，它在奥林匹克公园最前端，也就是北四环边上最醒目的两座建筑。在这里我介绍为什么它就是这样一个盒子，很方、很完整、很简单。

北四环，这是北京的中轴线，"鸟巢"在这个地方，"水立方"在这个地方，在中轴线的两侧，它们两个是奥林匹克公园最醒目的两座建筑，这两个建筑怎么样能够给人非常舒服的感觉，能够给人非常景观的感觉，能够给人非常醒目的感觉？"水立方"不光是奥林匹克的场馆，更多的是为了以后的运营。为什么要设计一个方盒子？从这个效果图上我相信每个人都能看得出来，它是一个对比关系，这两个房子少了谁都不行，必须让它们在和谐的关系下共存，这才是最主要的目的。"水立方"的设计是在"鸟巢"之后，我们不敢相信没有"鸟巢"的话，"水立方"会是什么样子，这都是没法去衡量、没法去猜测的一种情况。在设计"水立方"的时候，重要的原因是先有了"鸟巢"，"鸟巢"正好是在我们接到设计任务的几天之后它宣布了中标，然后媒体、整个学术界、我们的行业里面都引起了非常大的一种冲击。因为"鸟巢"还是有非常大的设计价值。"鸟巢"也就成了我们设计"水立方"的最主要的前提，基于这个前提我们要设计一个跟它相匹配的房子。当时在设计的时候，我们开玩笑，说得很通俗，说"鸟巢"给人的感觉很强烈、很肯定、很确定。它在整个奥林匹克公园里毫无疑问居于主导地位，这个主导地位是不容抗拒的，而且其他的任何后来的体育馆、后来的会议中心等等的这些建筑都不可能对"鸟巢"产生任何意义上的一种覆盖、一种强迫。所以"水立方"

当跟"鸟巢"摆在一起的时候，它的关系是最值得考虑的。从设计的根本出发点上，我们跟外方就已经产生了一些不同。

一开始我们三个中国人在悉尼一起做设计，跟外方的合作过程里面，我们都在画草图，我们三个人很奇怪，我们画的草图都有一个特点，我们都画了一条水平的直线，我们的屋顶做的是平的，但是外方的在屋顶上做了一个球状的样子。当时就这个问题我们跟外方之间有非常多的对话，这其中基本上集中到了游泳馆，它应是什么样的地位？我们非常清晰地告诉外方，游泳馆是一个配角，而不是一个主角。在这个问题上也经过了比较长时间的磨合，才达成了一个共识，我们要做一个配角，要做一个非常认真的配角。

白天仓：

当全世界享受着雅典的盛宴时，唯独雅典人却在担忧奥运可能带来的"财政悲剧"。希腊投入奥运会的各项开支已高达 30 亿欧元，这远超了预算的 11.4 亿欧元。更为悲观的是，大赛拉开帷幕后开支还在继续上升，最终在 70 亿欧元左右踏步。举办奥运会的荣耀与自豪，使得奥运会越来越像是炫耀财富与国力，而不是竞赛力量与智慧的场所。这也使得奥运会从财政上变得越来越沉重，甚至越来越危险。感谢希腊人给中国人提了醒。2000 年悉尼奥运会后，大量体育场馆闲置，造成了巨大的浪费。也是借鉴。

中国开始从狂热回归理性。开始思考：奥运应该为中国带来什么？是一次巨资堆砌的华美丰碑，还是一次真正走向现代化国家的洗礼？

距雅典奥运会开幕仅剩几天，有十多个奥运代表团已入住奥运村。各国的游客陆续到达，雅典各大宾馆的房价上涨了七八倍。一度滞销的奥运门票，也随之开始热销。排球馆里边已封馆，但周围的道路还没建好。虽然只剩几天，但在雅典的 35 个奥运体育场馆中，还有将近一半的场馆还在进行紧张的收尾工作，甚至一些地方还没有绿化。

国际奥委会主席罗格说，现在看来，当年选择雅典作为奥运会主办城市是个错误的决定。他认为要接受教训，今后国际奥运会在选择承办城市的时候一定要避开中小城市，一定要避开那些基础设施本来很薄弱的一些城市。

有"9·11 事件"做背景，雅典奥运会在安全方面的投入史无前例。安全费用的支出是 2000 年悉尼奥运会的将近 5 倍，是 1996 年亚特兰大奥运会的 50 倍。

2004 年 7 月 1 日开始，7 万多名希腊的军人、警察和海岸警卫队员分别在 35 个奥运比赛场馆进行了重点布防。雅典每天有飞艇在空中搜索 15 到 16 个小时。在奥运会主场馆附近，每十步就会有一处"关卡"，而每处关卡每天 24 小时都至少有两名警察负责把守和巡逻。各个旅游景点、港口以及公共汽车上等公共场所也采取了严格的防范措施。为了应对可能出现的安全问题，希腊还与美国、英国、澳大利亚、法国等 7 个国家的安全问题专家一起谋划安全措施。增加了数千个红外线和高分辨率摄像机、无线电接收装置、计算机组成的安保网络。周密的安防部署背后，是巨额的资金支出。希腊公共秩序部长透露，雅典奥运会开幕前，在安全方面的投入已超过了 12 亿欧元。

有专家预测，雅典奥运会会让只有 1000 多万人口的希腊背上沉重的财务负担，甚至会拖垮希腊的经济。

奥林匹克运动会起源于古希腊，2004 年，奥运会又回到了它的诞生地。与前几届奥运会浓厚的商业味道不同的是，希腊政府希望把雅典奥运会办成一届独特的、真正意义上的奥运会，提出"拒绝奥运会商业化"的口号。值得称赞的气魄。

雅典市共上马了 29 个奥运建筑项目，奥运村是其中最大的一个，每位入住的运动员人均居住面积达到 16 平方米，超过以往历届标准。根据相关研究报告预测，至举办雅典奥运会为止，希腊就业机会将增加 15 万个，公共收入将增加 13 亿美元。在这个神话与历史交错、古代与现代交融的国度里，希腊人期待着一次振兴经济、民族复兴的历史性机遇。

厕　所：

我们一个厕所几个坑？撑死 16 个，有人没人还需要电脑查询？这功夫，不负有心人啊。

按照北京市有关方面的规划，公厕的设置间距应在 600 米至 800 米之间。行人只要走 5 到 10 分钟，就可找到厕所。天安门这样的重点地区，公厕之间的距离为 200 米至 500 米。新建厕所的设计理念注重人文关怀，充分考虑到残疾人、老人、儿童和妇女的需求，设置了残疾人坡道、单独的残疾人厕间及无性别卫生间，设置了扶手。洗手盆的水管、大小便器都是感应出水。有的公厕还配置婴儿床！这对我们厕所来说，的确史无前例。哈哈，婴儿床，使用率能有千分之一（次·年）就不错。

新加坡的厕所以干净著称；韩国以拥有世界上最好的厕所闻名，建筑和维修厕所所需费用居世界第一。

外国游客如此形容中国的公厕："捂着鼻子进去，踮着脚尖出来"、"鼻子是通往厕所的路"、"一跳二叫三笑"（一跳因污水横流，二叫因蛆虫满地，三笑因厕所无门尴尬而笑）。

多年以前，所有的厕所都记得，世上少有人问津我们。但如今，厕所问题在中国成了一个争论不休的话题。

网络记述：在上海，某公厕规定男的收三角、女的收五角，这样的歧视居然还经过了物价局核定；在沈阳，一位大娘内急，含泪向某单位借厕被拒，以致当街尿裤，在风中无奈地承受着羞愧难当的一刻。

这一刻，真过分，让我这当厕所的角色，听来都汗颜。

上厕所艰难也就罢了，这等的遭遇，这等的置人格于不顾，不仅使个人尊严受辱，还使该城市脸面丧失。我们的心情很复杂，几乎难辨是非，如此拿厕所问题和厕所很当回事者，我们是要真真感谢他们还是要真真唾弃他们？！

人们这么说：前一段时间文学圈里有人就上半身和下半身交火热烈，后来是哪半身战胜了哪半身，不得而知。从一个传统意义上的人来说，上半截身体意味着尊严和道德，下半截身体代表着私欲和本性。

你们干吗这么说啊？进了我们厕所脱得光溜溜，还这么一本正经地谈上半身下半身？

学者说，古往今来就是这么讲"德性"的，虚伪的历史遮遮盖盖地看重上半身，有意无意地贬低着下半身。一个人得到主流价值观的认同，就夸他"真长脸"、"倍儿有面子"，与其相反就会骂他"下流"、"下贱"、"下三烂"。您看上一半和下一半，多么不一样。这样一来，造就茅房的老古板观念，也就不足为奇了。

我们厕所对此，不以为然。

网络记述：今天的社会讲究以人为本，人的本性得到张扬。如此等等也迎来一个"下半身"思考或者思考"下半身"的时代。从下而上，厕所作为一个城市的公共服务设施，表面看是下面的问题，而事关城市脸面，本质是一个城市精神面貌的反衬。从下而上地进行思考，商家挣到的不仅是面子更有利益。不仅对城市的管理者有效，对商人一样有效，对老百姓也好。

这么说我们当厕所的还能理解，理解归理解，这大道理总让我们有点晕。

故　宫：

交泰殿在乾清宫北，取天地交泰的意思。存放清朝廷宝玺的地方。封皇后或庆贺皇后生日，也在这里。陈设有计时的铜壶滴漏和大自鸣钟。滴漏乾隆以后不再使用了，而自鸣钟至今仍在转动。康熙书殿额"无为"。乾隆爷有联：

恒久咸和，迓天休而滋至

关雎麟趾，立王化之始基

宾客来了，你就得迎迓，迓是迎接的意思。天休，就是天赐福佑。休，解释为美好吉祥。所以古人说：各守尔典，以承天休。滋，滋润之至。关，关关雎鸠。麟趾：小心翼翼地尊重礼义，从来不违反。后来转化成颂扬的，礼仪程式化语言。

归纳一下大概意思，上句是写长治久安，下句是写后继有人。实际这话应该反过来表达；后继无有人，久安难长治。文字可以倒置，楹联可以倒置。故宫可以倒置吗？建筑可以倒置吗？

工地 五 土

阿　端：

《说文解字》土：地之吐生物者也。二象地之下，地之中。物出形也。

俺对土最有感情，土可以理解是大地，是能生长万物的土壤。二象土地下面和土地之中。样子如从土中生出植物的形状。土在五行的方位上，居中。

土性温厚博大，贤德如同俺娘。因土地，人的肉身和人生得以轮回。不管是情缘、情孽、情愫、情义，强壮、弱小、聪慧、呆傻，都将随时间化为乌有，落叶归根，入土为安，期待轮回再生。土能代表地球，近来土色土香频频出道，大受青睐。本来这话和色彩不搭界，俺却是想要说色调。顾名思义，色调就是色彩的调子，也就是在整个绘画作品中的一种色彩倾向性。色调挺独特，是色彩美感。要表现绘画主题思想、情调意境等等，色调是谁也没法代替的表现和感染，是个张扬的角色。

俺这就又说到"鸟巢"、"水立方"了。它们的色调，有自然因素也有地理环境、气候、季节、时间和光线的影响。这些因素在时空中让色调千变万化，这一点在你几次靠近几次进入，就会体会到。色调必须要和地理环境发生关系，才能彰显魅力。季节的变迁，如春的嫩绿、夏的浓荫、秋的金黄、冬的灰褐，与此同时"鸟巢"和"水立方"也在幻化。晴天阳光灿烂的暖色调，阴天沉暗的冷灰色调，雨天朦胧迷茫的蓝灰色调，雪天素雅肃穆的银白色调。建筑在其中，可以想见。日光、月光、灯光、早晨、中午、傍晚，都会有色调的变化。某一色调的形成，实际上是综合了多种因素。

"意在赤黄黑白之外"、"意足不求颜色似"，也就是说要表现客观物象的精神本质，不要为固有的色彩所范围。王昱在《东庄论画》中说得好："作水墨画，墨不碍墨，作没骨法，色不碍色，自然色中有色，墨中有墨。"这是个啥时代的人？厉害。恁跟俺说说，啥？写好带来嘞？！曾老师奇人，恁就算定俺喜欢这个王昱？！谢谢啦！

王昱（1662 年—1750 年），清代画家，字日初，号东庄老人，又号云槎山人，江苏太仓人。与清代画家王玖、王宸、王愫合称"小四王"。他的作品从"道"的程度，领悟到传统精华和大自然的同构律动关系，同时对传统和生活有精义的洞察。日得砍——就是你说的好家伙的意思，俺忘不掉他了。

先不说他嘞，还说颜色。俺们民间的那些年画颜色多明快爽朗。娘说，俺亲爹漆的躺柜，喜兴

冒顶。淡静静一点不轻浮，浓重重一点不郁滞，艳丽丽一点不妖冶。娘说，爹没个框框套法，也不打底稿，尽由着性子画。都是恁曾老师招的，长此下去，俺要学画画嘞。

　　说说俺媳妇？这话题就轻松多嘞，要不然俺总像学生给老师背书，甭笑话俺。说俺媳妇俺当然愿意说，身边的朋友都听俺说过好几遍嘞。

曾　哲：

　　在帕米尔，有些人家的土窝子在办喜事前，要用土粉子刷一下。土粉子就是一种在荒野上挖来的白垩土。帕米尔高原上的柯尔克孜人的土窝子，是地地道道的土石结构建筑。石头是山上或河滩敛来，一块块被背回。地面挖下一米深，中间粘些泥土就开始垒。牧民们从四面八方赶来，马匹放在草原，撸胳膊挽袖，一个个成了建筑工人。一天，土窝子就建成。这种习惯，被称为土俗。

　　土在没有人造公路的帕米尔高原的黑山上并不是很多见，多的是石头。一旦风起，人就成了土猴子。这里有一种带咸味的土，牧民拿它抹在馕坑里，烤出的馕个个香脆可口。

看问题不能削弱主观性，削弱了主观性，就是削弱了我们自己的判断能力。要相信我们对事物的认识，相信事物在我们身边存在的合理性。一句话，相信我们的眼睛，相信我们的嗅觉，相信我们的触摸。相信了这一切，就相信一切在变幻着。一个好景致随时可能变坏，相反一个有争议有问题的建筑，随时会被大家接受，不要怕争议。当然还有另一面，随着时间的变化，某些建筑越来越不像样子。屎，虽然臭不可闻，久了溶解在土壤还能肥沃。那个例子也挺好：一个漂亮的小姑娘在荡秋千，不错？好看吧！但换成一个魔鬼，这个风景就破坏了，你就是另外一个心境了。

在克木人那里住着的时候，房屋都是木竹结构。有一天和寨佬去赶集碰到一个日本人，叫木本水源，意思是说，一切事物都有根有本。

说文的"准"，应该有标准、水准、准则、准保、准时、准确、准绳、准予、准谱儿的含义。这一切都来自水准。水是最简单的氢氧化合物，化学式 H_2O，无色、无味、无臭的液体，在标准大气压下，冰点 0℃，沸点 100℃，4℃时密度最大，比重为 1。有的地方把水泥和混凝土，叫水门汀。现在的哪个建筑不用水泥？住在水泥混凝土的房子里，也少不了骂几句水泥。骂也不骂到点子上，只骂它的冰冷无情。不是骇人听闻，北京越来越像一座立起来的城市了，全因为水泥。

谁知道呢，水涨船高的事儿，也比比皆是。那年，乘游轮在尼罗河上的三天，听了许多关于水的故事。知道了水，知道了水不仅是灌溉土地，还灌溉人的气质和生命。

我也要讲一个水的故事，1989 年夏，我住在宁夏同心县的红湾梁拉拉弯。这是一片典型的黄土高原，几个月下来，干旱连连。一日正午，吃过荞面，正与房东一家六口在窑洞的土炕上闲聊，忽地他们各个慌张起来。孩子们争先恐后跳下炕沿，婆姨和她男人没顾上招呼我一下也紧跟着跑出去。待我出门，天空已是乌云密

布，雨点稀稀拉拉地落下。一男仨女四个娃娃，小的五岁大的七岁，站在窑洞前的空场上，仰着头捧着双手。像雕塑，像神。雨水越来越大，我喊孩子们回窑洞避雨，谁都没听见一样。而婆姨和她男人，则拧着身子急火火跑上东边的土坡。我犹豫了一下，扔掉手中的雨衣，去追婆姨他俩。一上坡，就见他俩一个锹挖，一个手抠，在着急麻慌地把汇集的雨水，引到水窖口。婆姨只欠了欠肥臀腰杆，看看我看看地上黄龙一样的水流，满是雨珠的脸上，笑出一排大白牙，然后又闷头干自己手下的活路。他家有两口水窖，一个早已干涸，一个只剩丁点儿。那些日子，我知道黄土高原上缺水，所以每天不洗脸不刷牙。可我不知道，他家两个水窖只有半桶水了。还不知道，平时保证我一天一茶缸子的饮水，都是婆姨到峁下几里地借来的。借水喝？我长这么大，还是头一遭赶上。我抹了一把下巴颏儿挂着的雨水，爬上土坡顶。四周望望，透过雨丝，看到邻居窑洞前和我家房东情况一样，个个都从窑洞里跑了出来，那气氛像过节。小孩子在雨中蹦蹦跳跳欢天喜地，大人们在沟沟坡坡间忙碌。此时此刻，我被感染了，没了避雨的概念，和他们一起，挖沟引水，任凭雨水淋漓。淋湿衣服，淋湿身体，淋湿心灵。但好景不长，一个小时后，雨过天晴，大日头像刚刚哭过的眼珠子，红红地燎在人们的头顶。

故　宫：

这时的蒯祥头上多了顶桂冠——工部侍郎，食从一品俸。七八十岁的高龄还参加了承天门（清初改为天安门）的建造。据说这人有绝活，双手握笔可在一根柱子上同时画双龙，"画成合之，双龙如一"。蒯祥人品好，官职大了仍为人谦恭正直，俭朴如初，甚至连出门也不坐轿。晚年主动辞官隐退，可有营造工程向他请教时，照样热心指导或亲临现场。北京历史上曾有一条蒯侍郎胡同，他的后代大多继承他的技艺，直到晚清时，仍有"江南木工巧匠皆出香山"的说法。1481 年 3 月，蒯祥在北京病逝，享年 84 岁。墓地在他的故乡"香山渔帆村"，是苏州人文之一景。墓前，碧荷、水溪、石拱桥，四周绿树成荫。

苏州这个地域对故宫的建设贡献的确很大，连我们那些正殿地面上的地砖，都是那里制造的。

绛雪轩在御花园东南角。精心策划精心构造，丰富多彩主次分明，变化错落均衡统一，既有庭院情趣，又不失皇宫风范。珍石罗布，嘉木葱茏，古柏参天，黄瓦红墙。有乾隆手书联：

花初经雨红犹浅

树欲成荫绿渐稠

好一个"稠"字了得。不仅是写景的佳句，还暗含着寓意：一切事物，都是在不断发展成熟的。一上来就尽善尽美，那是传说中的神仙。

朱小地：

日本代代木体育馆，确实是很好的概念，是一个悬锁结构。结构本身和造型、造价吻合。造型很有日本特色，建筑元素丰富。

实际上，日本的现代化进程与中国完全不是一回事。日本明治维新之后，它真正走向学习西方，又发展自己的文化道路。我觉得日本和韩国文化发展有一个明确的主线。我们中国，在某些时候和世界先进国家站在同一个起跑线上，明朝时我们和世界差不多，我们走向另一个方向了。我们在明治维新时，和日本差不多。日本的现代化发展有一个明显的脉络，日本建筑业，建筑师在世界上是很有名的，亚洲地区走向了世界化发展。我们受政治的影响太大。中国的建筑师，受政治经济影响太多。

我们中国有建筑学会，有建筑师分会。

"鸟巢"每根柱子重1000吨，这可比传统体育场要重多了，"鸟巢"用了4万多吨钢材。

全世界一年54.7%的混凝土和36.1%的钢材，都让中国的建筑用掉了。中国到处都是工地，这是社会发展到这个份儿上了。

建筑学会集中了中国所有的优秀设计师。

后面的景观是个问题，我们的能力还没到那个份儿上。"鸟巢"和"水立方"中间部分怎么办？外国的不是建筑好，而是环境好。后面的难事，都在我这儿。

"鸟巢"的后期运营问题太大，成本太高。

景观设计，当然可以做个题材写写。再多方接触一下，深入一些再弄。

吴之昕：

我们的项目制造成本测算滞后。作为完成某个项目所需要的成本，理应在该项目投标报出之前测算清楚，在投标报价阶段完成投标项目的成本预测，这是国际工程承包通行的做法。而目前我们在投标阶段仍是按照政府规定的预算定额（一度曾用概算定额）跳过成本预测直接计算投标价格，因此对我们自己到底要花多少钱才能够完成这个工程项目、在议标时到底能作多大幅度的让利，心中都不是很有数。而要在中标以后，再重新对实现这个工程项目所需的成本进行测算，即制造成本核算。这个就是所谓的制造成本测算的滞后和错位。

在成本测算时以实物工程分解代替生产力要素分解。我们在制造成本的测算过程中，没有按照完成某一项目所需的各生产力要素来分解计算成本，而往往只做到对建筑产品实物工程进行分解，或套定额、或让分包商报一个价钱，作为我们的成本。据调查，相当一批装饰公司、结构分包商和其他一些专业分包商已经在生产力要素分解的基础上测算成本，并取得了明显的经济效益。这就是

成本测算层次上的差距。

投标报价和制造成本核算过程中，经济与技术严重脱节。由于我们长期以来，对外投标报价是按照政府规定的统一定额去进行计算，这样的投标报价没有依据我们的施工方案、施工组织设计来进行计算，不管投标项目上是用三台塔吊还是用五台塔吊，不管是用单排脚手架还是用双排脚手架，甚至也不管基坑采用哪种支护方案，都对我们报出的标价不起任何影响。同样，在我们的制造成本的核算中，往往对不同的技术方案、不同的施工方案没有进行充分的技术经济评估，这样使我们的成本管理失掉了优势技术的支撑。拿我们一批大型国有建筑企业与从乡镇建筑企业发展起来的新型的建筑企业相比，如果我们不能够以自己先进的技术和科学的管理与他们相竞争，那么在劳动力方面，又怎么可能在跟他们的竞争中取得优势呢？我们大型建筑企业更要大力提倡技术与经济的一体化，利用技术创新、技术改革和合理化建议，提高生产效率，降低资源消耗，降低成本，来提升我们的竞争能力。

项目施工资源实际消耗数据严重流失。我们现在对于打一方混凝土、绑一吨钢筋、支一平方米模板、做一平方米石膏板吊顶、贴一平方米瓷砖，到底需要消耗多少人工和各种材料，到底需要用多少个机械台班等等，都缺乏系统的、完整的数据。这就给我们快速、准确的成本预测带来了几乎不可逾越的困难。而在实际施工过程中，我们的项目还没有重视资源消耗实际数据的收集、整理与分析，大量的项目成本数据都白白流失了。本人在与国际承包商共同工作的七八年时间里，发现这些承包商，不管是法国的、日本的、韩国的还是中国香港的，都非常重视施工过程中成本数据的收集、整理与分析，无一例外地把施工过程中的成本数据视为总承包企业核心竞争力的重要组成部分。因此，施工过程中资源实际消耗数据的流失，就是总承包企业核心竞争力的流失。

在投标阶段的成本预测过程中，应该把握一条原则，做到不重、不漏，既不漏掉某一方面工作所需要的费用，又不能把某一项费用重复计算。因此，在实体工程和开办费的成本预测完成以后，要对各个分部的预测成本和开办费预测成本的相关的条目进行检查，特别是对某些界限不很清楚的地方，是属于某一分部还是属于整个的开办费来进行预测的，应该重点加以检查，以便真正做到既不重复又不遗漏。

这样计算出来的项目预测成本，则是我们投标确定标价的一个依据。在这个基础上，由公司的高层管理人员确定需要在这个预测成本上加上的公司管理费、期望利润以及该项目可能发生的不可预见的风险费用，从而组成整个投标的标价。公司高层管理人员在确定项目预测成本上面所需要加上去的公司管理费、项目目标利润和不可预见的风险费用的时候，应该考虑以下五个方面的因素：第一，本公司现有的工程负荷的多少；第二，本项目对于公司今后的市场占有的影响大小；第三，

竞争对手可能的投标价格的高低；第四，这个项目的合同条款苛刻与否；第五，本项目的技术风险的高低。如果，本公司目前的施工任务非常饱满、该项目对本公司今后市场占有的影响较小、参加本工程项目的竞标对手的标价可能较高、本工程的合同条款苛刻、技术复杂、风险较高，那么就可以取较高的公司管理费、项目目标利润和不可预见的风险费用；反之，则应取较低的公司管理费、项目目标利润和不可预见的风险费用。

胡 越：

纯粹是个人观点，我觉得有几个方面，一个就是邵总（邵韦平）说的绿色生态，这是一个大的主题；另外，过去我们认为只要发现一个公式就能解决世界上所有的问题，就是牛顿的思想到后来出现量子理论，从而改变了人们对自然的认识，自然很复杂。现在在建筑的思潮当中有人试图反映自然的复杂性，有很多建筑做得非常复杂，实际上是对于人认识自然的一种反映，一种本能的反映，去反映这种复杂性，我觉得这是一个很大的趋势。

我个人认为这个方向有问题，但是现在的确是一种反映。另外就是对新材料的探索，这是和以前很不一样的，过去就是钢筋水泥石头瓦片，现在很多建筑师来了一个新材料就赶紧用，你们都没有用我先用，对新材料的追求也是一个很大的趋势。还有一个趋势就是利用电脑的科技进步来作为一种工具和手段，做前人想做而不能做的东西，包括做简单、复杂的都有。咱们国家好像没有复杂建筑，建成的没有。盖瑞做的都是复杂的建筑，空间和体积非常复杂，不是简单的几何能够算出来的，可能需要更新的几何处理。

住在里边，我觉得可能会很兴奋。开发商都希望自己的项目成为地标性建筑。

我觉得建筑设计和档次没有关系，而且一个好的房子也和档次没有关系，关键就是看你如何用你的智慧解决问题，而那个问题的难度有多大，这可以衡量一个建筑的好坏，另外是不是有前瞻性，这可以去衡量。所以做一个普通的住宅，如果要把它做好，比做高档住宅难度更大，如果做好了可能会更显示你的智慧和能力。应该是这样，因为它的难度更大，越难的东西做好越不容易。高档住宅条件很宽松，每一户面积很大，设备也很高级，应该容易做好，但是不一定能够做好，就看你怎么做。

因为是大量建造的房子，要它成为一个经典是难度很高的，也不是不行，就像法国的马赛公寓，在建筑史上会长久存在下去，那就是普通住宅，但是它的方向就是我刚才所说的有前瞻性，它把人的住宅样式改变了一下，让你生活发生一些变化，这样的房子也是普通住宅，但是想让所有的普通住宅做成那样也不可能，可能得天时、地利、人和都得具备才能做成那样的房子。当然，我觉得有的时候住小房子也挺舒服的，我个人比较赞成这个政策。

原因很简单，我觉得中国的老百姓应该树立这样一个概念，就是中国这样的土地上这样的人口资源不应该追求豪华和舒适。比如说日本很明显，日本人的房子非常紧张，难道他们不知道追求好的房子吗？他们的面积标准非常低，他们足够有钱，然而由于地少人多，他们懂得必须舍弃一些东西。但是中国不一样，现在各种媒体都鼓吹一种奢华的享受，觉得现在有一些钱了，可以享受一下。我觉得中国人没有这样的资格，应该教育老百姓有的地方就不能太舒服。欧洲很多非常发达的国家讲的生态建筑，是讲人可承受的舒适程度，不是越舒适越好，可能有的地方要受一点罪，要为后代承担一些责任和义务。不是大家使劲地享受，不是这个概念，因为人不是动物，是有智慧和思维能力的，应该做出这样的牺牲。如果整个社会都 200 平方米、300 平方米，越弄越大，越弄越豪华，这和国情完全不符。应该形成一种氛围，节省资源。

我现在就住在 90 平方米以下的房子。当然人的本性肯定希望越住越好，但是我认为应该有一些克制。一家人，我的建筑面积是 70 多平方米，是套老三居。但是你如果把心态放平和，我觉得住得也挺好。

其实让我们觉得最难最痛苦的就是费了很多的时间、很大的精力作的设计，被人任意改动。

有关赛后利用问题，我觉得这是非常严峻的挑战。目前从世界上来看，赛后利用实际就三条路，一条路子就是体育产业化，比如说甲级联赛，再有一种就是和商业的结合，还有就是给大众作为平常的体育健身场所。

比如把体育建筑和商业建筑建在一起。从世界范围来说最成功的就是体育产业化，就是我们有比赛能够支撑体育场馆长期运营，靠俱乐部、靠联赛。其他方面没有特别成功的实例。国内如果想体育产业化，绝对不是一年半载能够实现的，这么多大体育场馆同时建成，互相竞争，面临很大的困难。日常费用非常高这就是一个关键点，如果这个东西一年用不了多少次，而日常维护费用很高是什么后果？现在这些会很高吗？有一些奥运场馆项目，日常维护费用是非常高的。你说从设计的角度来降低一些，我觉得有一些东西可以降低，有一些东西可能从多方面考虑就需要大的投入。因为有一些东西也不好预测，比如说悉尼歌剧院在盖的时候很多人都说劳民伤财，但是悉尼歌剧院现在带来了很多的财富，好多人都去看悉尼歌剧院的建筑。

刘自明：

脱离了历史性城市的尺度，脱离文化脉络，对建筑师和社会两方都是变异

詹克斯分析：建筑恶俗蛮横无理，是按不露面的开发者利益，为不露面的

所有者，不露面使用人制造的，并且假设这些使用人的口味等同滥调陈词

建筑艺术上的"千篇一律"不是建筑师一方面的积极性和创造性所能扭曲

需要有三个方面的积极性。需要来个彻底的改造把现行建筑艺术生产体系

加强开发者所有者使用者的合作与联系，建筑语言的形式和内容才能富裕

反对对称和协调反对三维透视主张四维分解，时间空间自然景观再度合一

把建筑看做环境的科学和艺术的观念，创造出后现代建筑语言，才要学习

后现代语言会有模棱两可求新求奇，甚至含糊不清、用词不当、词不达意

但本质上，后现代建筑语言强调人性的环境的当代的正在发展的建筑语系

不像古典语言是"万能的神的语言"充斥虔诚、贵族的俯视、崇高的痴迷

不像现代建筑话语，是机器美学的语言渗透非此即彼，理性和工业的逻辑

后现代建筑语言：是商业社会的语言、广告式的语言、小人物的地方土语

追求交往和对话语境并语言温暖气氛的和煦。没有架子没有框框没有审议

后现代建筑产生发展的三十多年表明，那么多讽刺挖苦打击，它照样发展

文丘里高举着后现代主义建筑的旗帜，呼啦啦旗帜鲜明地发布了他的消息

以复杂性和矛盾性针对简洁性，宁要模棱两可和紧张感，而不要平铺直叙

宁要"两者兼具"而不要"非此即彼"，要双重功能性元素，而不要单打一

要混杂的而不要纯粹的元素，要总体上的杂八杂七而不要一目了然的相似

文丘里认为，建筑艺术应当是一种交流思想的工具。建筑内涵有丰富表皮

他坚决主张，建筑物应当看来像装饰性门面：门面是带标志性的简单外衣

后现代派认为建筑要与人对话，平等的、坦诚的、开诚相见的标志和隐喻

建筑艺术比诗歌更易被摆布，她口语性言词更具可塑并服从寿命不长的编译

一座建筑物三百年寿命中，人们看待和使用它的方式可能每十年改变一期

"建筑寿命观"让后现代派追求非永恒史诗，是视觉和使用的享受和刺激

人们漫不经心地体验着建筑艺术，或者在情感上和愿望上带着最大的偏离

这意味如果建筑师想使他的作品达到预期效果，并不因译码变化而被蹂躏

就必须利用流行的符号和所具有冗长度的隐喻，用代码爬满整个建筑表里

这大概，就是我们有时看到，后现代派作品时，会感到符号，　多余的答案

建筑是全频道的体验艺术，不仅是视觉艺术，给人以眼耳鼻舌身心的体验

人们体验建筑，如同坐在家里看电视剧，需要不断有母题重复、画面重复

语言展开，旁白附加，再现母题。观众漫不经心无须的重复和强调被忽然

用后现代建筑语言讲，可以说搞建筑设计就是为人们编写电视连续剧脚本

电视剧和后现代建筑是同步发展的艺术。今天前者却登峰造极，盖地铺天

正确的建筑艺术观念选择适当的建筑语言。电视剧的选择是被选择的结算

后现代主义特别强调地方性和文脉，中国的后现代主义建筑，无疑要借鉴

透视的盛行造成十五世纪初叶的大灾难，建筑师停止研究和建筑学的发展

随着工业化建筑技术的进程不断恶化，难逾鸿沟在建筑师和建筑学间出现

透视是一种，在二维平面上表现三维物体的制图技术，为使工作简而又简

整个世界变成佛龛。建筑上的"柱式"是用来区别这些盒子的并列和叠换

透视作用，是为了提供一种获得更确切的空间，僵化使制图几乎变成机件

不是我们在使用语言，而是语言控制了我们。像小说的语言，原本在首卷

董豫赣：

在最初阶段里我们或许会醉心于建筑术被瓦解时所散发的能量（如文艺复兴时代的光辉），就像我们醉心于核裂变所散发出的炫目能量一样，但很快我们就看见建筑本身被各门艺术从建筑中抽离后所导致的能源耗散的单薄后果，建筑如今变得萎缩且贫乏。

假如哥特建筑曾作为总体艺术通过聚合其他艺术而获得聚变的能量的话，后来被瓦解的建筑应当从何处获得新的能量呢？

随后的文艺复兴建筑在雨果的眼里并不像后来的建筑史家那样乐观，在文艺复兴群星闪耀的苍穹里，雨果却发现建筑术的天空正是夜幕深沉。

因为从那时起，建筑术的病症就显而易见了。它不再是社会的根本表达方式，它可怜兮兮变成风格艺术；它不再是某个民族一个时代的集体表达，而成为某个艺术天才的风格嫁接的奇思妙想——比如米开朗琪罗建造的圣彼得大教堂，在那里交织着民主与神权，集体与个人，经济与宗教之间的战争。米开朗琪罗早在16世纪可能就感到建筑术正在死去，他在绝望之余，产生最后一个设想，这位艺术巨子把万神庙垒在帕提侬神庙之上。

这是最初的衰落，但就像雨果所讽刺的：人们正把这衰落叫做复兴。

假如它仅仅出现一次的话，它还可以被认为是一种伟大的风格，一次衰落的绝唱。

但此后所有的时代甚至所有的国家都有这样的风格嫁接，从 17 世纪的圣·保罗教堂到 19 世纪的美国议会大厦，一直到今天北京或其他大都会的某些公共建筑或郊区的一般别墅都一次次在不同地域不同年代重复使用着这种风格的嫁接。

建筑从真实的、象征的变成风格的或时尚的。

而时尚，被雨果列为对城市或建筑造成破坏的三个因素——时间、革命以及时尚中的祸首，因为时间的破坏还有秩序，革命的破坏还有对象，而时尚的破坏既无秩序，也没有对象，按照雨果本人的评价：

时光和革命的破坏至少不偏不倚，而且不乏气魄，跟在它们后面来了一群嗡嗡嘤嘤的学院出身、领有执照、宣过誓的建筑师，他们施展身手时却根据自己恶俗趣味有所区别、选择……

为此雨果不禁吁叹：

时间盲目，而人类愚蠢。

赵小钧：

接下来就是要做一个时间的配角，为什么它要做配角？把它说得更通俗一点，在中国文化的意义上，配角的作用怎么样对既定的事实产生理性、产生尊重，在这样互相认同的情况下然后再发挥自己的人性，这是中国为人处事的基本格局。从古至今我们都会看到这样的现象，所以在中国的历史上，我们看不到凡·高，但是你看李白、杜甫、白居易都是这样。这对于理性、尊重是一种妥协，但是这种理性、尊重并不能最大化在完全妥协之后，每个人也会完成自己的创造力，一种灵性的发挥。那么这样的理解、这样的解释就成为了我们"水立方"在文化意义上最基本的原则。这就是为什么它会是一个简洁的"方"，这是最初的原因。

大家知道在设计上从根本上讲，它有两部分的东西，一部分是你要分析条件，分析你所面临的问题，不管是文化，还是当地的绿化等等，这些东西都需要通过一个非常细致的理性的分析，提炼出来成为你最基本的指导思想。刚才所谓的配角就是这样一种分析的结果，或者说是对中国传统文化理解上和对这样空间形态上文化的理解。另一部分一个好的设计必须有一个高情感的投入，这才是一个令人快乐的设计。在这样的情境下，所谓的高、新、感是怎么体现出来的？这一点是我自己感觉非常得意的一件事情，因为在自己的设计生涯里面，能够有这样的心境去做一个设计的机会，非常之少。在国内你要经常做一个设计的事情，一天你要遇到很多的问题。在国外也是一样，我们三个人到悉尼做设计的时候，我们可以把手机一关什么都不管，就是去做设计。外方的设计师也是一样的，一天接很多的电话，白天看不到人，在外面跑，晚上夹个包再回来。然后开会，都是这样的一种状态，所以作为我们这样的从业人员不管是室内设计还是建筑设计师，能够进入到这样一个感性的状态里面是极其真实的。好就好在，在这样的设计里面我们到悉尼去了，刚到悉尼的第一天，我们三个人在酒店，那个酒店很不好，很小很挤。但是那一天我们个人分头收集了资料，关于水、关于很多的资料我们放在一起。那天应该说是最幸福的一天，因为关于水的建筑我们设定了一种情感上的联系，就是要把这个建筑跟水联系在一起。当时我们三个人统统都勾出了这样一种感受，水

是很奇怪的一种物质。不管是大海也好，还是冰也好，当我们每个人见到水这种东西的时候，心情都会有一种愉快的提升，不管是什么状态下都会有这样的心情产生。所以很多人到海边去、会去滑雪，或是怎么样，听到水的声音，哪怕你洗澡的时候，心情都能得到一种调剂，所以水是非常有魔力的东西。当我们仔细去梳理、感受水给我们的快感的时候，我们三个人终于达成一个共识，就是把这种感受放大，以至于放大到我们整个的设计过程里面，这种感受时时在左右我们，使我们得到了很

多设计上的选择。所以在这种过程里面，情感上的东西以及想为别人增添对水的原始上的快乐，这种东西在整个设计里面是时时存在的。而且我们通过不同的场合，不同交流和碰撞慢慢放大。后来我们解读这个设计的时候，"方"是我们解读理性的东西，一直到后面的试验设计的形态等等，这些因素是被这两个因素时时交织在一起，形成的一种结果。所以从这个意义上来讲，不管这个房子最后是什么样的结果，在整个的设计过程里面，作为一个建筑师确实品尝到了非常大的来自职业、来自事业上的快乐。这是最大的快乐之一，后面我还要讲另外一个快乐，也是极其巨大的。

这是关于为什么是"方"，为什么是像水泡一样的盒子。通过这种方式的解释，我相信大家更能够理解，其实我确实不是理论家，让我解释它有什么样的手法，它是怎么造成的，我试着说过，还不如理性地去讲解一下。

白天仓：

希腊是几十年来唯一获得奥运会举办权的欧洲不太发达的国家，人均收入低于欧盟平均水平。获得 2004 年奥运会的举办权后，对希腊经济的发展起到了一定的推动作用，奥运工程项目激活了国民经济中的某些相关领域，使希腊 2003 年实现了 4.2% 的经济增长率。但这是否说明了奥运会全面助推了希腊经济呢？

其实这种看法不太完全，因为有些工程，是在一定时期发生作用的。长期支撑经济的可能随着奥运会的结束就消失了，这并不是主要因素。奥运带来的经济增长率并不是一个全面的稳定增长。

希腊政府承认，举办奥运对于像希腊这种规模的国家真的是"十分昂贵"的决定，"短期内"举办奥运会的成本不可能收回。经济赢利和发展是不同的概念，举办奥运会对一个国家的经济的好处，也不应单纯以短期经济效益来衡量。

奥运会的成败，离不开商业利益。在百年奥运历史上，有的主办国负债累累，元气大伤，有的主办国鲤鱼跳龙门，经济腾飞。那么，究竟什么样的奥运会才称得上是一届成功的奥运会呢？

今天，当一提起申办奥运会，所有的城市都会感到兴奋。但在 20 世纪 80 年代之前，举办奥运的城市却没有几个能走出赔钱的怪圈。其中最为引人注目的就是 1976 年蒙特利尔奥运会，那届奥运会出现了 10 多亿美元的巨额亏空，15 天的奥运会使蒙特利尔负债长达 20 年。这届运动会最初预算和实际投入相差太大，几乎十倍。奥运史上叫做"蒙特利尔陷阱"。

"蒙特利尔陷阱"使国际奥林匹克运动面临着前所未有的危机和挑战。直到 1984 年的洛杉矶奥运会，美国人尤伯罗斯开创性地将奥运作为一个产业来经营，使得这届奥运会在不依赖政府一分钱拨款的情况下，赢利 2.25 亿美元，成为第一届赚钱的奥运会。其主要策划人尤伯罗斯，通过策划和组织，提出了一系列沿用至今的理念，比如赞助商，排他性原则，垄断性原则等等。自此以后，奥运会的运作渐入佳境。

1988 年首尔奥运会，是举办国家对外开放战略的全面展示。韩国以奥运会为契机，跨入到新兴工业化国家的行列。

1992 年巴塞罗那奥运会，被认为是奥运史上的成功典范。巴塞罗那在 1985 年获得奥运会主办权后，便立即着手对整个城市进行改造。7 年之后奥运会举办时，城市面貌焕然一新。

成也商业化，败也商业化，接下来的 1996 年亚特兰大奥运会却由于过度商业化运作，更多留下了教训。商业广告铺天盖地，特许经营商品泛滥，服务收费大幅提高，严重地影响了城市形象，冲淡了奥运主题。

2000 年的悉尼奥运会是另外一个成功的典范，它为澳大利亚赢得了良好的声誉，萨马兰奇称之为"最好的一届奥运会"。悉尼通过筹办奥运会，极大地推动了城市建设，促进了交通、旅游、房地产等相关行业的发展。

业内人士认为，办一个奥运会，最后从整个经济成本、社会成本两条来衡量，第一条就看你这个城市或者这个国家是不是积累了相当殷实的财富，基础是不是强，而不是一个虚幻的东西。第二就看你这个城市或你这个国家老百姓的社会福利是不是真正提升。

厕　所：

嘿嘿看这里，有位伟人 1921 年曾慷慨激昂地预言：人民大众有朝一日将坐上金便桶。这一预言到如今得以实现了。这人就是伟大的弗拉基米尔·伊里奇·列宁同志。在梦幻般的俄式洗手间里，四壁有真皮垫饰，小便时可眺望壮丽的天际线景色，马桶镀金之外，使用的是堪比英国利物浦锡釉瓷器的最上等俄罗斯陶瓷。

这句话现在很多人都会说了：客厅体现主人的品位，卧室体现主人的情趣，卫生间体现主人的生活质量。

如今越来越多的人家卫生间从二三个平方米扩增到六七个平方米，甚至猛增到十来个平方米；如今越来越多的人家从一卫变成了两卫以至三卫；如今越来越多的人呆在卫生间从匆匆忙忙变成闲致悠悠，这厕所这卫生间就不仅仅是解决生理代谢基本需求的场所了。得，越来越好看，越来越宽敞了。

网络上显示来自美国的调查：美国人平均每天花费在卫生间里的时间是 35 分钟，42% 的美国人会在厕所里读报纸、书籍和商品目录；22% 的人在厕所里和别人通电话；10.5% 的人在卫生间里看电视或听音乐甚至看电影，不少人将卫生间作为不受外界拘束的心灵沉静之地。世外桃源何处有？处处都有。

咱不跟他们比，好像没啥可比性。可难说，人家也是人啊，说不定哪天咱们也要走到那一步。卫生间的功能拓展至此，毫无疑问，"占着茅坑不拉屎"就绝对有理了。

这么一来，卫生间的商业价值可谓油然而生，嗖嗖往上蹿。美国去年厕所广告的增长是14.3%，达18.5万件之多。相形之下，卫生间商机在咱们这儿基本上还是处于空白状态，虽然有不少广告公司的眼球转向卫生间，但大多还是"行动不如心动"；而不少企业也觉得在卫生间做产品广告，是掉价甚至触自己霉头。

有人说，卫生间本来是一个城市最肮脏的地方，但当这个最肮脏的角落成为这个城市最洁净、最舒适的地方时，这个城市还有什么地方不美丽、不干净呢？然后是一串问号。

北京在过去几年时间里，新建和改建了700多座星级旅游公厕。现在，北京符合建设标准的公厕已经达到2000多座，到2008年奥运会前，北京每年还要建设和改造400座符合标准的公厕。

中国城市公厕快速发展。中国建设部城市建设司副司长张悦在厕所峰会上介绍，我国的城市公共厕所经历了由露天到室内，由旱式到水冲，由技术简单到复杂综合的过程。到2003年年底，全国660座城市共建有107949座公共厕所。从1979年以来，我国城市公共厕所建设呈现持续、快速发展。他说，以全国平均每万城市居民拥有的公共厕所数量来衡量，2003年，我国平均每万城市居民拥有3.18座公共厕所。

故　宫：

养性斋在御花园西南角。它与绛雪轩本是对称的建筑，但在造型上一高一低，显得灵活有序而富于变化。这里曾是清代皇帝的小书房。清末皇帝溥仪，在这里学习的英语。康熙有联：

自是林泉多蕴藉

依然书史得周旋

自是，解释为从来就是。蕴藉，是含蓄有余的意思。周旋，来回旋转，指反复研读思索。还有乾隆一联：

古香研道秘

新藻发春妍

横批：悦心颐神

古香：陆游诗《小窗》"窗几穷幽致，图书发古香"。寓意是既要钻研古籍，又要寻求新意。

工地 六　壁

阿　端：

《说文解字》壁：垣也。从土。

壁义为墙壁。形声字，土为形符，辟为声符。

俺觉得可以这么说，没有没有墙壁的建筑。没有墙壁不称其为建筑，没有墙壁就没有建筑。这么说不一定对，但这是俺对建筑的粗糙认识和表达。墙壁上的文章不仅是建筑设计师的事，俺们油漆工也大有作为。再者，墙壁的装修装饰可是一件大事。实在话，人们在墙壁上的问题可谓尽心竭力嘞。

俺们邯郸的土语娶媳妇叫"寻媳妇"。寻媳妇是一辈子大事，所以要"寻思"好嘞才中。寻俺家媳妇之前除了娘，俺没跟任何女子接触过。寻媳妇，那是俺鲦鱼渴凤啊，想得夜嘞个睡不着。一提起寻媳妇都成嘞诡言浮说嘞。越想越急越对不上象，抽刀断水水更流，那有啥法，大小尽赶的呗！好一段光景，俺娘愁得成天价没笑貌。反观内视俺绝对算是个良种——善良的良，种马的种，可见识窄文化孬寸地尺天，无法。不管咋说，俺从小到大都是规言矩步的人。小时候俺家里穷得饥荒，娘又给俺生了两个妹子。改革开放日子好起来，俺家不能算广夏细旃，也是红红火火。一直到俺26岁那年，俺读嘞个油漆粉刷技术培训班，拿证书那天下午相识上俺这媳妇。日得砍，一见她面可把俺震住嘞，模模样样身身段段，俺真是相形见绌，可一谈就成了，啥叫命好？这就叫命好。

《名都篇》里形容邯郸少男少女好看，那是没错的："名都多妖女，京洛出少年。宝剑值千金，被服丽且鲜。斗鸡东郊道，走马长楸间。……我归宴平乐，美酒斗十千。"其实曹植说的这是贵族子弟。但邯郸出妖女，的确。妖不是妖魔鬼怪的妖，是妖媚艳丽的妖，所以古话有妖姬静女一说。《说文》——对不住嘞俺又扯《说文》：巧也。一曰女子笑貌。看红装素裹，分外妖娆。那是伟人领袖毛泽东《沁园春·雪》的诗句。

还说啥？俺娘？好。俺娘是地地道道邯郸人，出生在民国三十二年，就是1943年。俺老是不懂，娘怎么生在那么一个大旱年，人气脸色却总是水水鲜鲜的，到如今六十好几嘞，皮肤还是那样。

那年邯郸大旱旱得赤地炎炎，颗粒无收，人民困苦，流离失所，卖儿卖女，十室九空，尸横遍野。就连窟垒都吃不上，窟垒就是俺邯郸地区很独特的一种农家粗食，野菜、槐花、榆钱、柳蛆、椿芽

或其他蔬菜，用一点棒子面和和，在锅里蒸熟后蘸盐水吃。

后来逃荒到了河南漯河，河南当时旱情比邯郸好不了多少。俺问过娘，当初咋就逃荒到了漯河？为啥没再继续走到驻马店，那地方自古以来就有"天下粮仓"美名的，而且位置地处淮河流域，还是交通要道。娘说，姥姥抱着未满月的她，跟着姥爷一家逃荒到了安阳。一路上尽看见村民在田野里打"旱骨桩"。这是个象征性的仪式，人们手拿杨柳枝条，在田间阡陌边走边假想地击打，来驱赶旱魔，消除灾殃，祈求下雨祈求丰年。姥姥说，安阳打"旱骨桩"的人多，兴许旱情有缓，就住这儿吧！一住下，俺娘就哭起没完，声调起伏长短交错，泪水哗哗。姥姥拿乳头也堵不住娘的嘴，姥姥就一屁股坐在"土圪塔儿"——田垄上，扒开下眼皮和嘴巴，装模作样抵着娘的脑门儿说："闺女闺女狼巴子来哩，再哭狼巴子要把闺女背进大山窝窝去哩！"姥爷心疼俺娘说，别胡咧咱闺女。就抱在自己怀里，继续赶路。

曾 哲：

壁就是墙，墙壁。作壁上观是不行的。壁虱就是臭虫。

墙壁是遮挡、是间隔、是围护，是闭上的眼睛同时又睁开一双眼睛。

我出生的家在美术馆后身儿的四合院，进院门有一扇大影壁，其规模、其砖雕精致、其叠砌考究，让母亲说那是北京院落很少见到的。高台阶上去一进门就是影壁，四六不靠独立一体，先把你的视线挡得严严实实，转过影壁却豁然开朗小径通幽。整个院落的气氛一下子呈现出来，也显示出宅邸的品质。

那为什么叫影壁而不叫其他的壁呢？母亲告诉我，过去常有孤魂野鬼在街道胡同里乱窜，串门是难免的，鬼一到壁前看见自己的影子，就被吓跑了，所以叫影壁。

影壁有须弥座，有凸脊挑檐的砖顶帽，中间是壁心，灰砖雕着松竹梅或其他花卉吉利话。影壁在北京四合院的布局中相当重要，一般人家不可少。可遮挡，避免院落直观外面和院外对院落的一目了然，把视线拦住，应该说是它主要功能，当然还可以调整美化大门的出入口。

学者把影壁分为三类，A 是在大门里的，一字形的叫一字影壁。其中一字影壁不连接厢房山墙或隔墙的，叫独立影壁；在厢房的山墙上直接砌出小墙帽并做出影壁形状，使影壁与山墙连为一体，叫坐山影壁。B 是大门外的，这种影壁坐落在胡同对面，正对大宅门，中间形成一个开阔地或小广场。有一字影壁和平面成梯形的雁翅影壁。这两种影壁或单独立于对面宅院墙壁之外，或倚砌于对面宅院墙壁。C 影壁，在大门的东西两侧，与大门槽口成 120 度或 135 度夹角，平面呈八字形的叫"反八字影壁"或"撇山影壁"。做这种反八字影壁时，大门要向里退三四米，形成一个小空间，可作为出入宅院的缓步。反八字影壁使宅门深邃、开阔、富丽。四合院的影壁，绝大部分是灰砖砌的。从整体看，影壁分为上、中、下三部分：基座，影壁心和墙帽。墙帽如同屋顶和檐头，所以有影壁一间房的说法。

影壁和大门互衬，二者密不可分。它虽然是一座墙壁，但由于设计巧妙，施工精细，对四合院的出入口烘云托月，画龙点睛，所以也算院里的一间房。

在南方把影壁叫照壁，在古代叫"萧墙"。"祸起萧墙"，和鬼就搭上了。所以母亲说，我家的影壁隔三岔五要往上边泼水，可以增加避邪效果。

前两年，社会上为住在黄土高原上的乡亲们，搞水窖募捐活动。我在高兴的同时，心中难免有点隐隐酸痛。水窖有了，那水从何而来？

北京奥运会的建筑中，有一个叫"水立方"的游泳场馆，建成后将成为国家游泳中心，几十枚奥运金牌，将在这里产生。可见水的含金量，在不同的地区不同的环境下，是大不一样的。

方，是个厉害的字，厉害在于方。方正，成正方形不歪斜。正直不阿才能为人方正；方言，一种语言中跟标准语有区别，具有地区性或区域性，同时也是一种语言的变体，字典中说，方言只能用在口头上，我看不一定，方言的生动活泼诙谐风趣，是书面语无法比拟无法替代的；正方形是四边都相等的矩形。

萧乾在 20 多年前回忆北京的《痕迹》里说：世界上像北京设计得这么方方正正、匀匀称称的城市，还没见过。因为住惯了这样布局齐整得几乎像棋盘似的地方，一去外省，老是迷路转向。瞧，这儿以紫禁城为中心，九门对称，前有天安，后有地安，东西便门就相当于足球场上踢角球的位置。北城有钟鼓二楼，四面是天地日月四坛。街道则东单西单、南北池子。

这老爷子不一般，人品也像这个"方"。他晚年还与夫人文洁若耗费五年时间，合译了巨著《尤利西斯》。

故宫：

故宫还有一个名字叫紫禁城，是借喻的紫微。古代时候，人们把天上的恒星分为三垣、二十八星宿。三垣包括太微垣、紫微垣和天市垣。紫微星在三垣中央，因此成了代表天帝的星座。天帝住的地方叫紫宫，皇帝是人间天子，所以要模仿天帝，把自己住的地方叫紫宫。再有，从秦汉开始皇帝的居所又叫禁中，就是不许随便出入的地方，因而合称为紫禁城。

还得说故宫的建设施工，因为这资料里有数据。征集全国著名工匠 10 多万名，民夫 100 万人。所有的建筑材料，来自全国各地。木材：湖广、江西、山西等省；汉白玉石料：北京房山县；五色

虎皮石：蓟县的盘山；花岗石：曲阳县。宫殿内墁地的方砖，烧制在苏州；砌墙用砖是山东临清所烧。宫殿墙壁所用的红色，原料产自山东鲁山，加工在博山；室内墙壁上的杏黄色颜料产自河北宣化的烟筒山。管理工程的是朱棣的亲信太监阮安和工部尚书吴中。

明代的紫禁城内，有皇帝的直属军，外部有训练和管理军队的卫所，通常有 5600 个兵士进行守护。紫禁城本身也具有严密的防御功能，太和殿的广场铺上了重重的砖层，最厚的地方超过了 5 米。用于消防的鎏金大水缸，紫禁城内配置 308 个，水缸内放满了水，冬天盖上盖，周围裹上棉被，在缸底点燃炭火，防止结冰。

宦官就是净了身的男子。到了明朝末期，他们的人数达到了 10 万人。管家服的，管饭食的，管扫除的等等 24 种职务。在内廷的最深处，有个叫北五所的地方，曾是净事房太监的工作场所。

2006 年 6 月，网络上帖子漫天飞，说北京的土地太紧缺，要把我挪个地儿，吓得我惊慌失措魂飞魄散。可细想想又不太可能，在这样的一个位置上盖出的房子，哪个老百姓买得起？哪个富豪敢来住？如此想来，心就踏实了许多。

有文章说：故宫的历史厚重感已经被现代化的商业文明所破坏。在军机处旁边开设的竟然是星巴克咖啡馆！故宫让人觉得那么虚假，它的历史似乎离我们越来越远。有个教授认为，这代表着消费文化对本土文化的侵犯。在西方人的普遍观念中，星巴克是"不登大雅之堂的饮食文化的代表符号"，而"故宫里的星巴克"则让人感觉滑稽。还好，在媒体和市民的呼吁下，星巴克终于迁出了故宫。

摛藻堂在御花园东部浮碧亭北，是乾隆年间御花园书库，收藏《四库全书荟要》12000 册。摛藻：铺张辞藻。乾隆联：

从来多古意

可以赋新诗

意思是说，古意可以翻新。古意都可以翻新，还有什么不可以改变的。有一轿夫穿了双新鞋抬轿，路遇大雨，一开始是小心翼翼地专找干净的路面走，生怕弄脏新鞋，这样子走得很是紧张辛苦。后来，一不小心，踩进了泥水坑里，由此便对新鞋不复怜惜，深一脚浅一脚地胡乱踩去，结果反倒行走自如，舒展得很。翻新，就得大无畏。

朱小地：

以建筑的名义思想。我理想建筑的方法：尽可能从更高、更广的角度去思考建筑的问题，寻求整合的答案，这是我的建筑观形成的根基和个性之所在。

实际上每个建筑师都可能意识到这一点，但真正能够自觉地处理每一项设计或每一个问题时，确是非常困难的，而设计的最终答案恰恰存在于整合各方面的因素的过程中。我把这种能力比喻为

进入建筑领域的大门，大门之内是建筑领域宽广的空间，可以任你的思想驰骋。由此，你也可以感觉到建筑师的职业的神圣和崇高，以建筑的名义思想有多么地自由，超越一切。

建筑师的角色如同一部长篇小说的作者，他要关注所能关注的一切。成功的发挥会使建筑设计呈现某种张力，如同小说有了构思；张力不断演化形成建筑的各个空间，如同小说的各个章节，呈现出空间的逻辑关系；每个章节的进一步演化，如同文学的润色，就形成了建筑的细部处理，呈现出强烈的秩序性。这种淋漓尽致、浑然天成的表达，是优秀的建筑超凡脱俗之处，也是建筑师终身追求的感觉。

如何找到准确的切入点展开设计是一个关键的问题。在设计中，我只是将所有需要安静环境的功能，如图书馆、阅览室等集中在一起；将所有热闹气氛的功能，如电影院、歌舞厅等集中到一起，并使这两部分功能在入口兼展览厅处交汇，在空间上形成动与静的张力，以两条道路的不同方向形成建筑格网，也就形成两个方向格网的拼贴，使入口兼展览厅处的空间异常活跃，更加烘托出动与静的交融。此次竞赛，我获得了中国建筑学会颁发的青年建筑师奖。

1996 年年底，我在担任第一设计所副所长期间，带领一批青年建筑师参加北京市首都规划委员会组织的北京现代城方案竞赛。这是一个沿长安街展开的商业项目，如何能够在满足建筑规模要求的基础上得到理想的形式设计，成为设计展开的关键。我提出了将东端超高层建筑的避难层、中间建筑的屋顶和西段建筑的备用房联系起来的构思，形成跨越四栋建筑的空中长廊。这一构思的提出立刻使整个方案的设计协调起来，平面布局和立面布局都由此变得异常轻松和简单。由此形成和竖向方正的体块与水平活跃的空中长廊鲜明的对比，使建筑立面呈现出强烈的视觉张力。该方案竞赛由建设部设计院、清华大学建筑设计院等国内大型设计机构参加，最终我们的方案赢得了胜利。

吴之昕：

曾经记得，20 世纪六七十年代我们都要进行施工图预算与施工预算的两算对比。施工图预算是以建筑产品的实物工程量为对象计算出来的工程造价，是建筑企业向建设单位结算工程价款的依据；而施工预算则是按照要完成这样一个建筑产品所需要花的人工、机械和材料，以生产力要素分解来计算各种资源的消耗量。在 20 世纪六七十年代，我们用劳动定额来考核不同的部位、不同类型的建筑产品所需要的人工消耗，用机械台班定额来计算不同的建筑产品所需要的机械消耗，用材料消耗定额来计算不同建筑产品所需要投入的材料消耗。采用两算对比来测算效益，是一种比较科学、值得借鉴的方法。

承包商投标以后，在评标、议标的过程中，业主可能对于有关的合同条款或者技术要求作少量的调整，这种调整必然对于工程的成本发生影响。这就要求我们的合同管理部门和技术部门对业主在议标过程

中提出的各种要求进行评审，根据业主对合同条件和技术要求所作的调整，对我们投标报价阶段制定的预测成本进行调整。

由于投标阶段时间紧张，我们编制的施工组织设计和方案不可能非常深入。因此，项目中标以后公司的技术部门和项目的技术负责人必须对投标阶段施工组织设计和方案重新进行技术经济评审与优化，必要时应邀请预算、材料供应、机械设备租赁方面的工作人员参加评审。对于影响项目成本的重大方案，如模板体系选择、大型设备配置、现场平面布置、基坑支护与降水、临时办公与生活设施的选型、流水段的划分等等，都必须对两种或两种以上的方案进行经济对比和分析，真正做到施工组织设计和方案的编制中杜绝照搬照抄，做到优中选优。施工组织设计的作用在

于其针对性，施工方案的优劣在于其经济性，工程技术人员的价值在于其创造性。通过中标后的施工组织设计和方案评审，进而对预测成本进行优化。

另外在承包商中标之后，将取得与分包商和供应商价格磋商进一步的主动权，一般来说可以从原先参加分包询价的分包商和供应商那里取得进一步的价格折让空间。这种折让空间有时候可以达到5%～10%。因此在中标之后，我们的成本管理人员有必要与原先参与分包询价的分包商与供应商再一轮地商议分包和材料供应价格，以确定这种可能的折让空间，并据此对于投标阶段所制定的预测成本作出相应的调整。

由于这一目标成本是以投标阶段的预测成本为基础进行调整而得的，因此它已经划分为不同的

分部、分项和开办费的不同子目，便于我们进行分解落实到相关的部门和有关的工程部位。同时，我们还要沿着时间的坐标结合施工进度的总计划，把这样的成本目标分解落实到每个月，每个季度。在实际的施工过程中，每一个部门、每一个施工部位，或者是某一个时间区段中，各种施工资源的消耗要严格地依据已经确定的成本目标加以控制。在实际施工中间的成本记录，要分阶段、分部门、分部位与已经确定的成本目标加以对比，对于超过目标成本的资源消耗，要分析原因，加以纠正。如果经过一个阶段的考核，施工项目实际的成本支出远远超出了原定的目标成本，那么，项目经理将有责任向公司管理层对于成本超支作出解释；如果这种成本超支没有恰当的理由，公司将对于项目班子、项目经理作出处罚，甚至进行项目班子的改组。在实际施工过程中，设计的变更或者合同范围的调整，都是难以避免的。当发生了这样的变更跟调整之后，项目班子应该向公司的有关部门上报这样的变更跟调整，并要求公司对目标成本作相应的调整。

在项目实施阶段，要充分调动项目班子降耗增效的积极性，充分发挥广大施工人员的创造性，大力开展技术革新和合理化建议活动，结合现场施工条件对施工准备阶段确定的施工方案和措施进行进一步的优化。通过技术革新和合理化建议实现降低成本、提高效益，应该从实现的效益增加金额里提取一定比例奖励作出贡献的主要人员。

胡　越：

我知道上海金茂大厦维护费用是一天100万，我个人觉得北京某些奥运场馆比它少一点，但是也会相当高。

我的感觉第一因为我做这个工作20年了，我觉得还是要好好学习，千万别偏科。在设计当中要想做好需要知识面越宽越好。在学校里面往往偏科，就学美术和设计，我觉得应该珍惜，这是非常重要的一点。另外就是毕业以后的再学习，也是非常重要的。还有就是如果认准这个行业不要轻易改变，因为人的能力有限，你不能够长期从事这个行业，坚持不懈努力，你很难达到一个高度，不管你干什么，如果今天这样，明天那样，在年轻的时候觉得有的是资本可以随便改变，很难成就一项事业。

我觉得中国建筑师包括整个社会，背了一个太沉重的包袱，对传统与创新的问题，我觉得不应该背这个包袱而且是完全没有必要。因为我觉得现在我们必须承认我们属于一个弱势的文化，因为我们国家从19世纪末到现在一直处于一个落后的状态，各地的情况都是这样。你处于弱势情况你必然要受到别人文化的侵略，所以这是一个客观规律，我觉得即使从感情的主观上再做什么努力的话，你也不能够改变这种状况。美国有一个未来学家，他画了一张图，这张图的纵坐标是代表西化，横坐标呢代表现代化，这个图是一个抛物线，就是说当你的国家从很落后的状态向现代化迈进的时

候，就逐渐地西化，达到一定的高度时再现代化就成为你自己的东西。所以我觉得中国现在不必担心西化或者是不够继承传统。随着中国社会逐渐地进步，必然有一天我们会创造出无愧于我们这个时代、无愧于我们这个民族的建筑，我觉得这是一个必然的规律。

再有一点我们现在创造的东西，虽然借鉴了很多国外的东西，也做了很多拙劣的东西，但是我觉得现在其实它也是真实地反映了我们社会上某些状态。比如说欧陆风情这个风格吧，你去国外看看的话，国外没有欧陆风情这种建筑。我觉得它实际上是真实地反映了当时咱们处的这个状态，正在发展，正在接触外面，这种文化发展初级阶段，我们不要怕这个东西。

再有一个我觉得作为一个中国的建筑师我们也应该有责任，去学习去研究我们自己过去传统文化的精华部分，应该把学习和成长的过程缩短，能够让我们国家，能够让建筑文化更快地达到有自己特色，就是这样。

看到优势也要看到问题，在北京国际金融大厦的设计中，锥体采用的是点式玻璃幕墙技术，当时北京还没有此种技术的实施实例，做成锥体加之一些曲面，又是点式连接技术中比较复杂的情况，为了追求这种形式，又对此技术缺乏了解，导致了一些教训的生成。风穿行于4个形体之间给锥体造成的时压时吸的作用力是设计之初考虑不足的，在这种复杂的小气候环境里用这样复杂的造型给设计和施工带来非常大的困难。最后的结果是，点式幕墙加上钢拉索的轻盈感觉没有出来，而是靠许多粗大的钢架来支撑固定。学先进的造型没有问题，但只学到皮毛不了解其本质就会有"假高级"的感觉。这种情况许多工程中都有，建筑师把握不大，甲方搞不清楚，厂家说"没事儿，能做"，可不是特别科学，就招呼上了。

一个星期出来的方案，随即被甲方选中，其中下意识的设计成分不少。比如当施工过程中，4个主体和其间的廊桥等连接部分搭构出来时，就发现，这下意识组织出来的外部空间结构是成功的。这成为了追求的一种设计思路，即用简单的形体组织一个有机的室外空间，过渡到建筑所处的城市环境，建筑本身和为它营造的周边环境所起到的作用是对原先城市结构的修补和改善。

在设计的望京科技园二期办公建筑中，这种思路得到了有效贯彻，简单的几何形体构筑出的是复杂丰富的外部空间，从中表现出对修补城市空间的渴望。

刘自明：

> 透视以复活的空间古典主义为基础，肆无忌惮地将建筑语言搞得残破不堪
> 设计空间不是为了人们在其中生活，而是成了一件行李一个包裹一把雨伞
> 透视是提供一种增加纵深感的方法。隐喻的脚步在字里行间，走上了崖畔
> 远小近大的这种人为的绘图方法，诸位希望通过使用来更逼真地体会表现

为了建筑物免于孤立，为了使其与周围环境发生密切的关联，飞檐在翘盼
透视的病毒如非典感染了建筑呼吸最本质的部件，克服它似乎已没了意愿
落后绘画和雕塑的建筑界是因透视的强权，更顽固不化侵蚀败坏难以避免
如果要与周围环境发生联系，建筑体就绝不能是对称的不能是完整的规范
要与环境互惠补足相辅相成。语言的表述是确定任何城市景色基调的关键
一个敢于向中心透视挑战的非凡人物非凡人选，无疑米开朗琪罗最善挑战
在设计卡比多广场前，这家伙蔑视当时盛行的原则，以及基本的几何规劝
把"空间"紧紧攥在手心。他用上阔下窄的梯形将通常是矩形的广场变换
一举颠覆了广场两侧建筑遵循平行原则的习惯。这是一个惊人的成就斐然
意义被忽视没有关系像海和海滩。米开朗琪罗是艺术史上无与伦比的圣贤

中空的立方体消失被解释光大，不再封闭的房间啥样？角落黑暗明媚春夏
整个空间盛开勃勃鲜花。简单再简单不过，在此前却从未有人想到的方法
这方法是迈向建筑解放决定性步伐。在这种光线照射的形式下已焕然光华
盒子一旦分解其板面就成为一道无法关闭的水闸。随时间支持着四维加
大古典主义的静态空间被动态空间称霸。曙光的每一次摇曳星星的悄悄落下
分解法仍然是现代语言的规划，封闭的盒子一旦分解就能区分不同的表达
表达的功能更完满俱佳，一目了然，于晨曦晚霞。留下把座椅天地间横跨
协调一致的连接被公然扼杀。连接建筑的甬道强调着它们间不协调的管辖
对于比例的狂热嗜好是需要拔除的另一颗毒牙。比例的规矩是一个非规矩
它在建筑物的不同部分之间建立约束的关系，是对已有习惯的病态的期冀
无疑建筑物的各部分各不相同传送着个有的功能信息，何必"比例"统一
何必强奸信息量减少成一！害怕自由，害怕发展，害怕新意甚至害怕生息
当你看到符合"比例"的建筑千万留意！比例冻结生命进程掩盖浪费空虚
从一幢场馆到一片塑膜从十万个坐席到一把座椅从浩瀚的大海到一粒水滴

建筑师你不可拒绝，如果你总是等待能够用建筑语言正确说出意图的设计
装饰是起矫正和抗议作用的权宜之计。装饰，是酷热中铺天盖地的太阳雨
重新统一的原则先去分解再去组合才有意义，否则不是重新统一而是古籍
德拉克洛瓦告诉我们直线并不存在。我告诉你，对称性并非自然界的规律
如是古典主义并不存在于建筑艺术，而仅存学院派的教范和从建筑的抄袭

悬挑结构和连续墙崭露头角，全新的结构元器。无数支点都放在角点上级
笼子式的结构禁闭着空间，工程史是一部不折不扣的妥协史。鸟巢是范例
现代建筑语言的编纂整理，意味建筑师和工程师必须摆脱古典主义的数据
存在于古典偶像阴影中的安全率，是用代价高昂的装修掩饰下的十足恐惧现
代建筑结构习惯用原则考虑悬挑、薄膜和壳体等构体。习惯成自然陋习
结构的有效程度取决于自身的形式和材料的弯曲抗拉强度。浪费在劫消息
巨大的航空母舰都能漂浮在水面，城市建筑却造就得异常沉重仅满足站立
建筑学的危机归咎技术上缺乏远见卓识，技术上目光短浅是现代化的取缔
创造新形式，未来说刻不容缓，历史必须纵身一跃，越过泥沼，越过过去

董豫赣：

重读雨果的《巴黎圣母院》，我才相信雨果对哥特建筑的全部讴歌，不仅仅是一曲挽辞，而是对他自己所从事职业的一种真正讴歌，他宣告建筑术的死亡不过是为了告诉人们：文学即将崛起，就好像当年达·芬奇比较知觉的各种感官的优劣不过是要证明视觉的重要性一样，是为了证明纯粹视觉艺术——绘画的重要性一样，都是对职业的一种自豪与辩解。从建筑术能量的全面衰减中，雨果看到文学从印刷术那里获得磅礴的力量：

从建筑术那里流失的生命力都归它所有，随着建筑术的衰落，印刷术开始扩张壮大。到了18世纪，它重新握住路德的旧剑，把它递给伏尔泰，然后它开始荡平一切古老的欧洲文化。

但是，文学对建筑的杀死不仅仅是通过文学与建筑间能量的此消彼长，而是流转了原先的从属关系，建筑从此开始被文学所左右。假如建筑如同雨果声称的是由时尚所击溃，那么，将风格之剑递交给时尚的恰恰就是文学。后来一切风格的复兴无论是古典复兴还是哥特复兴都是由支持文学的印刷术所提供。文艺复兴的建筑，复兴的是那些印刷的考古图片，哥特复兴的建筑，复兴的是那些印刷的传奇小说，前者将异时异地的古典风格样式带入建筑，后者将风景如画的浪漫观念带入建筑构图。从今往后，谁要是不能用文学去表达他的建筑观念，谁就难以成为伟大的建筑师；谁的建筑如果不服从文学的描述，它要么消逝无痕，要么就成为文学日后的挖掘品，建筑本身从此就难以正常出现，准时显形。

假如文学杀死建筑的根本原因是世俗借助文学杀死宗教的话，文学的噩耗也隐约可闻，就像当年路易十四利用世俗权力杀死宗教权力一样，会导致自身的灭亡，一旦市民们发现世俗的皇帝可以取代神权，他们很快就意识到君权也就更没什么神圣的，他们很快就将路易十四的孙子送上断头台。其间的200年来，资本家用经济取代皇权，其后的200年间，雨果发现了建筑90°的转向：

从前建筑都是山墙（指教堂）朝向街道，而今，建筑物（通常是指银行）以其门面朝向街道。

在这200年间文学难道不曾转向吗？

雨果在《巴黎圣母院》里借助游吟诗人格兰古瓦提出这样的问题：是圣迹剧还是鬼脸剧获胜？

答案是：鬼脸将战胜圣迹，而闹剧会战胜文学。

对此雨果早有准备，他说：

小总会战胜大，这些将摧毁那些。

赵小钧：

这是"水立方"开始的一些图片。这是我后面提到的关于方、关于水、关于"鸟巢"的关系等等这样的一些解释。包括水的形态，一直到外面的景观，包括室内设计用了哪些元素，都是用了这样一些基本的立意。这是"水立方"的外观最典型的图片，后来大家也都把它视为方案设计效果图里面最有感染力的一张。过程确实是很坚信的，但是出来的效果是随意的、是看不到我们所理解的建筑，横平竖直的理性关系，我们确实希望用这样的形态传递出水的不确定因素，给大家一种情感上的沟通。

接下来讲一讲实在的东西，这个泡泡看上去是很有意思的，它到底是什么东西？简单地说，这个泡泡是一种粗料，但是跟我们平常的材料是大不一样的，它叫"ETFE"，如果有极端的解释是没有意义的，说一些用途的话，大家会更容易理解。大家知道三峡大坝，三峡大坝有一个船闸，这个船闸是一个平开门，也就是在河床里，船进去水位就起来，这个船闸里面有一个非常关键的材料，就是门下面的边，因为下面的河床是一个金属的材料，这两个地方要来回地摩擦，那么这个门最下边的材料就是这种高分子化合物，它叫做"乙烯—四氟乙烯共聚物"，这在化工里面是非常有趣的一种材料。用这样的一种薄膜充起来的气形成了这样的东西。像一种塑料一样，实际上看到的是两层体，中间是双结构。这个两层体的意义有一种生态建筑物在里面。简单地说就是这样一种东西。

接下来我要讲一个结构，在这里多说一句，很多媒体多次问我，到底是谁做的？其实谁设计的不重要，包括外方，如果拿掉谁都不会出现这样的结果。其实最大的快事就是来自于一种融合，这种融合说大了是中西文化的一种融合，说小了是我们在起初设计的时候意见相左的，我认为这是非常难得的一件事情。从这个意义上来讲，并不是说一开始你的还是我的，或者说最后你的还是我的，因为我们到悉尼的时候，确确实实有一种心态是我们进来了。不是说我们要跟你如何如何。是这样一种心态，在这种心态的作用下，最后形成了非常令人感动的情况。因为盒子是我们提出来的，而且在提出来的过程中，外方有一种波浪造型，盒子的确定是很坚信的，但是最后我们经过了很长时间的沟通，不管是外国人也好、中国人也好，为整个过程倾注了真心真意，这种快乐是我所说的设计里面另外一种最大的快乐。

简单地说，我们设计的东西，盒子和方是我们提出来的，而结构是非常令人震撼的，这是外方提出来的。那么"ETFE"也是外方提出来的，三个加在一起形成了这样的东西。结构是什么样的？是我们看不到很随意的结果，那么这个结构起到了非常大的作用。刚才看到立面的时候，表面上的泡泡是不规则的，实际上它是很规则的，这里面有一个几何游戏，这种几何游戏打造了一般形式下的理解。这种几何游戏是这样的，大家知道在平面上有六边形，它可以无穷地组合在一起，形成一种最经济的组合方式，在立体上也存在着这样的关系，这是在20世纪初的时候英国的一位数学家推理出来的一个结论，它是由立体和若干个16面体组合。还有一个原理，大家看这样一个多面体我们用一把刀去切它，我们用一个很自然的切面去切它，不是一个横平竖直的关系去切它，每切出的断面都是不同的形状，这个形状就是我们在立面上看到的不同大小的水泡。有一个动画很详细地

解释了这个过程，但是因为放不出来，所以我只能用嘴来讲。这两个原理结合，形成了一个几何游戏的基本法则，也就是说在整个的空间关系上，我们先去布满这样一些多面体，然后给定一些角度，这个角度还是有讲究的，给定还不是一个随意的角度，假设给定某一个角度的话，我们去做一个切割，在这个断面上看到的图案就是大小不同、不规则的一些多面体。当我们跟这样一个基本空间值的关系的切面，产生了一定关系的时候，就会看到我们表面上获得的切面图案是一个四方连续的，就是它还会重复，这是一个几何游戏的基本法则。

白天仓：

　　2008年奥运国家游泳中心的设计方案，震撼非比寻常。表层布满"泡沫"，周身透明的"方盒子"，在夜景下，如出水的莲花，舒惬、安宁。崇尚水的天性，"仁者乐山，智者乐水"；水象征着一种"天人合一"的博大情怀，以及与自然神交的禅学意境。立方体的结构暗含着中国哲学中"天圆地方"

的世界观与人伦观。

布满几何形状的建筑外皮，颇似化学符号中的水分子结构，这便赋予了整幢建筑独特的视觉效果与心灵感受；几何形的外立面也由此变得柔和而纯净，更具有水的特性，让人一见到它，就知道这是游泳馆。

整个建筑采用一种被称为"ETFE"（乙烯—四氟乙烯共聚物）的轻质新型材料，具有超常的热学性能和透光性，可调节室内温差变化，而且还会避免建筑结构受到游泳中心内部环境的侵蚀。为减少二氧化碳的产生，在设计中减少了电的使用，转而利用太阳能电池提供电力。另外，游泳中心消耗掉的水分将有80%由屋顶收集并循环使用，这样可减少对于供水的依赖和排放到下水道中的污水。

采用光学装置、多角度三维图像放映等高科技设施确定运动员相对位置，从而使观众可以体验全角度、多方位的观看模式。

离奥运更近了。北京曾向世界承诺，要举办奥运历史上有特色、高水平的一届奥运会，我们准备好了吗？

2001年7月13日北京申奥成功后，经过数月筹备，12月13日，北京奥组委正式宣布成立。

《北京奥运行动规划》（以下简称《规划》）是北京市一个长达7年之久的行动指南。《规划》由北京市发展和改革委员会牵头，奥组委和市政府政策研究室协助，在"十五"计划的基础上，据举办奥运会的需要和特点制定的。对北京市民来说，一系列利好消息出台：2010年之前要求建设完工的部分地铁，提前到2008年之前完成；奥林匹克公园地区的建设也将加速；污水处理厂数量也会增加。

《规划》1.6万字，草稿3万字，经过三四十次修改，历时8个月，北京市环保、交通、文化等十几个单位参与了制定。《规划》公布后，引起社会各界强烈反响。两个月的时间里，奥组委收到社会各界来电

近 2000 人次，来函 300 多件。

　　2002 年 4 月，北京奥组委成立了奥运场馆建设协调委员会，就奥林匹克公园和五棵松文化体育中心两地的总体规划进行公开招标。4 月 22 日，海内外近百名顶级建筑师云集北京，对 2008 年奥运会的两处大型设施——北京奥林匹克公园和五棵松文化体育中心进行现场踏勘。

　　北京市规划委收到来自国内外 91 个规划设计方案，评委会由 13 名国内外知名专家组成，其中国外 7 人，国内 6 人，采用多轮投票法评审结束后，于 7 月 16 日至 26 日在北京国际会议中心进行公开展示，观众可先睹为快，还可给自己中意的方案投一票，评选出公众最喜爱的方案。

厕　所：

　　建设部 1987 年颁布了《城市公共厕所规划和设计标准》，并在 1988 年开始在全国施行。这个标准要求将公共厕所的规划和建设同时纳入城市新建、改建、扩建区的详细规划中，规定位于主要繁华街道的公共厕所间距为 300 ～ 500 米，位于一般街道公共厕所的间距为 750 ～ 1000 米。

　　早就耳闻过韩国厕所，说这话时好像要加上"久仰久仰"。韩国斗本移动化妆间（厕所），在

2002 年的世界杯上大出了风头，被世界卫生组织称为"厕所革命"。简单地说韩国叫化妆间，中国叫厕所。厕所建筑似乎不在人们的视野，但人们时时刻刻又离不开它。厕所与吃饭，毫无疑问，同等重要。

2007 年 4 月 28 日上午，在香山别墅撰文者的临时写字间，这个厕所的设计者朴晚助先生坐在被采访的位置上。戴着眼镜的朴先生 45 岁，个子瘦高儒雅精干。韩国高丽大学建筑设计系毕业的硕士。走出学校大门后的他，在建筑事务所当设计师，主要是设计公寓民居。

在问到朴先生怎么学了建筑设计的，他爽朗地笑起来。爱玩是每个学生共嗜，所有的体育项目他都喜欢，至于未来做什么，从来没想过。考大学时，职业军人的父亲和他进行了一次长谈，最后父亲为他选择了建筑，也许和他打小一直喜欢画画有关。他又笑起来，他说那时韩国的经济正在上升，尤其是建筑业兴旺发达，不仅国内，在国外的韩国建筑业也是如此，很来钱。而且这一行，可以到各个国家旅游学习。他笑起来时，一副亮晶晶的近视镜片下的眼睛，欢快地眨着。

朴先生把主要精力转向设计移动厕所，想法源于汉江的一次大雨。雨后，首尔的很多厕所溢满，给人们的生活带来了极大不便。而移动厕所，可以放在相对高处的位置，管理处理都容易。他举了个例子，就像把家用的电话机，改成手机，规格小了，使用起来也方便许多。

他的这个移动厕所自重 4.5 吨，使用空间 7 米乘 2.5 米，大约 18 平方米。布局合理，有 10 个独立款式各样的座位，分男女，有专为残疾人使用的设置，有空调。占地是同等规模厕所的 0.3 倍。还有一点很重要，节水，大便一次用水 0.5 升。过去的老式冲刷要 9 升，现在一般厕所为 3 ~ 6 升。

这个厕所在 2002 年日韩足球世界杯首次亮相首尔后，在釜山亚运会，在韩国总统就职仪式等等很多大型活动上频频使用，大受好评。被称为亲环境的化妆间，使韩国的公共卫生间水平大大提高。

他说：厕所是人类目前一个不可忽视的大事，吃的问题解决了，如厕的矛盾就激化出来。你看所有的体育场馆都有厕所，可一旦有活动，就都紧张不够用了。中国大部分尤其是胡同和小学校厕所的缺点是无隐私，蹲坑一排，一览无余。更重要的是，使用后不能及时冲刷处理，很容易造成厕所附近环境包括土地的污染，味道很大。再有，2008 年的北京奥运会，一个开幕式就得有十几万人，厕所肯定紧张。各个奥运场馆的活动也是很需要的。他说眼下正在联系有关方面，想向北京各区县、向 2008 奥运会，赞助 50 台或者更多一些。

问他知道世界厕所日吗？他坦诚但有些惭愧地说不知道。

他说：我们确信通过迎接 2008 年北京奥运会、2009 年中华人民共和国 60 年大庆、2010 年上海世界博览会及广州亚运会等举世瞩目的大型活动，中国、北京的国际国内地位将大大提升。

目前，这种车载卫生间（移动厕所），由韩国斗本公司和北京建工集团所属机电公司、威腾专用汽车制造公司合作，已经开始大批量在北京生产了。

故　宫：

协和门在金水桥东，为东路南门。有联：

协气东来，禹甸琛球咸辑瑞

和风南被，尧阶蓂荚早迎春

上联意思：中国大地的富饶，下联说：皇宫内院的春意。两联的第一个字合成"协和"，最后一个字合成"瑞春"。技巧虽是老套，但含义永恒：一个国家一个民族，只有协和才能瑞春。

工地 七　窗

阿　端：

《说文解字》窗：通孔也。从穴，忽声。

窗指天窗，通气透光的洞口；泛指窗户。形声字，穴为形符，忽为声符。

颠沛流离的逃荒，心中都有一扇窗。俺娘说，这是姥姥的话。那年也怪，一上路，娘就不再哭嘞，到新乡要住下，娘又哭哭咧咧起来，再走又不哭嘞，就到漯河嘞，娘不仅再没哭还老是一个劲儿的笑脸，有时还嘎嘎乐出声。姥爷也跟着笑说，这么着，就定居在漯河嘞。

俺三岁那年俺爹病逝，娘又哭嘞好几天，就又回转邯郸。娘说，这世界大嘞，哪块土地让咱舒心，咱就去哪儿！娘是"左不咧"，吃饭、使剪刀、端"猪不碴"——猪食槽，都用左手。说左撇子人个个聪明？怪不得。娘是真聪明，心灵手巧。爱净洁，屋喽外界地下绝不留一根草屑，炕上铺的盖的，拾掇得齐齐整整，就是腰板老早就佝偻嘞。爱看戏，看一遍戏文能记个八九不离十，还爱看马戏团的跑马上竿。娘忒有主心骨恁大胆，出个啥事物的从不慌张。那天邻居一个扯谎料炮的人，东降呼雷西降雨地跑到俺家闹事。对这号人，俺打心眼里腷应。看他凶煞煞肥嘟嘟个大腮帮脸，敞怀露着肚脐，10岁的俺有点怕。娘说："怕啥，看他虼蚤能顶起卧单（被单）来。俺还不扯皮的。决不做那白填馅的事。龟孙，滚。"娘手里掂着炒锅大铁铲的，最后一个字高尖。那人再没髭毛儿，愣壳壳地走掉嘞。

娘跟俺媳妇关系可好嘞，净天价看见她俩在一堆扯体己话。

说俺爹？不说嘞，往后吧，看机会再说，话忒长。

俺要站一下，老坐着忒累。在北京工作这几年，连耗子都少见嘞。就是昨天，墙板缝里爬进个蝎拉虎子，俺们几个放在炕上玩了一个小时。这两天，窗户外边有了小鸟儿，就是麻雀。俺到厨房偷了点大米喂它们，恁看今天更多嘞，有十几只。这些个小鸟多嘞看着，脸皮上活泛生气。俺家后房山敩坡下，长虫多嘞。一尺三尺两米的，俺都见过。

这次回家探亲，八天俺就回，给你带点老槐树烧饼、大名郭八火烧。丛台区一篓油水饺带不了，你得亲自去品尝，得趁热吃。这水饺是赵国时期的风味小吃。那个叫廉颇的赵国大将，给它吃出的名气。

俺们邯郸人对北京奥运很上心，小学教育中有一句口号，"你能为奥运做什么？"几个邯郸的孤儿娃娃念了一遍又一遍，后来他们就画画，画啊画画一年多，最后在一千多张里选了636幅水彩画拿到北京，希望交给北京奥组委。人生地不熟，都是初来乍到，挤在人民大学东门对面的小广场上，坐蜡嘞。好像是八月份，倒是不冷。铺的盖的都自己带来，睡在那里跟受气布袋一样，吸脊梁着，汗褟儿当毛巾擦汗，脏得像尿布。

曾　哲：

少数民族的房屋窗户少而且小，藏族、柯尔克孜族、羌族、苗族、门巴、珞巴、独龙、傈僳……这是地域环境造成的。可一般的都有一个大阳台。房屋只是睡觉的地方，而阳台上的时光，才陪伴他们更多。

前面说过，壁就是墙，墙就是壁。作壁上观是不行的，那是壁虱，就是臭虫。臭虫下壁毯，眼儿冲上。

关于中国绘画处理空间的问题，清初的《画筌》："空本难图，实景清而空景观。神无可绘，真境逼而神境生。位置相戾，有画处多属赘疣。虚实相生，无画处皆成妙境。"这都是往人心里说的话。

窗户的创作是最富想象的。和门一样，想象的空间极大。一段时间开启，一段时间闭合，其动作如舞姿的展示。舞蹈动作并非仅仅定型的动作和姿态，也并非仅仅动作的力度和气度，更重要的是一个动作与一个动作的空间。肢体画过，抑或"S"，抑或"O"，抑或"N"，抑或"M"，抑或"Z"，抑或空白，那里边的表现更为丰富。所以老到的书法家说过："计白当黑"，无笔墨处也是妙境。

说着说着，又说到了建筑设计，一样地要考虑空间的分布，虚处和实处同样重要。空间感的不同，表现着一个民族、一个时代、一个制度在不同的经济基础上，社会条件里不同的观念和对生活的理解。一笔而具八法，形成一字。一字就像一座建筑，有栋梁橼柱，有间架结构。

在宗白华大师的书里读到了欧阳询、戈守智。后者纂著的《汉溪书法通解》里有这么一段：顶戴者，如人戴物而行，又如人高妆大髻，正看时，欲其上下皆正，使无偏侧之形。旁看时，欲其玲珑松秀，而见结构之巧。高低轻重，纤毫不偏，便觉字体稳重。长短疏密，极意作态，便觉字势峭拔。尾轻则灵，尾重则滞，不必过求匀称，反致失势。这本来说的是写字，又觉得触及了其他，是有些意思。

"鸟巢"没了顶，真真可惜。可惜仅仅是可惜，没有任何挽救余地了。

人本身是建筑创作的终极关怀，应该作为建构设计哲学的出发点，这是公理。由此出发，建筑及与之相伴的内部空间理应被设计成人类生活娱乐的场所背景，这种背景能给人类增辉生色。对大师的这个意思，我也深有感触。

你来到这个建筑面前，你将被打动。

故　宫：

西方知识界人士对我们故宫的"星巴克"也极其反感，甚至用"恶心"来形容，觉得是对中国的不尊重。把我们的空间建铺位出租就不对，2000 年在故宫开店以来，对这一"景观"的嘲笑声与质疑声一直没有停止过。西方人感觉它"匪夷所思"，中国人觉得自己的文化掉了价，连日本人都要特地跑到故宫去"惊诧"一番。

文渊阁在文华门北，是藏书的地方。乾隆年间的文化大工程，编纂共有七万九千多卷的《四库全书》，原来就收藏在这里。还设置了领阁事、提举、直阁事和校理等官掌管其事，职责跟现在图书馆的馆长、管理员差不多。乾隆题额"汇流澄鉴"。阁内三联也都是他写的。其中一联，正想引用于此：

壁府古含今，籍以学资主敬

纶扉名副实，讵惟目仿崇文

说的是藏书为了钻研、修养。藏书绝不是装点门面，要名副其实。这话说完，就看出点现实性。承上启下，如今中国人家家的藏书，能显示出版的火热和冷清。

朱小地：

2002 年我应邀参加了万科公司的西山庭院的方案竞赛，这是一个位于北京西山边缘地带的住宅小区，总面积 145000 平方米。这个用地的资源优势比较明显：自然风景、人文环境、交通便捷，又紧邻大学区和高科技开发区。我认为只有用传统城市和现代发展这样一个大的主体才能承载这块用地的一切优势，既是城市生活的延续，又是城市空间结构的扩展。规划通过对城市空间类型的分析，采用了围合院落的单元形式，形成了严整的坊式街区，可以被认为是北京四合院原型的现代城市空间延续。并从西山的一个小山峰——百望山方向移入一个楔形的景观带，打破了每一个院落方正的格局。斜线的进入与规整的院落空间形成视觉上的冲击。我们提交的这个方案被业主认为是意想不到的设计，并立即被确定为中标实施方案。该项目被业主命名为"西山庭院"。

阿尔多·罗西在 1966 年出版的著作《城市建筑》中，将建筑与城市紧紧联系起来，将现象学的原理和方法用于建筑与城市，在建筑设计中倡导类型学，要求建筑师在设计中回到建筑的原型去。他的思想一直影响到我，这不仅仅是在建筑设计专业，甚至在生活的方方面面。尊重历史，回到历史中寻找前人创作的"原型"并加以再创作的新理性方法，使我懂得了什么是"建筑创作"。使我在懂得这一点之后的所有设计，也包括我在院内进行的大量方案指导和在院外参与的学术活动都严格按照建筑专业应有的理性思维进行着。

在与其他建筑师，特别是青年建筑师一起工作的时候，我经常会发现有些建筑师盲目地抄袭国际上成功的建筑范例形式，而忽视建筑设计面对的功能需要。我总是要求他们放弃这种做法，首先认真研究建筑功能的特点，对建筑体量和形式的具体要求。尊重功能要求，才能回归对原型的研究，真正找到解决问题的途径。我发现

每当深入理解建筑功能的需要后，建筑应有的形态就会轻松地显现出来，那是直接的、唯一的，也是合理的，更是美妙的建筑空间。

2002 年我主持设计金融街开发区的盈创大厦项目，项目处于金融街的南段建成区之中，是一栋建筑面积 10 万平方米的办公建筑。由于此地段位于北京城区二环路内侧，靠近皇城，建筑高度受到严格的控制，于是这里的项目一律被设计成"矮胖墩儿"，很难在形体上有所突破，以前所有项目在形式上的尝试都没有取得理想的效果。如何来满足这样高容积率的设计，是摆在我面前而又必须回答的问题。我放弃了任何的创作冲动，潜心回归办公建筑的原型，寻找设计要素。问题迎刃而解，所谓现代的办公建筑的平面形式最理想的是板式建筑；在"非典"之后应尽可能地考虑自然通风，标准层面积规模和平面进深应适中；而北京地区的最佳朝向应考虑南北向。因此建筑的总平面布局很快确定下来，由三栋南北朝向的板式办公建筑组成，恰好布置在用地的范围内，这样一个简单的设计立即得到了业主的首肯，为下一步的设计铺平了道路。

吴之昕：

要大力推行施工实际成本数据采集的责任制度，要求所有的工长对其负责的分项工程所发生的人工、材料、机械的消耗如实地进行记录跟上报，项目各层次的管理人员对其所负责的范围内的成本数据的采集跟整理承担责任，项目经理对于整个项目的施工成本实录承担责任。对于不完成施工成本实际数据进行采集、整理跟汇总责任的各级人员，给予相应的处罚；对于在这个方面做出突出成绩的人员应进行表彰、奖励。在中国国际贸易中心一期工程交付使用以后，法国 SAE 公司把项目上曾经使用过的电脑送给我们中国承包商，而将存有施工资源实际消耗记录的软盘全部装上集装箱带回总部。在 SAE 承包中国国际贸易中心一期工程的时候，派了大量工长每天对工地上面有多少人出勤、有多少人加班，进行详细记录。同样，我在关岛工作期间，日本和韩国的承包商，也要求工长对他所分管的分项工程每天的出勤人数，加班的工人人数和加班小时数，每天领取的材料的数量跟当日完成的该分项工程的实物完成量进行如实记录、上报。如果工长一次出现不报的情况，就要受到警告，两次不报，就要受到处分，三次不报，就要被解雇。这些国际承包商，无一例外地把施工过程中的成本数据视为总承包企业核心竞争力的重要组成部分。有了这样的一些数据，就可以很快地对某一项新工程所需要投入的各种资源的数量跟它所耗的成本进行测算，使他们在工程投标中间处于一种非常有利的竞争地位。必须在我们所有在施工程项目上强制推行与成本相关的原始数据的采集、整理、归档制度。如果能在所有在施工程项目上认真推行这一制度，那么我们将能在较短的时间里建立一个真实反映本企业各类施工资源消耗水平的项目成本数据库，就能形成一套作为预测成本和目标成本编制依据的企业定额。

项目竣工核算阶段的成本管理。这个阶段成本管理的主要任务是对项目的实际成本进行评估、考核，并将项目成本的实际数据汇总上报。这项工作实际上是成本管理任务的延伸，如果在整个施工过程中间，逐月对施工实际成本进行了详细而准确的记录的话，那么在竣工的时候，只需把每个月、每个季度、每个分部、每个分项实际的成本加以汇总，就不难得出这个项目的总的实际成本。将这一实际成本与经过调整的目标成本进行对照，就不难看出这个项目成本的实施成果，是在目标成本的基础上有所节约还是成本超支。如果说，节约了成本，则公司将对项目班子按照原定的责任兑现条款进行奖励；如果成本超支了，也将根据责任制实行相应的处罚。项目经理也同样地对他下属的各个部门和相关的工作人员进行成本考核，并根据考核结果对具体的部门和个人进行相应的奖罚。

成本实际数据的汇总对于公司今后的投标报价和后续工程的成本控制至关重要，只有公司对于每一个施工项目进行了详细而准确的成本数据的记录和汇总，才能形成公司自己的施工成本预测数据库。我们一批大型国有建筑企业每年有上百个工程项目在施工。如果我们能够将在施工的所有工程项目的实际成本数据全部收集、汇总并加以整理，我们就能在很短的时间内形成一个容量可观、数据可靠的工程项目成本数据库，就能大大提高我们在投标报价中的市场竞争力，就能大大提高我们在项目实施过程中的成本控制能力，就能大大提高我们企业的赢利能力。

上述的项目成本管理的四个阶段，形成了项目成本管理全过程的一个环，这个成本管理环并没有结束，所取得的项目成本实录将在后续的工程项目成本预测中间成为有力的支持，将在新的施工项目中间开始新一轮的成本管理的全过程。我们建筑企业的成本管理将顺着四个阶段的项目全过程成本管理环，周而复始、螺旋式地上升，从而提高我们企业的管理水平，提高企业的核心竞争力。

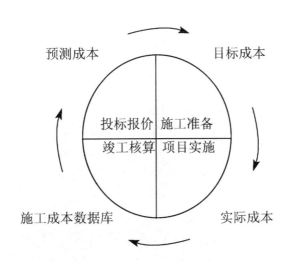

胡 越：

怕设计出来的房子跟别人一样，每个人都想创新，但很难。中国建筑师与国外有差距是事实，得到的信息多半儿是"快餐式的书籍"，外壳漂亮，内容少，看个皮毛而已。最有生命力的创新是技术上的创新，但需要有钱有人来研究，这不是建筑师个人的问题。对建筑师来说，创新意味着学习先进，解决具体问题，好的建筑应该是创造性地运用手边的材料，满足人的需求，很好地和环境融合。

建筑是一种造型艺术，任何艺术都与材料有关。建筑材料的革命包含三层含义：第一，随着科技的不断发展，出现了许多新材料和新技术；第二，在传统材料的使用和施工技艺的表现上，有很多新的方式；第三，创造性地使用了原有的材料和技术。

应该看到，虽然我国建筑行业发展很快，每年建筑量排在世界第一位，但我们的整个建筑水平，以及对建筑艺术的看法，还是比较落后的。

建筑材料的发展，材料的创新使用以及新材料的发现，都与建筑师、制造商、业主有很紧密的关系。像玻璃、轻型龙骨等具有很强艺术表现力的建筑材料在世界上已使用多年了，但我国的建筑师在使用和技艺上遇到了很多困难。所以，要通过交流架起桥梁。

提到建筑设计和建筑材料的应用，很多大师、专家在这方面都有很高的造诣，如华人建筑师贝聿铭先生的一些建筑创作，在使用轻型龙骨方面，就有很多自己的绝招。类似这种使用新材料、新技艺进行的建筑创造，是建筑师、材料商和业主共同创造的结果。

北京国际金融大厦位于北京西长安街南侧，占地约1.8万平方米，建筑面积约10万平方米，距天安门广场约3公里。它西临远洋大厦、电教中心，北面与长话大楼、中国工商银行总行相对，处在北京金融街开发区的最南端。

大厦由四个相对的办公楼和两个弧形连接体组成。北侧为11层，南侧14层，四幢办公楼首层为银行营业厅，北侧2～11层、南侧2～13层为办公楼，南侧14层为餐厅和设备机房。大厦地下两层，一层为金库、账库、保管库、车库、自行车库及快餐厅，二层为机房和车库。

为与原有城市结构和建筑一致，建筑师在建筑设计的构图上采用了中轴对称的矩形平面，在总体上与城市相融合，在基本结构上避免天外来客式的建筑设计。为了与周围新老建筑在体型上取得平衡，大厦采用了长134米，宽为68米，高45米的完整大体型，同时为减轻道路南侧大体型建筑对长安街的压迫感，并考虑到面积和容积率的限制，采用化整为零的手法，将巨大的体型分解成三大部分，即：中央大厅及尖顶，四个办公楼，两个巨大的弧形连接体。这样就解决了城市环境和建筑规模之间的矛盾。

与城市总体相融合协调，并不意味着新建筑要一味地对周围已有环境曲意逢迎，创造有个性的建筑是一种积极的设计方法。由于长安街一线规划对建筑高度有严格的限制，因此在整齐划一的体型下，运用前后两排建筑之间的高度变化，既丰富了建筑造型，增加了层次，同时又利用透视的原理，减轻了建筑高度对街道的影响。

为突出个性，同时结合功能上的要求，利用屋顶机房、水箱间等设施，在长方形的体型中央部分设计了四个标志塔。这四个标志塔将中央大厅与四个办公楼紧密地联系在一起，在横向的立面构图中加入了竖向构图元素并强调了建筑中轴线。这样使大厦具有了很强的可识别性。

刘自明：

一错再错错失良机，是建筑史上的一个特殊，巨匠的脚步使建筑向前发展
接着的却是长时间的倒伏，倒伏在泥土。米开朗琪罗迈进了一步仅仅一步
所有的人都赞美他，但没有一个人后继前仆。前仆要迎着风，会褶皱皮肤
波罗米尼迈进一步，生遭冷遇死被废黜。赖特迈进了一步，四周痕迹寥无
反透视原则：废止对称的原则废止成一字形或平行布置建筑原则废止废物
雅典卫城的入口，废止进进出出。一切的废止的确是现代建筑语言的硅谷
建筑语言要时代化曲径通幽是把历史重读。万神庙前从没创造过内部空间
原始人非常害怕空间，这一时代的标志是，一个长石的直矗，挺硬的巨柱
这些庙宇里，大量的空间，占据着巨大的石柱。巨大的石柱，把空间分布
古希腊忽视空间，古希腊使庙宇中的巨大石柱人格化，隐含着安全的呵护
罗马万神庙首先把空间这种摸不着而又实际存在的东西用作了建筑的表述
它的空间是羞羞答答的小脚女仆，被沉重的墙体所包围内外联系狭小无助
大殿唯一的采光口是顶端圆形窗户，加强藻井上的光影变化更显厚重稳固
终于准备使建筑物，内外空间作用时相互，几个世纪过去了。已百年几数

技术革命与建筑语言的革命一伙。空间和它结构躯壳之间的冲突将会消磨
曾经有一个时期，人们都相信人间是充满了罪恶，并且假想着死后的生活
他们轻视人间的价值为了来世而活。空间也被埋入地下，埋如黑暗的巢窠
在古罗马静止的、炫耀的纪念性建筑物下设死者的居舍，长无尽头的棺椁
时间因素在这种行进式建筑中得到它应用的交错。应用却被时间窃笑哈哈
地下墓穴仅仅是行进而已，并不把人引向周围任何；或根据一种玄学解说
是一个符合《圣经》的引人自杀的建设。自杀被建筑所指引自杀因伟大而活着
好在这一时期在历史上是很短暂的。但短暂并不意味着短暂可以视以
轻薄时间因素再体现到"希腊罗马式"建筑的空间景色。斜视的目光暗暗观摩
沿着长方形教堂从前厅直到教堂后部半圆形室的单轴运动态势是建筑存折
但中殿两边的墙和柱子都还是按古典方式分隔。旧的不仅是旧的位置张罗
把哥特式教堂两个运动路线进行考核，才创造了一种较为复杂的空间规格
两条路线，一条是贯穿教堂的行进线索，一条是象征升天的理想垂直线索
纯粹空间与傲慢的集中式建筑再次占据了压倒一切的地位。地位不再述说

如何设计建造罗马圣彼得大教堂斗争激烈。米开朗琪罗的意图被阴谋改篡
《圣经》关于生命的概念暗示着运动和变化。而希腊罗马式的空间是静态空
间人们在这个空间交往恋爱阴谋做爱受到制约，反过来，也对空间有所制裁
加上时空连链，非对称和不协调原则也是必不可少的，对称建筑或是构建
会使一切动态效果丧失殆尽使你对它只能原地观望。观望产生的只是闭关
时空连链意味着视点的不断改变，改变的视力反透视原则是它的结果必然
空间分成了供穿行的空间和"抵达尽端"的空间。能得到满足在这个尽端
任何一个想当然地认为走廊，仅是由两道互相平行静止的墙柱组成的人员
都不了解或者丧失了对建筑的感受和交谈。它的重要性如同没有碗的用餐
尽端空间如起居室、书房和卧室，一定要四通八达也不应是完全静止终端
它们必须有利于人的交谈，智力的拓展，甚至有利于人睡醒后很快地复原
生活里充满可能，充满着偶然。生活情感的冲动需要挥霍，但也需要收敛
一个房间要进出、穿行和停站；所有这些活动在设计时都要加以考虑完善
自由性平面灵活性源泉，活动隔板和从空间到空间像人性肆意无碍地发展

董豫赣：

"德意志制造同盟"关于艺术"是标准化还是个性"的讨论意义深远，它是之前之后一系列运
动的二元核心：它是新艺术运动与包豪斯"技术还是艺术"的二元；它是现代主义运动与地域主义"国
际化还是地域性"的二元；它是后现代主义"文脉连续还是符号自由"的二元；它是解构主义的"语
言结构的稳定性还是言语所指的特殊性"的二元；它在当代幻化成一系列更加细致的二元问题——
从专业创作上它是"对标准的恪守还是规范的自由诠释"，从专业服务对象上它是"大众还是特殊
小众"，从专业表达范围上它是"宏大叙事还是微叙事"，从专业教育目标上它是"职业教育还是个
性培养"……

健康的专业活力就存在于这些二元问题的交织之间，以一般、抽象、专业的标准来确保专业核
心的基本稳定，以特殊、具体、个人的实践来避免专业边界的教条与僵化。二元交织并非要走向某
个稳定的标准极端——尽管它貌似真理，也并非要完全摧毁标准来获得全无限定的个性自由——那
将是实质上的任意。

早年，张永和的"柿子林"别墅被专业人士一再公开或私下质疑———幢别墅——无论大小好坏，
它能如同公寓一样解决社会居住问题吗？假设某个建筑师的某幢具体建筑有能力解决整个建筑学的
全部问题是这类"虚问题"的虚核心。它比伪问题还要虚伪——因为它要虚构一套建筑学之外的评
价标准：设计公寓比设计别墅要优先于设计的价值——那么最好是去设计扶贫项目。它在设计之前

所确定的立场正确的评判尺度，使得建筑的质量在建筑学专业内已被虚化——它暗示着一个设计再好的别墅（比如柯布的萨伏伊别墅）也不如一个设计很糟的社会公寓（比如柯布马赛公寓的拙劣仿制品），它与大屋顶的政治标准并无二致。

赵小钧：

然后我们再想一下把每一个多面体的边，变成一个钢结构的网面所形成的薄膜，就是大家现在看到的形态。看上去像丝瓜瓢子，它是一个非常自然状态的一种形态，这就是"水立方"的真正结构形式，后来这个结构形式是非常令人骄傲的。基本的几何游戏做完之后，由中国的工程师从"水立方"结构接下来，一直到后来的对接、核算，最后进行数字化变成了一个非常精确的方程，然后再把它实现出来这个过程也是非常艰苦的，同样也是非常令人振奋的。这是钢结构内部的一些形态。刚才我说的看上去是自然的水泡，实际上它是一个四方连续的图案，所以这在工程意义上、技术意义上、造价意义上有不同的方式，这是非常有规律的，但是看上去是没有规律的。

时间过得很快，我简单地介绍一下"水立方"的功能，它是一个方盒子，从外面看有一个后入口，前面是观众出口，这里面有很多的技术条件很有意思。它的内部安排是这样的：这是南侧，比赛池和跳水池在东北的角落，这是热身池，这边是很大区域，当时这样的方案出来以后，网上有一些评论，说游泳池应该是长方形的，因为有比赛的关系，所以做长方的显然是为了某种设计上某种主观的要求所做的功能安排，实际上是不合理的。事实上当我们决定"方"的时候，产生方的契机就是在某种关系上产生了一种最方便的解决途径而得到的。所以在设计的时候它分析的结论可能是有一些指向性的，但真正要去选择的话还不是唯一的，但是做出来以后大家可能认为恰当，但是只要你的主观因素是非常清晰的，它应是一种合理的结构。这是它的一些功能，我就不多讲了。地下是一个停车

场，然后有一些其他功能的区域，这个门是观众入口，这边是接待贵宾的，三层观众就基本坐满了，这里我就不多说了，这里面有很多的指标。在"水立方"的积淀设计里面我们也尝试了大规模的积淀设计工作，从这个意义上来讲，多次从可持续发展的角度来讲我们的机能、讲我们的声学、讲我们很多的条件，这里面付出了极大的精力，同时也得到了

科委、院校很多的帮助，这里面我不能细致地来讲。

主要讲一下比赛厅、戏水池。有人说在北京有很多的游泳池，为什么还要建一个？实际说在北京符合比赛规格的游泳池真的很少，17000人是一个很可怕的数字，包括想要把亚运会场馆改造变成能容纳17000人都是不可以的，所以做这个游泳馆是必须的。同时做这样一个游泳馆赛后长期的运营是前期的条件，我们所有的设计、所有的出发点都是基于赛后为出发点而做的，而赛时仅仅做了这样的一个安排。这些地方的结构都是按照赛后的形态来完成的。

商业模型我们考虑过很清晰的功能要求，在这里我单独拿出一点来说。这一条在任何一个体育场馆里面都是不存在的，也就是说我们见到的体育场馆一道门一关，外面的人就进不去了，但是在"水立方"里面做了这样一个城市型的安排空间，城市空间意义就在于，可以对外开放，想进入更多的核心区域我们还有其他的门径系统，所以这一部分的空间就形成了具有城市意义的街道，同时以后的区域跟其他的街道有一些联系，大家可以想象，有个数字，北京一年的旅游人次在2003年是2700万人次，在这样的情况下，我们再保守地理解这件事情，一年会有300万人来到奥林匹克公园，所以这是城市意义上的开放的一条街，就成为一个非常具有旅游价值的场所。因为里面会有很多特殊的设计和吸引人的地方，从经济价值也是考虑得很周全，300多万人，一个人买一个纪念章的话，就按20块钱算，每人20块钱会给"水立方"带来很大的经营价值。所以"水立方"会做很多方方面面的安排，简单地说它是一个最赚钱的房子，这样说一点都不过分。这是建筑设计上的一些基本介绍。

白天仓：

北京奥组委负责人说：申办以来，我们向国际奥委会递交了《申办报告》，签署了《举办城市合同》。我们必须按照承诺的要求，细致具体地确定工作任务和措施，以高质量的工作成果兑现承诺，树立国家诚实、守信的形象。

北京奥组委负责人还说：通过举办奥运会，加快经济发展的步伐，让北京人均 GDP 从 2001 年的 3060 美元，增加到 2008 年的 6000 美元；通过奥运会的建设和市场开发，增加老百姓的就业机会，让人民得到更多的实惠。我们想使社会上的每一个人在筹备奥运会的过程中都能够各得其所，通过努力，使他们的生活水平有新的改善。筹备奥运会的过程要成为切实提高人民群众物质文化生活水平的过程。

梅季魁，哈尔滨工业大学建筑研究所所长、博士生导师。梅教授说：根据评委会要求，国家体育场设计竞赛有三大命题：第一必须能容纳 10 万人，第二必须要有活动屋顶，第三必须符合北京奥运会"科技奥运"、"绿色奥运"和"人文奥运"的理念。在满足这些基本要求后，设计方案还必须个性鲜明。这是指：建筑形象不仅在国内，在国际上也应该是独一无二的；与历届奥运会的场馆相比，应该有自己的特点，不能看起来让人觉得似曾相识。这需要很好的创意，否则很难取胜。但仅有创意还不够，它还必须满足功能、技术和经济上的要求。与其他建筑设施相比，体育场馆功能性的要求很强。国际奥委会和众多的国际单项体育联合会对此一向严格把关，以符合比赛的需要，不能随便讨价还价。技术上的分量也很重，在结构设计上不能随心所欲。最后是经济上的考虑，国家体育场计划投资 40 亿，比国家大剧院的投资多了将近 10 亿。"鸟巢"方案满足了上述要求。"它的形象乍看起来令人惊讶，但仔细琢磨，自有它的道理。'鸟巢'的形状不仅让人觉得亲切，而且还给人一种安定的感觉。"梅教授说，抛开"鸟巢"的具体形象不提，这一方案还忠实于体育场空

间的特点，坐席布局合理。他打了个比方，这就像穿衣服一样，再怎么花哨，也要和身体结合起来。另外，该方案的建筑造型以结构构件为主，在建筑和结构的结合上做得比较好，发挥了技术美学上的潜力。

厕 所：

2006 年 6 月 7 日，在创业大厦举办北京奥运场馆节水厕具展。

按照北京市市政管委环卫设施处负责人马康丁的介绍，展出的厕具中，主要利用循环水、堆肥型节水、打包节水、物理型节水等技术，提升奥运厕所的节水空间。

"中保洁"展出的厕具中，有一款蹲坐两用厕所，专门考虑到残疾人的使用，当残疾人到来时，摁一下按钮，就会弹出坐便器。同时也注意到奥运会时室外群众多，展览中还设计有很多流动厕所，一个厂家展示的流动厕所外观就是一辆大型巴士，上车后均匀分布十几个厕位，利用微电脑处理自动开启厕位，人走就关上。

在奥运环保厕具研讨会上，奥组委环境活动部部长余小萱说，这些技术都很先进，但奥运厕具需要综合考虑先进性、可靠性、环保性和经济性，"提前需要反复实验确保性能稳定，不能开始好用，人多就堵了；经济性也是考虑的因素，有的厕所一个造价十几万，有点高"。余小萱指出，在奥运会中心区域的临时厕所，上下水、电等相关设备都要全部保障，奥运会的厕所性能稳定要特别保障。

良好的如厕环境不仅为人们日常生活所必需，也是一个国家经济实力强弱，文明程度甚至是价值取向的一个重要标志。我们世界组织的一项最新调查显示，全球人口仍有高达约 42% 的人得不到基本如厕之便，包括厕所不足及相关环境卫生欠佳，造成连上厕所的隐私也被侵犯。全球 40% 的居民（26 亿）从未使用过冲水厕所。为了获得足够的、健康卫生如厕条件以及能得到良好的收益，必须唤起人们要求使用良好条件的厕所的意识，为地球上所有公民争取使用较好厕所权，改善厕所环境质量。

应该说很早，在 20 世纪中期以后，厕所问题就已经引起了国际社会有识之士的重视，如在美国马萨诸塞利沃尔彻斯特市，1979 年就建立了我们厕所博物馆。但对厕所问题重视并使其成为具有国际意义的活动，则是在我们世界组织创建世界厕所日以后。

2001 年 11 月 19 日，我们世界组织在新加坡举行了第一届厕所峰会后，世界厕所日活动的开展，提高了各国各级政府及普通民众对厕所问题的认识，并推动了各国有关部门采取措施加快对有关问题的解决。这一点在中国得到了积极的响应。北京召开的厕所峰会后，进一步提高了国人对改善我们厕所环境与人类生活质量的关系，我们厕所与旅游业发展的关系，我们厕所建设管理与社会和经济的回报，我们厕所设计建设的多元文化，以及环保节能厕所与资源保护的关系，社区厕所及城乡厕所建设等一系列问题的认识，其中包括：厕所是一个国家、一个地区物质和精神文明的体现，也是其经济和社会发展总体水平的体现；我们厕所规划须"以人为本"，尤应重视老、幼、妇、残疾人的如厕问题；发展第三世界国家及乡村的厕所建设与管理是当务之急；吸引更多科研设计和生产厂商参与厕所创新与发展；实现厕所废物的无害化处理，加强科技手段应用；引导公众的如厕文明。

故　宫：

直房在传心殿院东，共五间。其一联：

承恩沾沆瀣

接武引星辰

一解释就明了。沆瀣，夜间的水气。"餐六气而饮沆瀣兮，漱正阳而含朝霞（屈原）。"而接武的意思是，继承前辈的业绩。武，足迹。字典里有词：沆瀣一气。渊源是唐朝崔瀣参加科举考试，考官崔沆取中了他，于是当时有人嘲笑说，他俩沆瀣一气。之后，比喻臭味相投的人狼狈为奸结合在一起。历史就是现实。

其实各种事物都有不同的解释，看你站在什么角度了。比如《离骚》，有人理解遭遇着忧患；有人理解为离别的忧愁；近代有人理解为被离间的痛苦，也有人认为本是楚国原有的一种歌曲的名称。

工地 八　顶

阿　端：

《说文解字》顶：颠也。从页，丁声。

顶就是人脑袋的最上部，就是头顶。俺们叫脑瓜顶，风俗是小孩的脑瓜顶随便摸打，大人的就轻易不能动，跟老虎的屁股一样。

屋顶不可少，可"鸟巢"要顶干啥？有嘞屋顶"鸟巢"还叫"鸟巢"？听说吵吵得挺凶。俺不明白。拿掉就拿掉吧，拿掉顶的"鸟巢"还是顶呱呱。

续着说俺们邯郸的那些娃儿，啥事都得是木匠打老婆——有尺寸。没有规则，玩啥游戏。

听说他们在小广场上还挺乐和，闲得没事一堆唱俺们本地的儿歌："老豁牙，遥地爬，啃狗屎，馕谷茬。"一遍又一遍，其实一点不搭，这是笑话掉门牙人的儿歌。砸锅嘞，背晦穷开心。鞋壳漏里放饼干，臭脆臭脆的。

你说外边下雪嘞？稀罕？记住今天的日子？好，2006 年 12 月 31 日，明天是元旦新年。北京这些年少雪，是稀罕。甭着慌，俺管你饭，闻见了吧，馒头刚出锅，一会儿白菜羊肉氽丸子好嘞，就开吃。

邯郸历史上可有过一场大雪，是明正德二年（1507），多大？雪深数尺，满塞门窗，人在屋内，不知昼夜，冻死牲畜，不计其数。

像做你这样工作的作家，俺们邯郸人里边也有，叫徐怀中，1929 年出生，16 岁就参加了八路。是个大作家？哦，真是。俺们老师讲的，《俺们播种爱情》，好像是这个名字。

俺吊在钢架刷漆并不是全神贯注，俺经常左右背后瞎看瞎踅摸一阵的。俺愿意在高处敞阔的地方干活，爽，像"蜘蛛人"。北京的好多塔啊烟囱啊高层建筑啊俺干得多啦。坐在小木板上，给"鸟巢"钢结构表面打磨喷漆，心境更爽亮。甭夸，俺知道在这么大的建筑面前，俺满足尺寸之功。得尺寸，得长乐。

《建筑装修装饰油工操作技能》，俺从头到尾读过嘞。为什么喜欢在宽敞地作业？安全。香蕉水、松香水的味道人呼吸浓度超量嘞，会引起脑瓜神经性中毒，要不然就出现一些相关的病变，严重的会要了命。虽然"鸟巢"俺喷刷作业的地方六七十米，好像危险系数高，可中毒的系数就低嘞。嘿

嘿嘿。松香水中毒，开始头昏脑涨目眩呕吐，过会儿就能导致肝部急性坏死，肝功能严重衰竭，挺可怕吧？俺这行里出过事儿，有教训。

"鸟巢"钢结构拢共要喷好多道漆，这其中包括：无机富锌底漆、环氧云铁封闭漆、中间漆、氟碳金属面漆、照面清漆。钢结构所有的涂料和钢材一样，全都是咱国产的。

曾　哲：

除了屋顶房顶之外，"顶"在辞书的解释中还有十几种意思，最后一种意思是副词，表示程度最高：顶大；顶好；顶讨厌；顶喜欢；顶有劲儿。

小的时候对母亲的顶针印象很深，宽窄不一，总共三个，金黄金黄的。每一个顶针上面密密麻麻的凹窝，在灯下闪着亮亮的光束。后来那些亮光，把妈妈的头发染白了。字同义不同的还有顶真，原本在民间口语中是形容认真的，可在修辞中就成了这样意思：用前面结尾的词语或句子作下文的起头。"楚山秦山皆白云，白云处处长随君。长随君，君入楚山里，云亦随君渡湘水。湘水上，女萝衣，白云堪卧君早归（李白）。"再比如我的一段文字：简单地说创作是生活，生活的作品打上的是作家性格和气质的烙印，烙印的气质散发着作家身心对生活的触摸、观照和感悟。

唐代大书法家欧阳询不仅在真书字体结构法说到了顶戴，还说到排叠、避就、穿插、向背、偏侧、相让、补空、覆盖、贴零、黏合、捷速、满不要虚、意连、救应、附丽、回抱等等三十六条，最后说的是却好，就是恰到好处的意思。什么事都要做到恰恰好处，轻了重了少了多了都不行。说书法艺术，也在说小说，也在说建筑。

戈守智说：诸篇结构之法，不过求其却好。疏密却好，排叠是也。远近却好，避就是也。上势却好，顶戴，复冒覆盖是也。下势却好，贴零，垂曳，撑挂是也。对代者，分亦有情，向背朝揖，相让，各自成形之却好。联络者，交而不犯，黏合，意连，应付，附丽，应接之却好。实则串插，虚则管

领，合则救应，离则成形。因乎其所本然者而却好也。互换其大体，增减其小节，移实以补虚，借彼以益此。易乎其所同然者而却好也。

"水立方"没有窗，却好。"鸟巢"钢结构无规则，却好。

现在在网上，"顶"又多了一层意思，就是支持。人需要支持，建筑也需要支持。形成一座建筑不仅要有物理的支持，还要有精神的支持。没有支持的东西，是不存在的。

故　宫：

1421 年 12 月 8 日，北京紫禁城竣工。在故宫众多的设计工程人员里，有的说蔡信也是功不可没。赞语：有巧思……永乐间，营建北京，凡天下绝艺皆征，至京悉遵信绝墨。还记载：参与督掌工程的官员和从役的工匠头目都得以提升。蔡信为工部右侍郎；营缮所副吴福庆等 7 人为所正；所丞杨青等 6 人为所副；木瓦匠金珩等 23 人，为营缮所丞；并赐督工文武官员和军民工匠钞、胡椒、苏木。

景阳宫在永和宫北，清朝是收藏图书的地方。御额："柔嘉肃敬"，东室有乾隆御联：

生机对物观其妙

义府因心获所宁

这一副联含意明明白白：要在外物中寻出奥妙，在义理中求得宁静。反过来，奥妙寻外物，宁静求义理。文在文外，诗在诗外，建筑在语言。

朱小地：

作为国家的大型设计院，有许多与国外建筑师合作的机会。在合作设计的过程中，我明显地感到中国建筑师或设计院与国外同行或设计公司的差距，这种差距集中表现在工作的组织结构中。正是由于工作的组织结构的优势，几十位建筑师们可以团结起来，如同一个人一样地协同工作，使设计获得很高的完成度。而在此期间发挥主要人员的作用又通过合伙制的方式，团结得更加紧密，表现出强烈的敬业精神。这些都成为我后来担任设计院院长后，推动机制改革的重要思想背景。

联想到近年来在国内一些大城市中出现的具有"视觉冲击力"的建筑方案，包括北京已经建设完成的国家大剧院、奥运会国家体育场和正在建设的中央电视台等项目设计，建筑师的"理论与设计都非常个性化，极具个人色彩，无法将其归为一个大的流派。可以说，他们都是从自己的内心出发，根据个人的理论来指导创作。他们完全不考虑世事，不考虑时代，只是随心所欲地搞，而这些随心所欲现在反而被世人接受，并受到赞赏"。在我和这些建筑师的接触过程中，在钦佩他们执著的敬业精神的同时，也深刻地感觉到个人主义的极度膨胀。这样的创作方式与我们的文化传统、民族气节和价值取向相悖。2004 年我撰写了《从国家文化战略的高度探索民用建筑设计的改革》一文，上书建设部汪光焘部长。

"艺术构成的途径是从主体与客体的关系中延伸出来的"，我认为建筑学的发展，必须建立在对人与人之间信息表达方式的认知不断进步的基础上。所以，在我设计工作的同时，一直在研究建筑艺术的形式表达。这不仅对我自已的设计工作大有益处，而且对我认识建筑、品评建筑，给予了理论支持。

"建筑艺术与语言有着许多共同的类似方法，若是我们不甚严格地使用这些术语，我们可以用建筑的词汇、短语、语法和语义等来表情达意。""因而借用语言学，来分析建筑艺术的表意性，已成为一种便于讨论、交流的方式。"所以，"将建筑艺术比拟于语言，已经证实在某些建筑观念的系统表达中，是一种有用的促进因素"。

吴之昕：

在经历了不规则弯扭构件制作、地面拼装、高空对接、限温合龙、1.4 万吨支撑卸载之后，这座大跨度的钢铁巢穴独自屹立于世。它承载的不只是 2008 年的奥运会，还有诸多此前从未突破的建筑难题。

2006 年 8 月 25 日傍晚 7 点多，当雨水如期打湿了地面时，国家体育场工程的技术人员注视着巨大的钢筑"鸟巢"，微微松了口气。北京市专业气象台的气象专家提前一周就预报出这天有明显的降雨过程，一切都在掌握中。再过一会儿，温度就会如人所愿地降下来。

用作 2008 年北京奥运会主会场的国家体育场，以钢结构缠绕而成的"鸟巢"造型闻名于世。由于用钢量达到 4.2 万吨，为了防止庞大的钢结构在搭建时因热胀冷缩而变形扭曲，设计方中国建筑设计研究院为前期施工设计预留了 4 条 1 厘米宽的钢缝，供"鸟巢""伸缩呼吸"。随着钢结构施工的逐渐完成，这 4 条钢缝将被焊接起来，使钢结构浑然一体。

设计之初，为了尽量保证国家体育场钢结构受温度应力影响最低，中国建筑设计研究院将这座钢筋"鸟巢"的合龙温度设定在了 14℃ ±4℃。根据工期安排，合龙本该在 2006 年 7 月底进行，但在盛夏里维持偌大一片室外区域几十个小时的低温难乎其难。在不影响工程质量的前提下，经过反复计算与论证，设计者将合龙温度提高到 19℃ ±4℃，而 8 月底则是获得这个自然气温的最好时机。

活动房里，焊工们对即将到来的合龙焊接跃跃欲试。这批老焊工都是精选于造船、冶金等领域，焊龄在 10 年以上，多数具备甲级资质，不少工人此前还接受过专门培训。在合龙过程中，为了避免焊接中途停顿造成夹带杂质和钢材冷却，影响焊接质量，工人要连续不断地焊接：薄板焊工完工要六七个小时，占人数三分之一的厚板焊工则要在高空连续作战 10 多个小时，早饭也只能边焊边吃。

19℃，万事俱备。系着安全带的焊工们两人一组，置身于"鸟巢"钢结构 70 米高空的悬空平台上，做着为焊口擦拭雨水、为焊条加热等准备工作，并用一种叫做"卡码"的钢笼将焊口固定。项目部对接口进行的变形分析与处理、对每个焊缝的探伤检测也已经完成。2006 年 8 月 26 日零点整，合龙工程正式启动，100 多名焊工身边顿时焊花四溅。

4 道焊缝上共有 128 个焊口，焊缝总长度约 600 延米。这次合龙分 3 次进行，分别是两次"主结构焊接"和一次"次结构焊接"。第一次是从东北到西南方向屋盖两条线路合龙，第二次是从西北到东南方向合龙，第三次进行立面次结构缝合龙。

温度仍是最重要的坐标。气象观察设备被搬到了施工现场，实时观察云图变化。钢屋盖上也安装了 36 个自动测温仪来监控钢面温度。为确保合龙温度，现场还布设了 60 个温度监测点和气象观测站，用以对合龙过程中的大气温度和钢结构表面温度实施全过程监测，北京专业气象台也派出了气象专家对现场温度进行监测指导。

15 个小时后，第一批 100 多名焊工的连续作业告一段落，顺利完成了 52 个焊口的焊接合龙。2006 年 8 月 29 日凌晨 2 时，焊工们开始第二次焊接，经过 16 个小时顺利完成了 50 个焊口的焊接合龙。

到 2006 年 8 月 31 日第三次焊接彻底完工时，"鸟巢"的整个合龙耗用焊条约 2000 公斤。

被称做"第四代体育馆"的"鸟巢"位于北京北四环边的奥林匹克国家森林公园内，占地面积 20.4 万平方米，总建筑面积 25.8 万平方米，拥有 9.1 万个固定座位，内设餐厅、运动员休息室、更衣室等，在 2008 年奥运会期间将承担开幕式、闭幕式、田径比赛、男子足球决赛等赛事活动。该工程总投资 4.5 亿美元，是全球目前投资最大的单体建筑物。

2003 年，北京市政府计划在国内首次将 PPP（Public Private Partnership，公私合营）模式引用到大型基础设施工程上来，启动了国家体育场的业主合作方招标，希望引进私人投资者来参与项目的投资、建设与运营。

在当时来参加投标的 5 家联合体中，一举夺魁的原本是北京建工—德国 B+B 公司联合体，但在宣布其中标后，德方公司迟迟不响应开具保函等要求。一个月后，北京市政府决定，将这一标的转划给竞标时位列第二标的中信—北京城建联合体。

胡　越：

设计还注重了建筑现代化与中国传统文化的结合。它恰当地采用金属、玻璃、石材等不同材料，大量使用新技术新工艺表现不同部位，如中央大厅的周边与锥形穹顶采用点式连接玻璃幕墙，其造型及表现的难度在国际上亦为少见；大厅内圈立柱采用的椭圆形双曲面铝合金饰板，中心地面采用水刀切割工艺制成的世界地图拼图，都展现了"高技术"的建筑风格，结合大厦立面的构图特征，使大厦具有强烈的现代感。与此同时，建筑师运用了由中国古钱币造型所意蕴的"天圆地方"传统文脉的构图语言，在大厦主立面的窗式玻璃幕墙上又使用了极具民族传统风格的隔栅窗图案，这种构图语言及标识性图案在大厦多个部位反复出现，将现代艺术手法与传统的民族风格融为一体，展示出

大厦设计的独特风采。

建筑传媒已经进入全方位立体化阶段，除了通过杂志、图书等平面媒体之外，还有网络、电视等新兴的传播途径，为现代生活忙碌的人们创造更多的便捷的方式。并且提出，电视、网络发展相当迅速，技术革命浪潮一个接一个，大家接受信息的渠道已经不是简单的平面传媒，但电视、网络还不能完全取代平面媒体的作用。

中国企业数目众多，而且成本低廉，在价格上具有很强的竞争力。他们的报价往往仅是外国同行的几分之一，依赖这一廉价优势可以对外资巨头施以强力狙击。但外资企业管理先进，大量采用新技术、新工艺与新材料，也是其优势所在。另外，雄厚的资金也是其一大后盾。据有关方面透露，在奥运相关工程的建设方面，北京市正在考虑包括经营权转让在内的中外合作方式。外国跨国建筑巨头挟其强大的融资能力，在世界各地进行 BOT 方式的项目承揽，而建设——营运——移交，实际上是向项目业主提供融资加建设的服务，这种方式在全球工程承包领域日益流行。北京市目前考虑的中外合作方式应当包含 BOT 在内，在这个方面，中国债务缠身的本土企业是无法与海外巨头一争高下的。相形之下，中国的建筑企业内在综合机制不顺、竞争动力不足、管理水平偏低、管理模式落后、技术应用层次不高、技术含量较低，特别是在长期封闭的环境中，习惯于寻找保护，竞争意识淡薄。如果这些问题得不到解决，加入世贸后国外竞争者蜂拥而入，无疑将加剧建筑企业的竞争与淘汰，中国本土企业难以与海外大企业抗衡，将面临不可想象的结果。

要加快建筑业的改组，在有条件的大企业中选择和支持成立少数龙头总承包商作为抵御国外竞争的航空母舰。可以预见，建筑业内乌合之众云集、僧多粥少的局面会有所改变，大规模的企业间兼并、重组将为期不远。

值得注意的是，在这场建筑业的资本游戏中，外商巨头虎视眈眈。外国建筑企业很有可能投入资本，与当地伙伴建立合资企业，便于在华业务的开展。因为，建筑业的地域因素毕竟很强，"西服套上中山装"有利于在中国当地承揽项目。

中国今日的建筑市场工程价值总额为 2000 亿美元，境外建筑公司不过占 2%。但北京奥运工程，将为中外建筑商搭起一座遭遇战的平台，而这场遭遇战还仅仅是双方之间的前哨冲突，主力交锋尚在其后。

从近期来看，如果不考虑现在社会上不正常的情况，这种压力不会很大，因为我国开发的程序与国外不同。

真正有水平的正经公司来中国的并不多，大多是中等偏下的水平。进来的不是西方建筑市场的主流，都是些边边角角，他们来到中国市场就是趁中国建筑市场（主要是甲方）不成熟，钻空子赚钱。

建筑设计院的运行方式不宜太大。虽然上海华东院与上海民用设计院合并成现代设计集团，建设部也在合并，成立中国设计院，但这种好像是越大越强的感觉不一定是好的。

刘自明：

> 这是表现时间中的空间或空间中的时间的另一途径。可以信步穿越的时间
> 建筑物的任何部位，都可以加入时间因素，因为任何部分都在表述着时间
> 门厅、厨房、起居室、洗澡间、书房和卧室的地板，不可都做成一张笑脸
> 雅典卫城建于起伏的岩层上，顺应原有的地形特点，造成运动态势的缓慢
> 一个事件的发生不仅决定于时间而且决定于空间。时空的决定，宇宙不限
> 在整个设计过程中，运用时间观念，持续不断地进行自由设计，永无彼岸
> 功能原则，如果说是现代建筑语言的首席原则，那么组合就是最后的起点
> 我们的目的，是同时进行水平的和垂直的组建，有着取向任何方向的路线
> 路线的转角是弯曲和倾斜的不是直角观念。这个原理在一座建筑也不局限
> 它使得建筑物和城市，紧密地相连。当一个封闭体积，被分割成一些壁板
> 然后用四维设计法，加以重新组建，传统的立面消失了，内部空间的界限
> 也同时消失了，建筑设计和城市之间的锁链。城市和建筑物融合形成体面
> 建筑是人格化的舒适的益于生活的琴键，有集体活动的空间有独居的清闲
> 在人类进入文明时代的当前，也丧失了些我们本来的价值，难与时空一贯
>
> 人只有创造继续前行的出发点，提出几招，语言意图表达的途径才会多条
> 走进一天然洞穴，也许它曾是我们祖先的避难小巢，你能够真切地感觉到

你定会喜欢，这种感觉这种自然的乐趣已经消失在柏油路和光滑的人行道
洞穴顶部的各个落角，绝不方方正正，而是和高低不平的四周，形成凸凹
伸入破开地壳。光线在起伏的岩石上掠过洞顶，创造出每刻在变化的时效
海边的岩洞，光线从水面上反照，深浅不同的颜色变幻着海潮，随着波涛
乌云滚滚，闪电霹雳，晴空万里，风静浪高，全都记忆在梦中深睡的海啸
新的语言坦率地毫不隐讳地表达自己，现在和将来，回顾历史在悄悄祷告
每个人都有权走自己的道路，也应该有权设计自己的天地并为之负责营造
如今有些建筑到了令人发指的程度无味枯燥，原因是当住户进入住宅过道
建筑过程也就随之终结这恰恰应该是建筑的起点就像孩子断奶后可以奔跑
虽然疯狂可能是种假象是理论形式表现的深奥，有什么不得了接受是最好
模仿不可避免要模仿一些平庸无聊，模仿是手段是中介，自由表现是目标
侧重自由表现，否则毫无疑义在偷偷摸摸窥瞧，个性将衰退生命无法骄傲

现代建筑语言不仅仅是现代建筑的语言，而且包括了历史上一切异端
建筑无数这种"不合规格"的建筑，已获得最后的解放并成为新型的语言支柱
"参与设计"是年轻人，政治、社会、经济学家和艺术家们的，强烈讼诉
这种要求中多多少少也包含着一种蛊惑人心的重要元素。并掺杂可疑程度
参与不意味着提供给他几种平面草图然后由他随意捣鼓。参与更需要城府
参与设计不过是一句口号而已，是现代语言社会原则的，假想推论的面目
因为这些功能同结构形式形成的过渡，从功能到构组，都要有消费者加入
却不是，同结构形式，同未完成的建筑，同一个能够发展和改变的建筑物
同一个不孤立的、能够同外部尺度，进行交流的建筑，甚至同粗陋的建筑
都有紧密的相互。现在没有人再用美丽的外部——欲盖弥彰，为现实掩护
艺术已经从高高在上的宝座走入了乡途，甚至吸收了表面难看的餐具桌布
以至垃圾的艺术；噪声并非音乐的抵触，而是"另一种音乐"自信的霸主
马莫斯剧院，看去简直就像用从废品商那里买来的破烂货堆积而成的积木
"未完成建筑"从涅西克勒到罗第特和帕拉第奥米开朗琪罗使其达到高度

董豫赣：

建筑学的专业标准要么被迂回取消，要么跑到社会学或政治学的标准那端。

按照公寓与别墅的大小来判断社会性，西泽立卫设计的一幢三层六户公寓的规模就近似一幢大

的别墅。西泽立卫痛恨公寓生活里那些细微的听觉私密性的丧失——上下对位的卫生间的任何声音都可能透露出卫生间活动的听觉秘密，为了改善这一情况他通过取消公寓的走道而将三层体积垂直分成六份迥异的居住单元，有的家庭一层狭小、二层宽阔而三层曲折，有的家庭一层空旷、二层迂曲而三层仅为可供攀爬的阁楼——这就使得每一户的空间都难以猜测邻里空间的大小、形状乃至功能。当西泽立卫在北大讲解这一基于听觉的私密性思考而设计的公寓时我格外着迷。一位名校学生此后的提问让充当翻译的王昀老师多少失去了他一贯的风度——他没有翻译那个"请问你为什么要取消公共走道"的问题，他代替西泽立卫反问道——这难道不是这幢公寓的设计起点吗？

这类虚问题之虚就在于——它要求一个因为解决特殊问题而出现的具体答案还能满足其他标准的全部抽象性。

对这里暗含的对宏大叙事的癖好，卡尔维诺在《寒冬夜行人》的回答真正精辟，他以小说家的身份这么说——假如我正在写的这本书不是包罗万象因而表示一切的唯一的书——《圣经》，那么我就可能写下所有不同的书，在每本具体的书里仅反映全部问题的一个特殊局部，通过局部来反映整体。我以为就建筑学教育而言——这一具体写作的智慧比他的《看不见的城市》还有启示。

　　一位墨西哥建筑师在北大建筑学中心讲解他才做完的一个相当干净的别墅，一位女生或者看不惯这干净，她不无亢奋地质疑——你是否听到那使用者的哭泣声？我在想，那个墨西哥建筑师倒有机会听见那个具体房子的具体使用者的各种具体的声音，至于这个女生如何听见那哭泣让我费解。或是站在民主的立场上，有了大众附体而有了这幻听，幻听导致幻断，她就幻想大众与她爱好的标准一致，她就以为特殊的个体能代表抽象的大众。

赵小钧：

　　再来说一下后来我们所做的室内设计。室内设计全是在我们办公室，特别是我们一起去悉尼，我们三个人中有一位叫王敏，是一个女孩子，主要是她来主持完成的这样一个设计。这个设计基本的理念还是关于水的命题，然后我们用了很多的手法和一些基本的元素去完成的。从这件事情上能够捕获的乐趣是更多的。这个图片我们保留在很多设计的汇报方案的第一章，因为想让它来解释水这件事情，这一直以来是我们在设计里面很重要的牵引。这些水泡在刚才的动画里面没有放出来，那个动画一开始就是一些水泡，然后水泡里面会出现一些形态。在这里面我们还做了一些铺垫，就是水的不同形态，它跟水泡的关系，然后还有一些细节化，在这里可以看到水泡影响了我们后面一

些很重要的元素。比如说它的界面、它的关系，以及水泡对外界的光线有一种反映、一种反射。这种水的变化在后来也可以体现出我们的手段，有一种趣味。关于跟水类似的，在我们设计的前后，在国际上也出现了一些方面的思潮，很多的工业设计或者艺术设计的领域里面出现了一些质疑类的东西，基本是风格的一种体现。在这里从元素上来理解，像冰，冰是一种固体的水，但是冰在自然界里面我们常常会看到这样一种形态，这种形态感觉是完全自由的，而且它给人感觉并不是完全坚硬的，而且经过自然的互动以后形成了这样的一种形态，水跟大自然结合在一起也形成了一种互动的关系。这张图片有两三年的历史了，在水的状态里面经常会看到一种快乐来自于水，这是它的可变性，水并不是拘泥于一种形态互动的。所以在这里面我们做了很多技术上或者是人为上可变的一种元素。

我们的设计分这么几个方面，主要是公共空间，这里面分三个点，一个是东南入口，一个是西南入口，一个是北面入口。

下面讲的第一个是东入口大厅，我简单地来讲，在比赛的时候它有很大的作用，在赛后的时候，我们把它铺开变成一个水上的入口，在比赛没有开始的时候，这个入口会更多地产生一种趣味性的状态。这是我们基本的一些自然元素，是一些水泡体现出来的形态。在这里面我们采取了这样的材料，我们尽量用一种人工材料实现的，我们基本上用了人造石的材料，因为这种材料我们是想把虚幻的，或者说并不是能够在这个房子里很简单地剪接到经常看到的形态里，产生一种比较浪漫的形态。这是入口的效果图，可以看到这是一个白色的料子，这个白色的料子在地面石的处理上很好，还有跟水的一种互动，用了一种散点式自由的布置方式。有些细节也可以看得到，在任何一个边界我们都做了一个圆角，在整个"水立方"的设计里面始终坚持了这样一种基本的设计方式。墙面结合了一种开洞以及灯光的一些设置。

这是我们的商业街的设计，刚才提到了商业街基本的功能是将来为一个城市开放的空间做准备。那么这种水滴状渐落的元素一直保留着。里面有很多场景的安排，因为从商业街往这边看，这边是一个大的戏水乐园，里面就应该熙熙攘攘、比较热闹，同时是以水为主题的场所。同时商业街会形成一个比较吸引人的场景，在里面会有一些展示，一些宣传。同时商业街整个的顶和侧墙上是我们"水立方"最主要的外墙材料，一种接近人的体现。在这里我们还用了"人工采石"来解决整个的处理。

白天仓：

"水立方"中方设计师王敏说：问题还是有的，比如"水立方"外面下雨，膜肯定会响，这是一个非常头疼的问题，整个设计团队包括承包方，一起绞尽脑汁想这个办法。目前正在研究一种在屋面临时悬挂隔噪网。"水立方"的独特性，也带来了很多特殊的问题。就拿安装气枕来说，开始

一天装几个，后来与国内外专家学习商讨，一天可以装 60 多个。

"水立方"各方面的技术，都比较独特。比如：镀点。经过计算后，控制进光率。这个镀点是可以反光的。镀点率从 10% ～ 75%。现在的是 65% 的镀点。通过镀点，变成光和热的过滤器。需要的进来，不需要的反回去。

空调方面支出比较大，但采光上省了很多电。自然光照每天将近 10 个小时。

"方"形代表中国人最朴实的一种观念；从城市规划角度，北京是从方形演化而来的城市；在这个布局里，方形代表人的智能，另外也有工程上的考虑。对"水立方"的理解更希望它是外表上很宁静的感觉，但又蕴涵着很多可变的可能性，这是水的特点。它的颜色能反映四周自然界的表情，使建筑本身非常丰富。

国家游泳中心方案产生过程，似乎是一个"众望所归"的结果。从亮相开始即吸引各方眼球的B04号"水立方"在众多参赛设计作品中一举夺魁，方案由中澳四家联合设计。

游泳中心一定要表现水的概念，这一共识在中澳双方的建筑师中很快达成，并作为设计的主题被敲定。方案设计在悉尼的PTW（澳方一家设计公司）总部进行。在赵小钧的笔记本电脑里，有一组最初的设计模型照片，这都是设计师们最初的构思。设计师都在努力试图讲水的故事，但"叙事"的方式，更多地停留在描述水的表象上。"这并不是我们都想要的答案。"

方案设计到这时出现了停顿，而此时三个月的设计时间已经过去了将近一半。设计师们一致认为，到了确定一个方案的时候了。

澳大利亚PTW最年轻的董事、负责此次方案的主要建筑师安德鲁，一直主张采用"水波浪"的方案。起因：一天安德鲁带着年幼的女儿去海边游泳，一个巨大的浪头突然向岸边拍来。浪花过后，第一次下水的女儿获得了巨大的刺激和快乐。安德鲁说，夸张的"水波浪"会给大家带来跳跃的视觉和感官刺激，是一种活跃而张扬的美。深谙中西方哲学思想差异的赵小钧认同安德鲁的想法，但是他更希望游泳中心，能较多地体现中国哲学的思想。赵小钧给大家打起了比方，就好像东西方女性给人的感受，金发碧眼的西方女子拥有炫目的美丽，可看久了会觉得"眼眶发胀"。而文静贤淑的东方女性，在其安静的美丽下拥有睿智、活泼和热情的内涵，这种平静后面的惊异与灵动，会给人更加持久的美感。在当时没有更好选择的背景下，整个方案组决定尝试着完成"水波浪"。

方案组开始把游泳馆的功能放进"水波浪"，但许多功能在"水波浪"中难以实现。对"波浪"造型一直心存不甘的三位中国建筑师，对此颇有些善意的窃喜。"或许我们的机会来了"，赵小钧说。他和王敏、商宏三个人，开始悄悄地尝试自己的方案。把游泳馆的各个功能，往最初设计的一个长方体的方案中摆放，等这些功能都装进去后，三个人惊异地发现：一个四四方方的正方体，豁然出现在眼前。"方盒子"与赵小钧对中国哲学的理解，不谋而合，"方形是中国古代城市建筑最基本的形态，它体现的是中国文化中以纲常伦理为代表的社会生活规则，但规则并不限制智慧的光芒。"他坚信，一个尊重现实规则而又灵光四射的事物，必然容易被人接受。赵小钧、王敏、商宏立刻开始了精心的策划。"我们希望澳方的建筑师能够接受我们的建议。"

厕　所：

北京厕所峰会后，全国尤其是我们北京厕所问题已有较大的改观，其中之一就是北京市政府要求长安街等主要街道上的饭店，无条件对行人开放卫生间。这一举措解决了许多人尤其是外地人的如厕问题。满足了最基本生活需求，拉近了城市人们生活工作的距离，在构建和谐社会方面发挥了最基础的作用。

外国人来中国，他们最憷头的不是语言不通，而是如厕难。厕所不好找，这是第一难；找到厕所不敢进，这是第二难；进了厕所不敢蹲，这是第三难；办完事无法清洁，这是第四难。外国有好事者，建了个厕所网站，上面都是一些旅游者对世界各地厕所的体验文章。中国也有了我们厕所网站，这里边的很多文字都是出自他们的辛苦。

中国的许多公共厕所根本无水可冲，在那里是排成一行的几个坑，之间没有任何隔断，那倒是个交际的好场所，当你蹲在那里"办事"的时候，可以自由地和"邻居"交谈。如果在中国农村旅游，你们都会经历过许多厕所交谈，你们就会忘记什么是隐私。外国友人称，太有趣了！

在15国代表齐聚的厕所峰会上，一位北京市副市长指出，从2004年起，每年将建设和改造400座符合标准的公厕。到2008年奥运会前，城区90%的公厕将达到二类以上标准。在开幕式上，北京市政负责人说，从今年起到2007年是北京公厕"革命年"，将逐步取消三类及三类以下卫生设施不达标的公厕；到2008年，城区公厕二类以上要达到90%，近郊二类以上要达到60%，郊区城镇二类以上将达到30%。其中，30片历史文化保护区的胡同平房院公厕改造难度最大。据介绍，公厕改造从人性化设计、节能环保与环境协调三个方面进行严格规定，如公厕女士部分与男士部分空间比例为6∶4；利用高科技实现无水冲洗式厕所；并且，对公厕的颜色进行定位，世界文化遗产景区的公厕以红色为主，自然景区则以绿色为主。

京城景区公厕也要继续改造。据北京市旅游局负责人说，目前，全城一半景区享受"星级如厕"。北京对180处景点的747座厕所进行了改造，达到星级标准。建成88座四星级、161座三星级、312座两星级、110座一星级厕所，以及76座环保厕所，占全城景区点总数的一半以上，总面积达6.19万平方米，共投资2.39亿元。

北京"公厕革命"谁掏腰包？据建设部城市建设司负责人介绍，城市公厕建设要从单一的政府投资向多渠道投资转化，将鼓励企业参与，政府给予一定的优惠条件。同时，公厕建设还将引进国际合作。

20世纪60年代初，在计划经济时期，人们对公厕最鲜明的印象来自"掏粪工人"时传祥，刘少奇握着他的手说："我做国家主席是为人民服务，你掏粪也是为人民服务。"其实我们厕所何尝不是为人民服务啊！

故 宫：

我的宫墙四个角都有角楼，每个角楼都是九梁十八柱七十二条脊。是当年朱棣皇帝下令做的。当时木匠师傅接到圣旨，犯了难，傻了眼，怎么琢磨也琢磨不出来。一天天就这么过去了，再做不出来是要砍头的。

一天木匠师傅苦闷，到街上瞎逛，碰到一个卖蝈蝈的。细看那笼子，可把他高兴坏了。和角楼要求的梁柱脊数目丝毫不差，他高呼，天助我也。

皇极殿在九龙壁对面皇极门后面的宁寿门内，仿乾清宫建造。公元1796年，乾隆做太上皇时，曾在此殿宴请六十岁以上的官员，称为"千叟宴"。康熙在此留下御联：

顺时宣象，咸宜瑞履，青阳开左个

懋德凝禔，孔厚祥延，紫气卫中垣

有吉利话叫"紫气东来"，古代都用在皇家，现在的百姓门联也很常见了，这是一个进步。中垣是星位，古代把星分为上、中、下三垣。

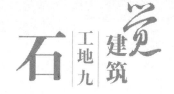

工地 九　石

阿　端：

《说文解字》石：山石也。在厂之下，口象形。

石是山上的石头，象形字。厂是山崖。口像石块形，表示石出于山。

俺家附近石头不多，理解浅薄。只好摘文断字，拆表意思。旧物理观的结论很绝对地认为，土精就是石头。古记述，很早人们就采石头了，铸造成器皿使用在生活中。下面的文字俺叫石头赋：连山蔽亏，巨石嵌崟，上兴云而蔚荟，下激水而推移，舒丹霞于就折，混白露于三危，镇方城于濮水，固天阙于汤池，开五岳之灵图，集九老之仙都，滔神弓于射的，产利剑于昆吾，鱼跃湘乡之水，雁浮平固之湖（隋加山）。山鹊之金印，碎骊龙之宝珠，奄蔼披衣，氤氲翠微，精卫取而填海，天孙用以支机，随西王而不落，傍东武而俱飞（陈张正）。

石头俺说不出啥来了，还是说俺工地上那些事吧。

大家都认为钢结构涂料施工的主要困难是高空作业，确切地说最高的位置离地面 69 米。其实更难的是在钢结构的肩部。"鸟巢"的肩膀是一个倾斜的弧形作业面，没法用任何的架子和常用的工具，俺们只能像"蜘蛛人"一样，从屋顶盖上系上安全绳索，拴块小木板悬吊下来。进入 2007 年 3 月也就是开春后，俺们"蜘蛛人"要开始大干嘞。所以俺休假回来，就要全面准备。这是"鸟巢"整个工程中俺们油漆工种的大会战。其实俺们邯郸油漆也很有名气，也有大的企业，像什么天和之类的，但好像没掺和进奥运工程。

那个氟碳漆是咱国产的大连振邦，据报纸说 25 年防腐不变。"鸟巢"是国内建筑钢结构防腐涂料程序最多的一次。按工程要求，要喷涂 6 层防腐漆的"鸟巢"，可以保持青春面貌 25 年还要长。作为目前世界最大的单体钢结构工程，"鸟巢"的钢结构涂装面积达到了 28.4 万平方米。拿脚走，也得三天两夜吧。防腐涂料的公司头头说给俺，全国有 6 个厂家生产"鸟巢"所用的钢制品。事先在原产地，这些钢制品就要刷上底漆和封闭漆，一般是黄色和红色，这是头两道防腐漆。过后，再把所有的钢制品集中到"鸟巢"俺们这里的工地上，俺们再涂上中间漆和氟碳漆，这是第三道和第四道工序。

从第四道开始，涂料的颜色就变成灰色嘞。之后，开始钢结构的上架和组装，先使用的是"面漆"然后是罩面漆。这都是俺们大显身手的时候，要不然要俺们干吗使。按照工程进度，6 道工序预计在 2007 年八九月份完成。恁那时候再来看看，拍几张照片。

俺想让恁给俺照几张相片，带回家让乡亲们看看。不要俺在高处作业的，会把俺娘和俺媳妇吓磕愣，俺媳妇害高，吓弄出个三长两短就背晦嘞，呸呸黑老乌嘴。就要俺在"鸟巢"前站着的，摆个姿势。好！一会儿俺换一套爽利的工作服。

氟碳漆，要给"鸟巢"喷三层防护、两层装饰和一层外保护膜。要进行 6 个品种，23 道工序。有点复杂？有俺们嘞，绝孬不了。其实这漆活儿，俺们从 2006 年 9 月下旬就开始嘞。等俺们的活儿都竣工嘞，你再看"鸟巢"呗，跟小小子过年穿上新衣服一样。东北人咋说？岗岗的靓帅哥！

曾 哲：

石头一般解释为，构成地壳的坚硬物质。石碴子是指地面突起的巨大岩石，西北老乡们叫石头碴子。我五六岁还没上学时，学过一首童谣：石头子是你婶，你婶吃饭你打滚。一打打到当街上，爬不起来成泪人。

石破天惊是形容箜篌的声音忽而高亢，忽而低沉，出人意料，奇境不可名状。石破天惊和女娲也有关系，帕米尔高原上有一片灰、褐、青、黄、黑的不毛石头山，所有的牧民都这么告诉我，那

是女娲补天烧过剩下的碎石。2003年4月到10月，我住在帕米尔高原玛玛西牧场，那地名叫喀拉佐，就是黑石头山的意思。去边境线最近也是最高（海拔4600米）的那片草地放牦牛，途经一条十几公里的乱石戈壁。说乱不乱，大小不一的块块石头奇形怪状，应该是藏石者的宝地。这是往南走，要是奔北去，有一处怪石山谷。进谷之前，四面的皑皑的雪峰在嘎嘎叮嘱小心，马蹄要踏过盛开的湛蓝色的马耳朵花，蹚起的芬芳会伴随你翻山越岭。逆着湍急而下的雪山融水到达石门前，胯下白马坐骑长嘶三声，惊落悬在崖畔上的石头。再进入，两侧峭壁陡然，阴森森湿雾扑面，刺骨速流的河水几近马肚皮。这不是最恐怖的，恐怖的是头顶上随时可能掉落石头，节制的唯一办法，屏住呼吸不要弄出大动响。然而水下的石头又光又滑，马蹄不稳动静难免。磕磕绊绊终于走到山谷中间，一块课桌大的石头呼啸而落，在我身后溅起数米高的水柱。从山谷出来，回望石门，竟然如同牧民冬季居住的石窝子。

门巴在藏语里是医生。门巴和门，似乎没什么关系。在西藏东南部的墨脱县，在南迦巴瓦雪山下，有一个民族叫门巴。他们的房屋离开地面一米多，是全木结构。大门是一块整木板，厚实沉重，开关都发出吱吱的动静。外行把门轴上泼水，睡半宿觉后想撒尿，人就出不来了，急。应该洒油，

不仅没响声，开关还自如。屋内有四个房间，就像人的门牙只有四颗一样。但仅仅这一扇门。从西藏到云南，云南有个独龙族。独龙人的房屋是横木建造，像摩梭人的木楞房，门很小。有人形容，像家用的菜板那么大。可独龙江大峡谷那里野兽多，门大了，多不安全。住在石窝子的西部人，把门做得也小，风沙漫天，那是为了保暖。这都是，环境使然。2007年4月6日，我回到了阔别17年的泸沽湖泥鳅村，到了房东家门口大吃一惊，木楞房没有了，高墙大院有个大铁门。人还是原来的人：55岁的达诗玛，背着女儿的娃娃；77岁的老祖母尤佳和她83岁当喇嘛的哥哥，围在火塘边喝酒如是昨天，而房屋建筑得几乎没了木楞房的模样。说建筑在变，何止都市。

　　还是说"门"吧。门和偷偷摸摸，也沾边。北京旧时管扒灰的，叫半掩门。夜深人静，搞个男女之事方便。

　　我在文化学院读成人大学的时候，班里有个湖北的同学是个摄影家，经常逃学，到北京的四九城去拍摄"门"。从天安门、故宫、纪念堂，到博物馆、四合院、小胡同，人家几年下来拍了一万多张。有普通的门，有带门环门钉门鼻儿的；有带门齿门铍门插关儿的；有附带着门墩门额门洞儿的；也有带门槛儿门框门廊子的；还有的画面里捎上门楣门帘门牌的；也有的露一点门闩，让人思考门里门外的；还有破败的门对子和缺胳膊少腿的门神，令人感慨时光刻薄的。后来听说这个同学毕业回去办了个摄影展，弄出了些许名气。他说，他是走了门道沾了门风了。

　　没错，那就是艺术。学术、艺术不能有门户之见。

　　北京三环路分钟寺的边上，有一片专门卖门的市场，木门铁门一扇的两扇的上推的下滑的，叫"门世界"。不得了，门成了一类，成了一个独立的成品，成了一个自主的世界。但这个世界多大，门至今没离开过四边形。

故宫各门匾中楷书"门"字末笔不向上钩，说法有二。一是说始发于宋代，南宋迁都临安后，玉牒殿失火。有大臣上奏说是殿匾额中的"门"字末笔有钩，属火笔，因此招了火灾。建议将匾额全部焚毁，另写新匾，"门"字下不能钩起。第二个说法更显极端，明太祖在南京命中书詹希原写太学集贤门匾时，詹的楷书"门"字有钩。明太祖大发雷霆说：我要招贤，你詹希原要闭门，塞我贤路！遂下令斩之。你看，一个钩不仅有火还有关门的意思，并且杀气腾腾。

故　宫：

永乐十八年明廷宣布改京师为北京，诏告天下。翌年（1421），正式迁都北京。

中国的故宫，把古代建筑群基本采用沿中轴线南北纵深发展和对称布局的方法，作了最大的夸张。永定门、正阳门、天安门、景山、地安门、钟鼓楼，宫殿群的轴线和北京全城轴线重合为一。若要细细勘察，中轴线串起一串门，数不胜数。太和殿坐镇中央，极端突出帝王的至高无上。世界各国建筑风格繁多，只有中国最为强调中轴线和对称。这是中国两千多年以居中为尊，秩序和谐至上的等级道德、伦理思想的具体化、形态化。门在这里虽然角色小，但不可少。

乐寿堂在养性殿北。公元1887年，慈禧曾住在这里，后来还在此庆祝她的六十岁生日。堂额："与和气游"。佚名留下一联：

乐同乐而寿同寿

智见智而仁见仁

这应该出自《周易·系辞上》："仁者见之谓之仁，智者见之谓之智。"意思是说对于一个问题，不同人会有不同的看法。不必规规整整，不必道法归一，不必水天一色，不必人云亦云。

朱小地：

在东西方传统建筑中，所谓形式都基于一套和谐的比例之中，它要求以某个重要构件为基础，去限定其他构件的比例关系，进而发展成整个建筑的式样。这些重要构件在建造之初，就已经确定了与人的尺寸关系，例如西方传统建筑中"多立克柱式是仿男体的，爱奥尼柱式是仿女体的"，正如人体有相应的各部分组成一样；中国传统建筑体系，以斗拱为基本量材单位，通估呈现和谐的尺度关系。"当客体的和谐同人体的和谐相契合时，人就会会意这客体是美的。"所以，传统建筑形式美感来源于建筑构件的组合，并逐步形成完整的美学体系。

但是，自工业革命以来，建筑材料在建筑形式的表现中起着越来越重要的作用。这不仅仅带来建筑构造上的不断更新，建筑材质的构成不断变化，而且材料的结构特性也必须得到充分的重视。

社会经济的发展，使得越来越多的建筑材料直接由工厂生产，技术的进步又使构件的外形符合其内在的物理特性，而不具备立面形式要求的尺度与比例关系，就构件自身形象而言，已经失去了传统建筑美学的意义。所以单纯的现代建筑构件，是不能直接表达美的。这就要求我们探索全新的表达美的"词汇"，从而构建现代建筑形式美学框架。

对一个典型的建筑立面进行研究，依照不同的建筑材料和构件进行分解，我们会惊奇地发现，所有的建筑材料或构件都依附在不同的层面上，并以唯一的尺度与比例关系呈现出来。我们将这样一种具有建筑属性的层面，定义为"墙层"。

因为建筑立面的表现形式是通过若干个"墙层"组织在一起表达审美的，而且若是将每个"墙层"再进一步分解，就会变成一些完全工厂化的建筑构件，所以由此可以判定："墙层"是现代建筑形式语言的基本词汇，是表达现代建筑审美的基本单元。

由此，我们继续对建筑立面分析各个"墙层"之间的关系，按照尺度和比例的变化过程不难看出："墙层"之间必须通过"编辑"的过程，使其形成一定的秩序关系，才能产生美学价值。一旦某种预期的秩序形成之后，各"墙层"的比例划分也就确定下来，这时墙层中的材料或构件获得了相应的形式。所以，现代建筑形式美感来源于建筑层次的组合，并逐步形成完美的建筑体系。这一结论对于我们把握现代建筑形式美学的本质，进行建筑创作有着至关重要的作用。

吴之昕：

在联合体中，中信的出资比例是65%，城建占30%，在环保工程领域颇有建树的美国金州控股集团占5%。根据之前所交标书的联合体协议，如果中信—北京城建联合体中标的话，工程将是按照股份比例来实施。但另一方面，中信所拥有的承包资质为一级，而"鸟巢"的建设要求总承包商有特级资质。业主合作方招标文件中规定，如果业主联合方中有企业拥有特级资质的话，就自动成为总承包，无需再另外招标。"原来我们以为可以以联合体的身份总包，但法规上的原因，还是需要城建来做总包。"中信集团下属的国华国际工程承包公司国家体育场项目部总工程师吴之昕说。而《中华人民共和国建筑法》规定，总承包商在项目中完成的工程量必须超过50%。

双方协商之后，决定由总包方北京城建集团完成总工程量约52%，剩下的近48%由中信国华完成。具体划分是，混凝土结构中信国华做三分之一，城建做三分之二；钢结构和膜结构两家都是各完成一半；装饰工程中信负责做72%，城建负责做28%；强弱电工程全部归中信国华，给排水、供暖、通风等工程则全部划归城建。

双方各自成立项目部，中信国华项目部在总承包方城建集团的协调下，完成自己的部分工程。在明确了分工的基础上，双方的合作反而更为紧密。"因为是同一个工程，所有东西都要合作，进度上要协调，把我们双方的想法合成统一的计划。"吴之昕以钢构件招标为例解释，双方统一招标，

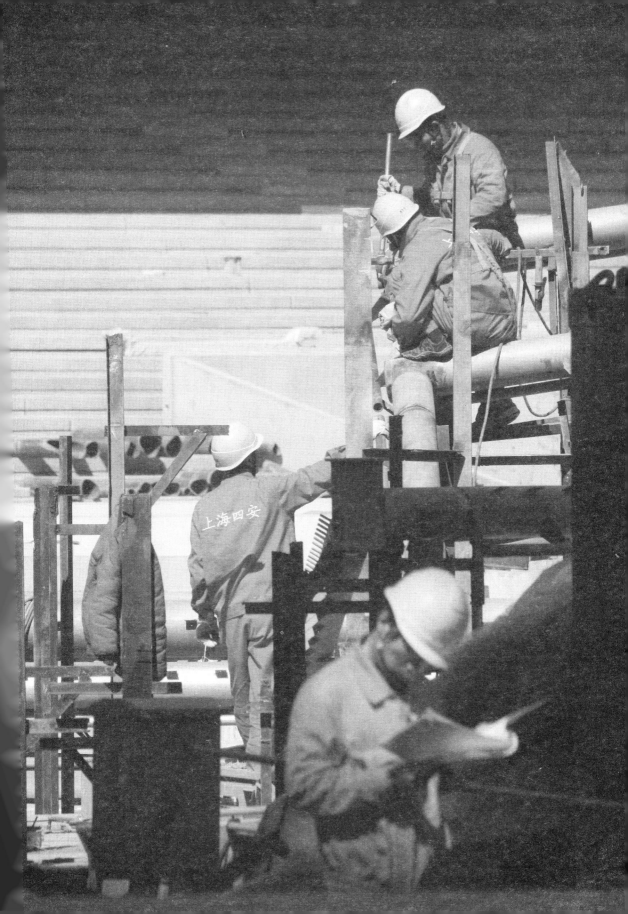

同时招进来江苏沪宁钢机和浙江精工建设两家钢构件制作公司，再引入宝冶建设与城建精工两家构件吊装公司，由中信国华与城建分别聘用施工。这既能确保两家公司的制作标准统一，又能在短时间内完成大量钢构件的加工、制作、拼接任务。

这种崭新的合作模式得到了北京市政府的高度认可。北京市建委主任隋振江评价说，"鸟巢"工程中的北京城建与中信国华，是所有 2008 年奥运会场馆工程里合作得最好的搭档。

"鸟巢"的钢结构屋面呈双曲面马鞍形，大跨度屋盖支撑在 24 根桁架立柱之上，桁架立柱之间的距离都约为 38 米。每根立柱向左右分别伸出两个钢架，与对面的立柱一起承受大跨度桁架的力。如此，24 榀门式桁架围绕着体育场的内环看台区旋转编织起来，其中 22 榀实现了拉通或基本拉通，每个门式桁架与内环开口相切。门式桁架之间以不受力的次结构杆件相连接，交叉布置的主结构与屋面、立面的次结构一起形成了"鸟巢"的造型。屋盖中部的内环呈椭圆形，长轴约 190 米，短轴约 124 米。

"鸟巢"的桁架柱脚是受力最大的部位，因此，桁架柱脚部分使用的钢板厚度达到 110 毫米，居整座"鸟巢"钢板厚度之首。桁架上方受力最小的部分，杆件钢板厚度则仅为 60 毫米。

"鸟巢"主桁架的双榀贯通最大跨度达到 260 米，如果用传统低强度钢材，将使钢材断面增大，在焊接时容易出现问题，而能适应这一要求的低合金高强度钢材"Q460E"此前在国内从未生产过。为此，项目部联合国内的厚钢板生产企业舞阳钢铁，在半年多时间里进行了 3 次技术攻关，自主研发出具有良好抗震性、抗低温性的"Q460E"，并实现了国产化。

随之而来的还有钢构件的造型问题。"如果构件是圆管的话，那就会好办很多，但它是方的，构成四个面的钢板都不可展开。"清华大学钢结构专家郭彦林教授一语道出难点所在。"鸟巢"的所有钢构件都是四方的箱形构件，而其整体造型决定了大量构件呈 H 形、T 形，还有形态各异的空间扭曲。要实现这些造型，就必须先将薄厚不等的平面钢板不断弯曲与扭转，使之符合其他几块钢板的曲率，再焊成需要的构件。因此，即便是最薄的 60 毫米钢板的加工过程，也让负责制作构件的江苏沪宁与浙江精工挠头不已。

江苏沪宁凭借工人素质高的优势，采用传统的冷热加工办法来将这些钢板弯扭成适合的曲率。浙江精工建设产业集团则借助国外合作者力量，专门为弯扭构件加工制作研发了"多点无模成型系统"，借助设备上许多可调的冲击头来构筑弯曲度，用冷成型的方法来弯扭出钢板的曲面。

胡　越：

看到在当今世界很多建筑思潮在中国都有反映。我发现一个更令人吃惊的现象，从上个世纪大概六七十年代一直到现在各个时代曾经很时髦，或者很著名的建筑师大部分都在中国参与过方案。

有一些 20 多年前很时尚比如说后现代建筑师，开发商居然可以把他找来做项目。我觉得这几年是中国建筑界的思潮大会聚。另外中国还有一个特点，原来我看过一篇文章，讲到关于中国是一个发展中国家，很多地方还比较落后，但是进入 20 世纪 80 年代以来电脑飞速发展，电脑普及率非常高。

我记得一个美国的哲学家，他的理论叫技术批判理论。他在书里面写到，在启蒙运动和工业革命之前，世界上有好几个并行的文化都在发展，似乎在工业革命之后，在世界上起主导的文化只有一种，就是西方现代的文化传承下来的。我觉得在建筑设计里面也存在这种情况，我们现在传承和继承的这些东西都是西方一脉传递下来的。我觉得也应该有一个或者几个跟它平行的系统，同样的优秀，同样的先进，而不应该是一种。但是在全球一体化技术层面上能不能实现我也不好说。

现在通过这些媒体给我们传达的信息，我有一种感觉，就是现在的做法出现了一种危机。建筑学的庸俗与社会的脱离使整个专业已经被驱赶至孤立的境地。

大家知道在西方的哲学当中批判这个词是经常会出现的，特别是在德国文化当中，大家知道康德的三大理论。马克思整个理论体系是从对西方当时的资本主义经济、政治组织的批判，从这个角度得来的。

看到这些理论之后，给我一个启示，我们国家过去也经常搞批判，但是在我们国家文化传统当中实际上没有批判这个概念，或者这个概念很薄弱。在几十年前我们国家搞的很多批判，现在人谈的批判觉得是人身攻击或者压迫，我觉得实际上在西方是一种态度，一种做学问的方式。实际上是一种做哲学的方式，最终的目的是连接理论和实践。实际上在西方哲学传承当中批判是一种态度，是一种看问题的方式。我觉得它给我一个启示，对西方惯用的被历史和各种媒体认为是一种正确的东西，实际上我觉得也可以站在批判的立场上看，我觉得这个对于我们没有坏处，我觉得应该拿出勇气，从我们国家来看是弱势文化的心态，本能地认为他是对的，我们就应该学，但是我觉得也应该有批判的态度。

对现代建筑批判我也不敢妄谈，但是我下意识觉得现在的东西，包括媒体流行的和自己做的东西，这种方式，这种满天飞的方式让我产生一种逆反的感觉，我想结合今天的主题有这么几个方面我觉得建筑设计西方传承下来的东西有一些问题。

建筑设计是一个低效率的活动。大家普遍说建筑是一个结合技术和艺术的产物。一种高端的建筑类型可能在设计当初更偏重于艺术，作用普通大量实施的建筑设计可能更偏重于产品。我觉得设计的方式对残次品的产生有直接的影响。

刘自明：

现代艺术要想完善那些间断的进程建筑经典的理论，没使用者的行动不成
现代语言是批判主义的刀工，是张精密的石蕊试纸，精确之至几近到无情
实际上在未完成的现代语言中，使用者参与设计是其不可缺少的部分规程
人们时而癫狂想入非非不羁放纵，时而呆傻对发展变化麻木不仁漫不心经
建·筑·语·言的经·典过程，在整个建筑史中，标志着建筑学已经成龙
区别历史和史前史的标准是文字，制度化，轨道化，信息化，交流的发明
在文字发明之前，已存在交流信息的情景，但只是，处于一个有限的水平
如建筑师在没准备好他们使用的语言定型，就不管好赖交流经验二楚一清
读和写及发声，至今才能够不受限制地对建筑确定。这个进步突破了框桎
意味着民主的发展和建筑学的新里程，这个新里程基于真实的直率和坦诚
再没有老师再没有父亲了从图圈的监护中解冻，把独立条理化的语言笃定
语言从大师作品自然而然地诞生但又受那些作品各自风格强烈个性的支撑
音乐发展阶段：无调主义—表现主义的坟冢，后是十二音体系的理性司空
最后是后十二音体系的惠顾性昌盛，避免理性主义的刻板不代表混乱绝顶

在建筑的发展中这些阶段却很不明显，表现主义并没先于理性主义前出世
事物的发展有其自己的格式，但格式只是格式。表现主义被期待在下意
识后期理性主义的有机阶段充满表现主义的复制，例如阿尔托建筑蛇的姿势

朗香教堂也是混合物，表现主义和艺术的巴洛克式，教堂采用了随机布置
大小形状不一的采光口时而富有魅力，时而又觉得夸张。夸张而井然新秩
母亲怀抱着两个庇护，学院派的古典主义一是，伪巴洛克的表现主义二是
后者看上去可能较复杂并使人忽视，但假如就蜕化就幼稚，它不亚于前置
经典化的语言，是必不可缺失，它的标识，是从建筑作品中，推理出公式
手法主义根据自己完成的作品再创作，为说而说，忽略原作本身灼见真知
对形式而非对结构、构造求精求质，手法主义敏锐又有限自负地曲解形式
来自实在的生活是大师们作品，手法主义的作品，却仅仅来自作品的大师
不断地进行扬弃，不断地回到起点，大师们直接从功能地址，再一次出世
手法主义者仅仅把持自己的选择和经过提炼的想象滤色固执：现实既真实
所以他们厌倦现实，假以时日便回到以各种形式隐藏着的学院派中，消失

再说，把不合流不协调确立为法则的现代音乐，表现的情况恰恰相反难解
在音乐，最先进的手段揭露传统和谐，是产生一系列毫无用处的滥调症结
现代乐曲是偶尔出现的主音和谐，而不是其反面，造成整个音响的不和谐
是学院派教条而不是现代法则他们专断和矛盾的激烈。这点达到共同识别
不协调性似可摧毁协调性中的理性逻辑关节，不协调在很多时候可以超越
比例、几何、图形、虚实、均衡、轴线、透视，既完整和谐，又关系简洁
且不协调性比之协调性来得更合理一些，因它使用虽然复杂却清晰的听觉
体察音乐符号之间的流血，而不是炮制一个无关的左协右协，来压制杜绝
看天才的阿托诺是如何说的：新和谐不是旧和谐的单纯延写，旧和谐走穴
它们的组合若不分解相互进行深入的狩猎，单音组合形成和声，一气沉瀣
在和声中仍可辨明其单色音阶。在这种意义上，它们仍旧是，所谓不和谐
——并不是指某种未完成和声而恰恰是指新和谐本身。阿托诺一脸的不屑
对于和谐的迷信，导致盲目拜谒。素材的塑造和表达，不再是艺术的圭臬
先人之见反倒成艺术的终结，调色板虽代替了图画，调色板的确不可或缺

董豫赣：

因为难以忍受讲座后这类虚问题的折磨，最近几年多半不听讲座。前不久听说张永和请来一个
教授老头讲另一个建筑师老头如何利用当地简陋的条件建造出的奢华建筑，因为实在喜欢这个叫迪
斯特的乌拉圭老头的建筑，忍不住又去听。尽管沉迷在他的两个教堂的图片空间里，还是警惕随之

而来的提问时间的折磨，就老早挤出去抽烟。我应当走得更远才好，一位年龄与我相当的建筑大汉突然凑上前来，单刀直入地将问题带到讲堂外向我提出：

我认识你，请你回答我——今晚这个老头除开用砖头将欧洲教堂模仿了一遍以外——他还做了什么个人的个性工作？

我知道以民主或个性的名义我决不会替代别人回答问题，但我还是被这样的问题所激怒，我结结巴巴地反问道——那么，你希望一个建筑师老头还能独创一套独特的宗教仪式吗？

这是一粒极端的个性种子里生产出来的两枝怪权。

枝权之一就是狂想建筑师可以万能地代表并满足芸芸大众，它常常戴上一副民主的假面具来行使上帝"宏大叙事"的权力——因为只有上帝才能代表所有人；与上述狂想看似相反的另一孪生枝权如影随形——它假定建筑师具有上帝般的独创能力，尽管它常常戴着一副时尚的"微叙事"面具，但同样冒充上帝——因为只有上帝才可以凭空出世、自本自生。它不但要求建筑与一切传承无关，甚至以个性要求建筑师发明当下所有的差异。这要求甚至会难倒天才的米开朗琪罗，他用以描述上帝自本性特征的技巧也不过是不画上帝的肚脐，以表示他无父无母，与人类毫无脐带关系，但米开朗琪罗还是没能画出一个与人类完全差异的怪物，上帝就只能在他的天顶画上人模人样地待着。

赵小钧：

基本的构成方式我们在"数纸板"上用了一种窗口的方式来做了外窗材料。这是整条街的形态，这是夜景，在上面和侧墙都是泡泡，这些泡泡都非常清晰，而上面的泡泡是透明的，在白天可以看到外面。而且这些泡泡大概有14种的组合关系，也就是说，它的图层、图膜是不一样的，大家可以看到我们在数纸板上做的打孔。这是一个非常好的数控截面，在这样投影的安排上，我们找到了国内最先进的厂家去做了投影的设计，让不同颜色、不同形态、不同内容的投影上去，这个图案带给场景的互动关系和一种变化是非常有意思的，这是很重要的一个设计手段。

下面讲的是西入口大厅。这个旁边有一个入口是贵宾和保安人员走的，还有一些目的性的客户会在旁边的门厅走。因为整个的活动是基于水的，这个门厅是人从干到湿的界点，或者是由干到湿的一种转换过程。所以在这里我们用了一些对这样的内容引喻的方式，包括我们在这里放了水、放了灯光，用了一种喷雾的方式，而且我们做了一些很小的发光体是白色的，形成了一种光源的效果。人在某种时刻可以穿过这样一个区间，走到柜台里面做自己的事情，这是一些很细的光线。

这是南北连接桥，我们刚才说了这个"水立方"是海外的华侨华人捐赠盖的房子，这里面会有一些小的雕像，在这个长廊里会有一些产生冠军的事迹、当时比赛的展示会放在这个房子里面，这个房子会处于一个泡泡墙的下面，人处在里面会感受到这个房子的构成。

北入口大厅也是一个连接口，因为这个连接桥在日后使用的时候，同时会基于会所、俱乐部使用的效果，把它做成了偏向于儿童的空间，在这里做了一些多媒体、电子性互动的做法。比方这个墙，人去碰它的时候，因为里面是光电设施，它的颜色、它的图案都会变，这边也是，你去碰的时候里面会冒气泡。这个费用也是比较高的。地面的处理，做的时候强调的是趣味性和互动性。

后面是一些厅堂，我在这里就不多讲了。再讲一下泡泡吧，泡泡吧是在东南入口的上方，这个是限制人去的，这个地方在我们建造的时候特别留了一块让人们下来跟泡泡接触最近的地方，就变成了一个酒吧。人们到这里来不是很容易的，这样可以避免很多的人到这里来，但是它形成了一个最令人兴奋的场景。里面的家具也做了一些光线处理，变成了一种可变"棒浪性"的"RFD"形成的一种可变性光的一种做法。这是它可能会产生的一些形态。

在整个"水立方"的设计里面，只在很少的一些地方用了色彩，只有在电梯厅里面我们用了一些色彩，这个色彩在电梯厅的外围还是白色的。每一个电梯厅都有不同的色彩。而且在每一个电梯厅的罩壁上，我们说服了甲方需要做一些艺术的处理，然后去寻找一些很棒的艺术家为每一个电梯厅的墙上做一个单独的艺术品的设计。可以看到每个电梯厅都是不一样的，但是它转出来之后还会形成白色的状态。

这个是饮水器，我们尽量让人人感受到水，很多人在这里感受到与水之间非常真切的感觉。这里面有水的声音、水的流动，水在玻璃深处通过光流下来的一些水的光影，水流动时候的一种形态，把这些因素通过这样一个小地方"狠狠"地做了一下。这个地方不是很随意，但是做得很简单。包括一些饮水管，做了一些加气泡的设置，大家可以看到气泡里面的水的流动。一个是设计做到这样，一个是机会非常少，另外做到这样的层面上真的是设计的一种趣味。在做的过程里面大家不是太在乎，但是在做的过程里面玩的兴趣，是非常有意思的。

白天仓：

安德鲁是在深夜接到通知的。已经意识到中国的建筑师们正在有所动作的安德鲁，当时就赶到了中国设计师的工作室。看到"方盒子"后，他眼睛里放出异样的光彩，沉默了半分钟，也正是在这半分钟内，他做出了决定。

在离开办公室之前，安德鲁给设计组的其他每位成员发了一封短信，告诉大家，从第二天开始，大家将要共同来做这个"盒子"了。在所剩时间无多的情况下，做出这样重大的改变，并不惜修改自己最初的决定，安德鲁不计较个人得失的品质，得到了中方设计师发自内心的尊重。

PTW公司的设计师马克从一开始就坚持做"泡泡"，他所给出的游泳中心的形状，就是几颗巨

大的水泡。这个方案被友善地形容成"蛤蟆卵"。即使"蛤蟆卵"的方案没有被大家所接受，执著的马克并不放弃自己对于水的理解，他试图着把一串串的水泡放进"方盒子"里去。最终在"水立方"中实现"泡泡"的是澳大利亚 ARUP 公司的垂斯特先生。这位在世界上排名前五的顶级结构工程师，采用钢构件隔开了一个个的"泡泡"，使"泡泡"最终成为建筑的结构，支撑住了"水立方"。

"水立方"外衣汽车压不坏；水池水温 28℃，人性化设计，有助运动员创造好成绩；严把质量关，"水立方"气枕需要通过三次检查；"水立方"有自洁功能；"水立方"一年可回收雨水一万吨，相当于北京 100 户市民一年的用水量；"水立方"不高高在上，有视觉上的亲密感；"水立方"四周围了四米宽的护城河，不希望人去触摸，除了表演之外还有物理屏障作用；"水立方"的膜，是世界上最大的；90% 的自然光，都进入到"水立方"室内；高度 31 米，是普通游泳池的两倍，有身在露天游泳的感觉；泳池水深 13 米；比赛大厅空间开阔；南北两侧是两层看台，前层深色，临时的，后面浅色，永久性的；永久性的座位 6000 个，加上临时的，一共 17000 个；泳池两侧是大屏幕，尺寸是 23.8 平方米；在屋顶上看六边形的膜放在边框里，连成一片蓝色的泡沫海洋。

与敦厚的"鸟巢"不同，"水立方"的钢杆件"轻盈纤巧"。各种钢构件共有 30513 个，每一个构件又都不尽相同。加工每一个构件都需要一张加工图。最后有 3 万多张图纸，与杆件一一对应。工程中采用了大量的异形节点，并且节点形式多样，导致大量构件无法批量生产。大量异形节点，经多次设计与施工工艺师的反复推敲，数易其稿，才最终定案。智慧好学的施工者，从一天只能安装几根杆件，到每天能安装 200 多根。

"水立方"6000 多吨的复杂结构，一级焊缝 96534 条。180 名焊工，提前一个半月完成了主体钢结构的安装。

厕 所：

央视的节目中有则广告，宣传的是一个高科技西方帝王式厕所。一个小男孩舒舒服服地坐在马桶上，裤子脱到脚脖子，他恬静地坐在那里。显而易见，这是他第一次接触这么先进的洁净技术，好奇、兴奋，尽情享受高科技带给他的如厕享受。"办完事"后，这个小家伙不需要用手纸来揩净，只撅一下旁边的按钮，马桶里就自动喷射出水流来冲洗他的小屁股，这可省了不少麻烦。从他脸上的笑容可以看得出，如厕是件令人喜悦、让人享受的事情。

青岛奥林匹克帆船中心里的公厕，和大家平时见的不一样，不但有空调、纯平电视，还用上了生物环保的高科技。这种生物环保厕所，外形高雅时尚，在厕所门口的镜子上还挂着令人赏心悦目的花环，像是一道独特的景致。走进公厕，里面温度适宜，这是空调起的作用，厕所里还有纯平的彩色电视在播放帆船赛的镜头。更神奇的是，公厕里没有上下水，但一点异味也没有。这是公厕运用了物理和生化处理方法，对排泄物进行综合处理。厕所里的冲厕水是循环的，在启用时装上一些水就可以循环使用，水里面有矿液，可以除去排泄物的味道，并能杀菌、去色。这种厕所造价约60万元，既安全环保、安装简便，又能免除污染。

1979年11月2日，邓小平在《高级干部要带头发扬党的优良传统》一文中指出："过去领导同志到一个单位去，首先到厨房去看看，还要看看厕所，看看洗澡的地方。现在这样做的人还有，但是不多了。"

领导重视我们厕所了，问题就好办多了。

新华社广州2003年9月24日就发表电文说：厕所的建设问题已被中国各级政府提高到"群众利益无小事，不以厕小而不为"的高度。几年来，外电不断报道——"北京，为厕所现代化而努力！"

"中国的美味佳肴享誉全球，中国的公共厕所却臭名远扬。"这是外国游人对中国、包括对我们北京厕所的非议。

据了解，在此次旅游厕所的星级评定中，四星级将是旅游厕所的最高星级，一星级为最低星级。在北京市320个旅游区点共新建和改造旅游厕所747座，其中四星级厕所88座，三星级厕所161座，二星级厕所312座，一星级厕所110座。

我们北京的"厕所革命"的步伐还是比较快的。上星级的高档次的厕所在闹市区和旅游景区不停地出现。一位外国游客曾感慨地说：我真纳闷，怎么北京流行在闹市建别墅呢？走近一看，原来是公共厕所。

北京街头的厕所不仅模样奇特，而且包含了高科技。海淀区的万泉生态公厕，通过运用净化槽技术，将污水分解，分解后所得的水清澈透亮，可以直接用来浇花养鱼。中关村大街的公厕更"酷"，干脆来个无水免冲，它采用可降树脂包装，无异味，可移动，是一个名副其实的环保型公厕。

故 宫：

乐寿堂西暖阁南室一联：

智者乐兼仁者寿

月真庆共雪真祥

要解释先看《论语·雍也》："知者动，仁者静；知者乐，仁者寿。"知，同"智"。意思是说智者善动，故能常乐；仁者安静，故能长寿。而那个"庆"是幸福的意思。《易·坤》："积善之家，必有余庆。"就连明月瑞雪，都预示着幸福吉祥。

工地 十 门

阿 端：

《说文解字》门：闻也。从二户。

门的意思是房屋或者院落、城垣内外相闻的出入口。象形字，有左右两户相对组成。一扇曰户，两扇曰门；在堂室曰户，在区域曰门。门，闻也。

俺娘说邯郸当地过去寻媳妇，新娘在轿里都会听到轿夫喊唱的一首民谣：

傻二小

割茅草

割了茅草喂骡子

娶个大脚老婆子

又会走

又会扭

又会绷花绦枕头

新娘听过嘞这扎耳朵眼儿的调歌，再走不久就进门嘞。门是新郎家的门，进嘞门，就不是女儿身嘞，就是人家的人嘞。娘还说门是前途，人在生活中经常看不清前面的路，好像隔着一道门。在梦中，门意味着未知的前途。梦见门关闭着，是说成功马上到来；梦见门敞开，意味着还得继续努力，成功还很遥远；梦见敲门，意味着好运要来嘞。

俺咋就梦不见门？娘说俺是门牙太大。那俺就借词开门见山——人家古人的文字就是山。

维王建国，配彼太微，大君有命，高门启扉，良辰是简，穆卜无违，雕梁乃架，绮翼斯飞，八龙杳杳，九龙巍巍，居宸纳佑，就日垂衣，一人有庆，四海爰归。——俺是从《艺文类聚》的六十三卷中抄来的。

这些日子，每天一推开俺宿舍门，先想到的不是"鸟巢"，虽然它就在俺身边。还是想家，想邯郸。

有个学者——俺不瞎白话嘞让给学者，图解邯郸名字的由来，很有意思：邯字的甘字边，是且的反写。日已出升过嘞地平线曰旦；而日未过地平线曰甘。甘的日虽没过地平线，但是日的光辉已照射过地平线，说明日即将升起。郸字的单字边，是地平线上有一块肥沃的田野，田字上面的两点

是象征着田地生长着茂盛的谷稷和青草。邯郸两字的耳字旁，是象征着这块土地上人丁兴旺，牛羊成群。俺一归置就是：邯郸的太阳即将升起，阳光照耀在这块人丁兴旺、牛羊成群的肥沃土地上。

邯郸不仅是秦始皇的出生地，也是他成长的地方；抗战八年，邓小平在这里战斗、生活了六年半；解放后，毛泽东曾24次到过邯郸；名扬世界的太极拳，杨、武两式发端于此。

历史上邯郸战乱频频，公元前229年，秦国兵分两路，开始了灭赵战争。王翦的大军攻势凌厉，攻陷邯郸，俘获赵王，赵国灭亡。

俺可不是赖怹的书做广告，俺就是忍不住想说。回俺家，坐火车，也就五六个小时。俺倒是想坐飞机，那得以后了。邯郸飞机场航站区刚刚竣工验收完，就前些天，2006年12月4日。还得需要校飞、试飞、试航再正式通航。估计也吃嘞奥运会的挂落。邯郸飞机场在西南郊马头镇附近，俺熟，俺爹的亲戚就住在那个镇上。俺不是说回家要参加个婚礼嘛，就在那边，离市区 10 多公里，不远。机场俺来那年——2004 年就开工嘞，差不多用嘞 2000 来亩地，花嘞差不多两亿。听说候机大楼，远看像一架大飞机。飞机起飞降落，是以天地为门。

这么晚才建机场，俺认为那是邯郸公路、火车发达的原因。火车站建得早，有一百多年嘞，1904 年 3 月那会儿就建成嘞。

俺们那里的儿歌好听："花喜鹊，叫喳喳，咱家的闺女儿要出嫁；天不明，就起了，只盼女婿早到家。新铺地，新盖地，粉红的胭脂脸上搽；蒙头红子二尺二，闺女儿心头乐开了花。""拉大锯，扯大锯，姥姥门前唱大戏。寻闺女，叫女婿，小外甥的也要去，一巴掌把他打回去。"小孩子对赖床的这么喊："起了，起了，都几点了，太阳晒屁股了。"俺不是在跟你瞎白话，俺是想这些好玩儿的东西，在奥运会开幕式上是不是能用上。噢，你没门路，这事不归您管。

曾 哲：
建筑场馆的门。这的确是一个有丰富内涵的命题。就连没有窗户

的"水立方"也要有门。在北京，门实在有特色。前边已经说过，世界五花八门，人心五花八门，建筑五花八门。

老北京的时候，建筑场馆少，几乎没什么运动场所。人们爱好内敛小运动，以柔克刚，阴柔之美，复杂含蓄。遛鸟、逛庙会、泡茶馆、听京剧、放风筝、耍太极、玩蛐蛐、揣蝈蝈、钓鱼。足球啊篮球啊橄榄球啊，难得一见，这是东方文化地理环境人文心理造成的。甭提冠军亚军，都讲中庸。宗法礼教，各司其职，各就各位，上下有别，尊卑有序。雅典出奥林匹克是神性的原因，具有勇猛和力量。奥林匹克不会出现在北京这样伦理性的城市，人们如是说。

其实建筑是个巨大的生物，它的结构时间一样有限，甚至它的生物钟和人也很相似，可以在它的空间，感受到相应的青春和夕阳，感受挺拔和虚弱。

解构，这个名词一诞生，似乎建筑浑身上下招了魔法，竟然以一种让人无法理解的魅力，搞昏了很多建筑师投入这种风格的建筑设计。

人类从来不缺乏探索世界的能力，也不缺乏接受新鲜事物的勇气，从来不。一个中国的建筑时代即将到来时，建筑师也好老百姓也好，要对建筑再认识。现代、后现代建筑呼啦涌入，建筑界会头脑发热。拿来速成的形式与空间观包括思维定式，一定会受到解构主义的进攻。未来，就是思索。

相信这话，就是相信未来。

有些立体派艺术家，不满足一个对象外观的复象，要把握对象整个实体。表现盒子外观的同时还要表现盒子的平面图，甚至盒子打开的样子和破碎的样子。这应该是一个好现象。

没有内部空间的建筑不是好的建筑。建筑因其精妙绝伦的内部空间而吸引人，振奋人，使人感到高尚。

我在学习思考解构主义建筑大师盖里的作品时，认识了他的作品，的确像雕塑。有人说，他使用诗一般的解构语言筑造作品。他的建筑，永远是一个未完待续的工地。工地，多么好的名字。可我的工地要清理，要收摊了。可不，收摊了，工地还在。工地是一个永存的符号吗？一个问号，招来大师的预言：艺术最终会转向哲学。艺术工地也在哲学的背景下，开始转场。那个埃森曼的建筑理念就充满哲学逻辑，结构令人眼花缭乱，这家伙秉承的是打破常规的新哲学观点。他对建筑空间的再造，再造出了一个新的空间。用我们孩童时常说的话夸他：真奋（奋：振作，兴奋）。

解构主义和现代主义手拉得紧，像一对双胞哥们儿。预言：热闹了一段时间，后现代主义建筑在中国的大地上，到了要困守在现代主义的建筑语言里。走着瞧吧。

故宫：

设计故宫的这一切，绝不是蒯祥一人所能做到的。

公元 1406 年，秦宁侯陈珪被任命为改造建设北京城及故宫的总指挥。从这条信息看，故宫不是独立完成的，它是和北京城市的规划建设一起上马的。永乐皇帝在写给陈珪的一封诏书里说，要善待工地上的军人和民工，饮食和作息要有规律，不要过于劳累。你们要体谅我爱惜百姓的想法。陈珪一直在北京监工，直到公元 1419 年去世。他没有等到紫禁城落成的那一天。

颐和轩在乐寿堂北，是乾隆阅览书籍和游玩休息的地方，御额为："太和充满"。还有他一联：

景深孚甲含胎际

春在人心物性间

孚甲，是植物种子的外皮。大意是：美景欣逢花木含苞欲放之际，新春来到人心与物性之间。因为人和物都需要通过春天，来焕发他们的勃勃生机。

朱小地：

阿尔多·罗西认为："建筑是一种基于逻辑原则的活动，建筑设计就是对这些原则加以发展而来的。"逻辑原则应与公众的空间体验相一致的，从而形成理性的思维模式。

建筑师在职业生涯中必须投入精力与开发商打交道，这是商业社会的必然产物，在很大程度上项目成功与否，取决于开发商的品位与支持。

建筑师对城市空间的关注既是专业的技术要求，更源自对社会的责任感，以此形成一种自觉。中国蓬勃的城市建设热潮，为建筑师提供了广阔的舞台，包括我在内的中青年建筑师，都是这样一个特定历史阶段的受益者。然而，几十年的建设滞后的城市空间质量，却越发令人担忧。造成这样结果的一个重要的原因，是建筑师城市意识的淡漠。通过我近二十年的工作深刻意识到：建筑师要热爱自己生活的城市，热爱自己即将开展项目设计的城市，才能关注这个城市空间的存在，才能在设计中真正表现出对城市的尊重。

对城市面上关注，促使我对城市公共空间的研究一直持续着。中国城市公共空间系统，由于受到计划经济时期残留下来的城市资源分割管理的格局限制，以及整体管理观念的制约，一直是低水平和不完整的。在这方面的学术研究，也停留在学习借鉴的状态。1999 年，我完成了《城市公共空间——评价城市空间环境质量的标准》，参加了中国建筑学会在深圳大学举办的中德建筑师交流活动并发言，较为系统地分析了影响城市环境质量的各种原因。特别研究了规划管理的落后体系造成直接经济损失的负面影响，提出了公共空间系数的概念，以此作为城市建设与开发商利益之间制衡的要素。

在城市的开发建设的管理工作中，很令人头痛的问题就是开发商所期望的建筑规模和政府规划的设计条件之间的矛盾，在规划设计条件中容积率、建筑密度和建筑高度，对于开发商来说是一个概念，增加其中每一项，都可能给开发商带来面积上的增加。如果将城市公共空间系数作为规划设计条件的指标，实际上可以理解为建筑密度的"互补数"，对于一个建筑地块只要提出容积率和公共空间之间的比例关系，就可以有效合理地控制该地块的开发强度，以城市规划管理改变为由，弹性地尊重开发商根据项目特点的自愿选择。

吴之昕：

作为屋顶结构主要承重构件的 24 根桁架柱的最大外形尺寸达到 25 米乘 20 米，每根柱子有近 700 吨。为了节约作业空间，这些立柱被分成两段吊装，每个吊装单元的重量也有 300 多吨。分段吊装构件时，如何控制构件在空中翻身过程的稳定性、悬空构件的管口对接精度、变形引起的对接精度，是施工方不得不面对的难题。

施工方对每个钢构件都事先准备了几套吊装方案，由多名工程师在吊装现场监控吊装。工程师要在每个施工过程中设置控制点，检查一切到位以后，在地面控制点下"拼装开焊令"，让工人在地面将构件拼装成吊装单元，工程师进行过程检查，合格后方可签字准备起吊。随后，发出"起吊令"，将吊装单元吊装到位并与其他杆件连接。检查确定严丝合缝以后，工程师再发出"安装开焊令"，

在确认焊工焊接完毕后签字。最后发出给吊车的"松钩令"。这一过程少则大半天，多则一两周。

到2006年11月，"鸟巢"钢结构的焊接长度已经超过22万延米。所有焊工的焊接记录，都详细记录在总承包单位的一本施工记录里。工地里流传的一个玩笑是，"鸟巢"的使用期限是100年，如果到了第99年有焊口出了问题，照样能凭质量记录将责任追究到人。

"鸟巢"的施工主要分为三大步骤：混凝土结构施工、钢结构施工、建筑内外装修与机电设备安装调试。按照施工组织总设计的部署，看台混凝土结构从2003年动工之初就已先行施工，钢结构部分施工随后在2005年年底启动。

在以往的施工经验中，大跨度钢结构常用的安装方案有整体提升、滑移、分段吊装高空组拼方法（简称散装法）和局部提升几种方案。在"鸟巢"工程里，设计方、专家顾问组与两个项目部，都仔细地把这几种方案斟酌了一遍。

如何协调钢结构安装与混凝土结构施工的关系，对保证混凝土看台连续施工、钢结构的顺利安装、室内装修工程与机电设备工程及时插入以及外围基座尽早施工有重大影响。如果采用整体提升方案，则看台混凝土部分无法先期施工，进而导致室内装修工程、机电设备工程无法提前插入，导致在总体工期上受到限制；如果采用滑移方案，又将受到施工场地的限制，并面临巨大的技术挑战。

在设计之初，设计方优先考虑过局部提升的方案。根据原始设计，"鸟巢"钢结构顶部配有可开启式屋顶，开口呈一个长而窄的椭圆形，开口面积小，设计方曾计划将这个椭圆的边缘桁架在地面制作好，而后将这个"内环桁架"整体提升上去安装。但到2004年8月，基于"节俭办奥运"原则修改后的"鸟巢"设计方案所作的三大调整中有两项都与此有关：第一是去掉原来的可开启式屋顶；第二就是扩大中间可开启式屋顶的开口，降低用钢量。

调整之后，"鸟巢"屋盖钢结构已经没有真正意义上的"内环桁架"；由各榀贯通的主桁架形成的内环开口平面尺度很大，而且截面板厚比调整设计前有了较大幅度的减小，同时存在较大的高差，整体刚度很差；钢屋盖内边界在东西侧已经扩大到一层看台的边线、南北侧到跑道的外侧，如果仍在地面进行"内环桁架"的整体拼装，将对混凝土看台施工产生较大影响。

新的技术条件下，采用中央内环桁架局部整体提升的方式已经不具有优势，最终设计方与施工方决定，钢结构总体安装方案采用高空散装。

按照分工，中信国华负责钢结构北区的1、5、3、8区域，与城建负责的2、6、4、7区域形成对称。遵循对称同步、尽早形成安装区域局部稳定的原则，钢结构安装分阶段分区域地进行对称安装。施工时先安装钢柱，然后安装主桁架，保证结构体系的逐步形成。

为了解决空中定位与受力问题，施工区域分内、中、外三圈布置了78个支撑塔架，作为主桁架分段高空安装的受力支点。

78个支撑塔架的分布为内圈30个、中圈与外圈各24个，通过连系桁架形成8组闭合支撑环，这8组局部闭环支撑体系再由中圈的连系桁架与内外圈上的钢丝绳连成一个整体。78个支撑塔架穿过混凝土看台时，与看台的埋件连接。

胡　越：

最主要的就是设计条件对设计结果失去了控制，我觉得一个东西跟一个东西连在一起，形式本身不能单独存在。但是目前做了很多建筑，实际上形式脱离了建筑的本身，有这种倾向。现在造成新的千篇一律，另外有一些建筑是对建筑技术的滥用。过去受技术条件限制，只能把建筑做成方方正正的形式，现在由于电脑和加工技术的进步，我们可以做得很前卫，或者标榜成一个节能建筑，

实际上从整个来看这是对技术的滥用，同时有很多被标榜的绿色生态建筑，但是从整个社会的角度来讲，它浪费了社会大量的能源和资源，从整体来说我个人觉得并不是一个节能的建筑。因此形式脱离了它的方式。

在大量的建筑设计当中，我们运用了一个形象思维的方式，但是形象思维它的特点就是对你看到东西的一个再加工。所以我感觉如果要有一些形象上的创造，采取传统形象思维是失败的，因为我们大部分普通的人平时看的大量建筑就是从媒体上看到的，所以看到这些建筑以后再去创造建筑的话，就只是在你看到的建筑里面去创造，因此我觉得它受到一些限制。

刚才我说了那么多，下面是我们的一个对策，我们讲的是一个方法，这并不是一个简单的方法，也相当于一个程序，我把几个对比的例子给大家说一下。

第一，我们想在建筑设计过程当中让最后设计结果如实反映条件对它的影响，尤其是重要条件对它的影响。这里面我举一个大自然的设计，现在大自然有机体和无机体都可以叫大自然的设计。有时候一个水滴为什么是这样一个形状，它实际上就是受到条件的限制才这样，比如说地球上重力，物质分子条件使它只能产生这种形状，它下坠的过程当中可能有形状的变化，但是这个形状完全受到条件的限制，因此这个设计希望结果能够受到条件的限制。

第二，我们想把建筑设计，就是建筑师画一个平面、立面进行构图，我们想上升到一个程序，就是建筑师不再设计建筑了，而是做一个程序。实际上建筑是一个建造的系统，从一个小的最基础构造组件，结构组件一直发展到一个城市，这实际上都是一个套路，这样西方传统意义上的建筑师就不需要了，这中间的阶段就会消失。我们想这个实际上得益于一个系统，我们想设计成一个系统，在这个系统当中有使用者和系统进行互动，当然这是一个梦想，这个离实现还很远。

我举一个例子，比如说电脑游戏，这实际上是一个软件工程师、设计师设计的程序，这时候你在里面打，这时间软件工程师不存在了，虽然你在打，但是，设计师已经不存在了。在里面普遍有很多关，这时候往这边走或者往那边走，会产生设计者在开始时不给你设计的路径，这是一个很大的可能性。

　　另外一个例子，比如是爱因斯坦的敞方程，他的广义相对论的方程，如果有人留意科学杂志或者科普杂志会看到某某科学家把爱因斯坦的方程带进新的参数得到了新的方案。但是爱因斯坦做方程的时候并没有把很多可能性找到，而是后人发现很多东西，我想这个系统能不能发挥这种作用。

　　最后，这个系统是开放和包容的，它不否定传统的设计方式，不想取代谁，也不怎么样，但是我觉得它的包容可以使所有的建筑师和工程师在多元化的条件下各自做出各自的东西来。

　　当然这上面说出的这几条都是畅想，下面我举几个例子，当然这几个例子不能完全实现我们的想法，这只是初步的探索，因为在中国的设计条件下建筑师可以发挥的空间非常狭小，我们经常被各种因素影响。理想化的工作状态是不存在的，因此我们做的东西也受到各种各样的干扰，有的东西可以推到比较细，有的可能半途而废，当然我只是想把我的设想讲给大家共享。

　　第一个例子是上海世博村，这相当于奥运村的一个设施，因为奥运会举办的时间就是十几天，但是世博会是半年，所以它有一些官员要居住，所以盖了世博村。我们当时想简单地建设这个构架，第一对现场条件的分析，这个分析不是简单的分析，可能有一些图表化，量化的分析。我们想在分析的过程中，获取一些对这个项目或者建筑影响最大、最主要的条件，然后我们对条件进行再设计，设计以后这个条件变成一种因素可以指导设计，生成设计结果。我们这只是一个想法，我这里面没有具体的形象，只是把想法简单介绍一下。

　　这个就是世博会的图，这个是黄浦江，这个是浦东，我们大概做了这么几个分析，前面白色部分就是现状的分析，绿的部分是我们觉得可以设计发展的一种因素，把它做了两个分析。这就是世博村具体的地方，我们通过一系列对现状的分析，在分析了条件之后，我们感觉在这块地实际上最重要的是江景，是那个景。因为我们分析，上海沿黄浦江两岸比较近开发的住宅，这个项目实际上跟北京市奥运村也是一样，在会前是工作人员用，但是会后就是商业开发了，我们实际上分析江景是设计当中非常重要的，因此我们在江景上做文章，我们设计了一个视觉等高线，我们通过这个看到江，比如说可以看到25%，50%，75%，在这个等高线上反映每个区域视觉的质量，想通过这个作为我们引导做建筑布局的一个理由，我们通过等高线法分析了之后，可以看到哪一个江角用于将来的开发。还有灯光法，就是利用普通的电脑软件，来看灯光打过去模拟在这块地上建筑的高度和看到景色视觉质量，红的越多说明看到的东西越多，蓝的越多说明看到的东西越少。

刘自明：

有位大爷说：把对称、秩序这种只有无生命的对象才能吃得消的东西加强
在人民之上是种错误的实用观。这应镌刻在建筑师和城市规划者的图板上
一座成为没有生效的纪念碑一个只能看不能用的物体，那么对称为了榜样
因它是党派政治或官僚极权的最好写照荣榜。在历史中仅仅作用阶段旧账
如果一座建筑必须完成特殊的功能并具特定的容量，对称会毁坏当初设想
因为，对称就好比音乐中的和谐，使得每个元素，都上下不能，左右不像
使新特、个别、颠覆、使用，成为设计这个祭坛上的四件牺牲，而这祭场
本身就是均匀的、等级森严的、不可变更的。即便是伟大舍生忘死的模样
和曾哲谈论过柏拉图的语言是法律是规则的命题。语言是诗是心我的天堂
从大众选择的、古典的、主观的、热闹的、无感觉的，会使语言成为战场
你说谁的要求能胜过语言，胜过丰富的功能收藏。强调对称性是极不正常
现代运动大师们尚息无恙，就认为与他风格有关的手法能代替语言的演讲
解构主义、符号学、语言学等等等等，没有发展到足以侵犯建筑界的边疆
回到零点时，语言发生了变化。这不仅仅在建筑行业中如是，文学也一样

无论如何，传播民主建筑语言，已经到来了时机。这让中国文学获得启迪
现代建筑语言是在创造和批评的相互促进里产生成长站立，一方面代表即
用不同于古典主义的方法来谈论建筑的权利，一方面从过去探索新的根据
用新的思维方式阅读建筑，必然的我们用完全不同于过去的语言，书写序
写的冲动，和我们重读，并正确地理解古代史记，是相符合，冲动再冲击
希腊建筑语言的特征反古典主义：光线在自由变化，几个基本的几何图例
在不规则的环境中的自由布置。尝试分离体积，它是纯粹主义的黎明前夕
所有城市都根据与都市现状相吻合的方格体系。悬浮的光线变化梦中会意
"散步建筑"的绝妙之际：色彩斑斓的弯曲的平面，赋予刚硬理性的体积
以抒情诗一般的质地。"反射诗的物体"，凹槽装饰、圆装饰，以勃勃生机
希腊数学影响下的，上千种装饰的支脉想象难以。数学，把建筑推新出奇
我们对建筑写和说的方式，与我们读的方式之间，没有任何相矛盾的距离
不管你抬起头还是鸟瞰，用未来观点对世界体恤，会更有效地激发创造力
被动模仿历史复兴主义，完全不顾历史那些先锋派人士努力，是愚蠢儿戏

作为设计方法的基础，功能设计，毫无疑问对现代建筑语言有着不朽贡献
为了使在柱式、重叠、并置、和谐和比例的传统语句中丧失了真义的词典
人们废除了语法和句法规则及教条，恢复了本来颜面。废除确立确立典范
功能原则，是现代建筑语言最基本的原则：任何要想成为现代建筑学一卷
就必须拒绝所有古典主义的锁链、教条和抽象的情感。像拒绝，残羹剩饭
钢筋混凝土，把结构的重量和应力集中在各个支点，取消了承重墙的连贯
这种结构上的历史性进步，出现了巴黎圣母院圣心教堂等一系列建筑光环
它表明了，墙的功能，在进一步退化，竖向构件，开始构成，体积和空间
框架之间的展开巨大和宽坦，能够把传统的承重墙，削减成薄薄的幕墙片
哥特建筑顶尖具有一种迷人效果。明亮的光柱穿过尘埃，穿过时空和双眼
使盒子式的感觉为之一扫而散，内外空间似乎合为一个体坛。心灵在抖颤
整个结构，看上去非常像只笼子，指向天庭是其陡陡直线。指向深邃深远
为了恢复这不可思议的梦幻，十九世纪的工程师利用铁和玻璃提供的无限
可能性地把土地大片，覆盖在高大的弓形构架之下，几乎创造出无限空间

董豫赣：

这两枝怪权交战的结果，就是对专业进行事后的一致抱怨，因为不愿面对个人万能能力的缺乏
事实，其抱怨一切的情形就特别类似一种也宣称要满足一切顾客的职业——妓女行当——这是建筑
学专业内流传已久的职业类比，但妓女对将顾客当做上帝的交易事实心知肚明，这让她们的抱怨并
没有建筑师的个性抱怨那么慷慨激昂且义愤填膺。

这两枝怪权一旦交织就导致了交流与批判的必然堵塞：在那个宏大叙事的上帝教堂里，因为它
不容置疑，所有的听众都在聆听那个绝对唯一的声音——这导致交流的沉默；而在那个个性叙事的
教堂里，虽有众多个性的独白噪声，而无人在听，因为它虽以个性篡夺属于集体或上帝宏大叙事的
权力，却无能导致上帝般的真正信服，因此它无力于交流，无能于批判。

2006 年获诺贝尔文学奖的土耳其作家帕慕克洞悉了这一极端个性的阴谋，这位建筑师出身的
小说家在《我的名字叫红》里如此诅咒：

最先说"我"的人是撒旦！拥有独特风格的人是撒旦！

关于教堂，我的一位设计感极好的学生要用它的入口考验信徒的信仰程度，他坚持将它设计
成一个底部只有 40 厘米的甬道，并且这 40 厘米的底部还充满了考验的深水，他要让信徒们在他设
计的 V 形甬道两壁上所抠出的砖孔里手足交叉并行。我以为这是对规范的极度漠视，他的反问是，
那么如何解释一些寺庙前那些陡峭危险的磴道？我以为信徒从那些磴道上遇险或者无人追究，还可

以权当使用者的不幸殉教；我以为信徒从那个教堂的入口扭坏手脚或卡在池中溺水，建筑专业的责任还是要以专业标准追究；我还以为个性的建筑——无论它是公寓还是教堂是以个性对标准进行独特的诠释，而非一定要通过否定标准来纵容个性。

赵小钧：

室内设计因为时间的关系简单说到这里。还有一个比较令人感兴趣的事情就是"ETFE"，我稍微给大家讲一下，因为这件事情在社会上引起了很多的关注，曾经有一度非常大的冲击，网上、报纸上说到了，有一些解决不了的问题等等一些情况。就这个问题实际上我们在整个过程里面做了非常多的工作，这个工作我设计之外的一些感触也有很多，现在国家在很多的情况下，像成思危等一些高官在很多的场合里面讲创新，我觉得他们讲的这些东西是高屋建瓴，因为在我们的文化建设里面你受到的创新，所受到的阻碍是无以言表的，当外方的设计师提到了泡泡以后，在我的心里觉得

非常地好，非常地有意思。在巴黎我肯定放，但是在中国的时候我会考虑一下要不要放。最后豁出去了，在中国的文化体系下会是什么样的状况，但是我考虑了再三最后还是用了这个东西。我理解当时做这个事情的时候，有一种担心，这种担心是一个障碍。也就是说作为一个设计师，你真的是无所顾忌用一种情感去做的时候，你会碰到一些东西让你兴奋，这可能就是非常有创新的东西。但是回到现实的时候，你会感到这种创新可能给你以后的构成带来一系列的麻烦，你会否定自己的灵感，这是中国文化带给我们设计师很大的心理障碍。那么如果不去冲破这种障碍我们的进步可能是有限的，但是冲破这种障碍是有代价的。所以我说设计之外的感触是什么？我在做"水立方"的时候下了很多的"狠"，我把所有的功能摸一次、经受一次可能这种障碍就会很大地减少了，以后再碰到同样的问题的话可能心态就会变得不一样。我们这两年用心去做这个东西的时候，会发现周围的一些帮助也是非常让人感动的。说到这里，说到了和谐社会，我觉得这个个案真的是一种很正面的举动，非常令人感动。这是一个题外话，"ETFE"有一些世界上的实例，这是英国的一座房子，它的功能比较简单，是一个温室，曾经有一度网上说到这个东西发霉，有很多的专业人士到这里来看确实有霉点，其实不是霉，是青苔，为什么会长青苔？这个建筑里面有一个热带雨林的温室，因为在热带雨林的湿度是100%，进去以后都发潮，我们有很多的例子证明了只要没有这种湿度，长青苔的状况是没有的。其实带给我们分析问题、分解问题、推理问题都是不足的，但是外国的每一项技术，如果我们非常认真地去分析它，其实都会有能力去破解它。

当经济社会发展到一定程度，各方面的利益会趋同，在这种情况下，从经济利益的一种原本的出发点会看到，在一些理性的问题上，会有一种对理性的呼唤。到后来的一些事情上，开始我们的政府、我们的专家，都认为"ETFE"是很难的，但是当我们的专家都认识到了以后，才会接受它。从这些问题的解决上来看，如果没有中国经济的发展，这个"ETFE"的工作会难很多。

我们讲一下"ETFE"的特点，有两层膜，当两层膜在一起的时候，它就透光了，如果分开以后就不透光了。如果"水立方"失火的话，很快就会变成一个室外的房子。后来我们界定了出来，不用我们的规范去解释这些事情。然后在最先进防火软件的配合下，其实它的安全度比我们的规范严格的界定更高，但还是看到了我们的创新的难度。当你用规范卡到那件事情的时候，我们的规范肯定做不成，反过来我们怎么样用办法凌驾到规范之上，还是有一些困难。这是世界杯体育场，这个房子很有意思，当时也引进了国外技术，这个房子是变色的，因为1860和拜仁的主场是不一样的。给我们介绍的时候是一种粉末，在紫外线的照射下，不同的光会有不同的颜色。一会儿变成白的、一会儿变成蓝的，这个技术很好，我们很感兴趣，后来他们告诉我们说，不是这么做的，你们现场看到就知道了。我们去的时候看到了三个窗帘，一个红色、一个白色、一个蓝色。事实上这个真的不是高科技，到了他们的工厂去看设备，任何一个乡镇企业都能做，而且国外的材料厂家就是乡镇企业，非常简单的设备，就把这个东西做成了。但是里面的技术含量很高，在这样的一个产品里面，

它的价值链在设计、咨询、计算这样的过程实现,实际上占到了60%。真正的材料成本是非常少的,所以说这是一个真正具有前途的构成方式,不只是说材料。这是一个非常明显的个案引证。

白天仓:

"水立方"的建筑面积8万平方米,高31米,是世界上唯——个完全由膜结构来进行全封闭的公共建筑。它独特的膜外套共由3000多个气枕组成,覆盖面积达到10万平方米,展开面积达26万平方米,并且这套膜外套还不止一层。"水立方"顶部的气枕膜层数已达4层,而墙体的膜则在2~3层之间。这身膜外套强度经反复检测,结果表明即使在冰雹天气使用也没有问题。

"水立方"永久坐席为6000个,奥运会期间承担游泳、跳水、花样游泳、水球等项目的比赛任务,奥运会赛后将成为一个多功能的大型水上运动中心,既可举办大型国际赛事,又能为公众提供水上娱乐、运动、休闲、健身等服务。

"水立方"3000个"水泡泡",是全球最复杂的膜外套。从北四环路看过去,水蓝色的"水立方",像一个透明的"冰块",游泳中心内部设施尽收眼底。这种独特的感觉,源于建筑外墙采用的一种叫做"ETFE"(乙烯—四氟乙烯共聚物)的膜材料。这种膜材料有自洁功能,表面基本上不沾灰尘,即使沾上灰尘,自然降水也足以使之清洁如新。"ETFE"膜具有较好抗压性,万一出现外膜破裂,根据应急预案,8小时内,可以将破损的外膜修补或更换新的。"ETFE"膜里面装配系统在国家游泳中心的运用、尝试,是迄今世界上规模最大、构造最复杂、技术最全面的一次。

"水立方"是北京奥组委指定,唯——个接受港澳台同胞和海外华人捐赠建设的奥运场馆。目前,超过10万人参加捐赠,捐赠到位资金已超6.5亿元人民币。其中来自台湾的捐赠金额约6000万元人民币,近1000人参加了捐赠。

"水立方"的预算资金为10.208亿元人民币,其中土地费用和设计费用是政府另行出资,所以实际需要的捐款资金不到9亿元。目前港澳台同胞和海外华侨华人认捐的金额,已经达到9.6亿元人民币。这些捐款中,最大的一笔就是霍英东捐出的两亿港币。

"水立方"的设计方PTW建筑事务所的两名主设计师约翰·保林与托比·王介绍:设计师在设计之初,很早就将目光锁定在"水泡"上。如果将"水立方"视为一个可以细分为若干均等部分的三维空间,何种形状能够保证界面接触面积最小?最终设计人员找到,19世纪末英国物理学家开尔文发现的开尔文定律能解释这个问题:14边形的三维结构球体组成的结构接触界面最小。后在经过1993年英国的两位科学家对其进行研究和改进后,使得界面接触面积又缩小了3%。泡沫理论最终帮助"水立方"形成了复杂的节点,成为其庞大的钢结构体系的依托,代入软件中,成为精确的模型。

2008年2月1～5日，"水立方"迎来首场测试赛——中国游泳公开赛。随后，2008年2月19～24日，是第16届国际泳联世界杯跳水赛。花样游泳奥运会资格赛，也将于4月16～20日在这里举行。

为确保"水立方"的水质达到国际泳联最新卫生标准，泳池的水将采用砂滤—臭氧—活性炭净水工艺，全部用臭氧消毒。使用臭氧消毒的好处不仅在于有效去除池水异味，而且可消除池水对人体的刺激。泳池换水还将全程采用自动控制技术，提高净水系统运行效率，降低净水药剂和电力的消耗，可以节约泳池补水量50%以上。泳池和水上游乐池，将采用防渗混凝土以防渗漏。

除了泳池用水，"水立方"的其他用水也十分节约。洗浴等用水过程产生的废水，将经过生物接触氧化、过滤，再用活性炭吸附并消毒后，用于场馆内便器冲洗、车库地面的冲洗以及室外绿化灌溉。仅此一项，就可实现每年节约用水44530吨。此外，为了减少水的蒸发量，"水立方"的室外绿地将在夜间进行灌溉，采用以色列的微灌喷头，建成后可以节约用水5%。

为尽可能减少人们在使用时对水的浪费，"水立方"对便器、沐浴龙头、面盆等设备均采用感应式的冲洗阀，合理控制卫生洁具的出水量，并在各集中用水点设置水表，计量用水量。预计通过这些措施，可以节水10%。还将在比赛大厅设立饮水处，为运动员和观众提供饮用水。为避免饮水的二次污染导致浪费，"水立方"的饮用水，将采用末端直饮水处理设备。

厕　所：

京城公厕不仅采用了高新技术，而且有了新的功能。王府井大街上的玻璃公厕，开辟了售货角，厕所内还有电控室和地下配电室，通过太阳能集热技术，对厕内保温，冬天如厕，人不觉得冷，水管也不易冻裂，这新厕所和原本意义上的厕所，真的无法相提并论了。

在马甸桥街心花园内有一座绿色生态公厕，它在2002年10月19日投入使用后，已成为京城"厕所革命"中伟大的新亮点。这座绿色生态公厕，形状如同飞翔的鸽子，自然和谐地掩映在松柏树中。您一走进公厕门厅内，就被一个大鱼缸吸引住，鱼缸内10多条红色和黑色金鱼，在水中欢快地上下追逐游弋。西城区环卫局管理人员介绍说，鱼缸里的水用的就是净化后的冲厕水。这座总建筑面积71平方米的环保型公厕，由北京市西城区环卫局投资建设。它采用了国际先进的生物处理技术，利用厌氧菌和需氧菌对粪便、污水进行沉淀分解，再经过滤、脱色和3次曝气处理，达到国家规定的城市生活杂用水标准，成为可再使用的清水，使过去白白排入污水管道的冲厕水，达到了二次利用的目的。

微生物生态环保厕所又称"聪明厕所"，它可以就地将大小便"消化"掉。厕所里的复合活性菌泥可以将粪便分解、消化，将其转化成沼气、二氧化碳和水，然后消毒灭菌，最后作为循环冲洗水被再次利用。测算表明，一个这样的两蹲位卫生间，一年可节约 1000 余吨水，这些水可提供 10 平方米以上绿化面积的灌溉。这个环保厕所全部用电脑来"打扫清理"，电脑按照固定程序进行自动化管理，还可通过联网进行远程监控。这个第一座"聪明厕所"，被命名为"诸葛明庐"号。

国家博物馆正门北侧地下公厕，应当说是京城最豪华的厕所了，2002 年 7 月 1 日开放。厕所门口有两个坡道，一个普通游客用，并配有儿童专用扶手，一个是残疾人专用坡道。门上方是两个监控设施，这是为了服务残疾人，服务员可以由此把他们推到专门的残疾人厕位。厕所室内，有音响、塑料休息椅、擦鞋机，入口就是一个电脑控制的"厕位显示仪"，你可以很方便地寻找厕位，有红外感应水龙头，配有冷热水，洗手液。残疾人专用厕位，设计很合理，空间很大，有活动的不锈钢扶手，配有专门的呼叫器。还有儿童专用厕位，所有小便池上方都有一个小电视，室内装饰壁画，专职保洁员全天保洁，男女厕所的比例是 4 : 6。

肯尼亚，2001 年，学生们拿着马桶刷呼吁禁止飞厕运动。什么叫飞厕？在肯尼亚的一个贫民区，平均 1 万人才有一个厕所。人们方便的时候就用塑料袋解决，然后将塑料袋往外一抛。据说，晚上会不时地听到屋顶上物体抛落的声音。这就是飞厕。

故　宫：

大佛堂在慈宁宫北。佚名联：

兜罗佛手转金绳，永护坤维日月

优钵昙花开宝界，增辉震旦山河

这个兜罗一词，有点像北方某地的方言，收拾笼络的意思。佛手是南方的一种水果名，形状像手。金绳，是佛教传说，离垢国以黄金为绳，在道边划界。"金绳开觉路，宝筏度迷川(李白)。"坤维：地。"大火流坤维，白日驰西陆（张协）。"优钵：指"优钵罗"（梵语），植物青莲花名。昙花，又译为祥瑞花。宝界就是佛界。震旦：古印度语的音译，佛教经籍译为"震旦"，就是中国。

工地 十一　　建

阿　端：

《说文解字》建：立朝律也。

建，立也，指朝廷立法。会意字，国家法律，行之甚远，故从廴、从聿省。聿与建篆体极似。也有引长的意思。

恁说中国地方上的方言有多少？海了去嘞。建筑语言有这么多？也有？那得琢磨了。"鸟巢"有吗？"水立方"有吗？国家体育馆好像能感觉到什么，可俺有点说不清。一个建筑的语言要是丰富嘞，这个建筑就一定是好建筑。俺瞎说嘞。建什么？立什么？筑什么？

建筑说不清啥是方言，用俺们邯郸方言土话跟你白话白话。俺们把女人的乳房叫"美美"——恁可不能说俺淫秽，恁要这么说俺，俺用《说文解字》对付你："美，甘也，从羊从大，羊在六畜主给膳也，羊大则美。"老祖宗们把羊作为祭品为啥？羊肉最好吃，自古都把羊羔当庆贺、寿诞、生子宴席的主菜。羊皮可以做衣袍，羊奶能喝出壮体魄，羊是人类最早的衣食之母。母亲之所以伟大，是用乳汁哺育了后代，繁衍生存都依赖她。所以女人的乳房叫"美美"，可以接受了吧？！这也是"羊"崇拜的遗风。

还要俺唱一段？一定唱？好，俺把门敞开，现在休息，恁莫怕莫在意。

秦时明月汉时关，滚滚黄河蓝蓝的天，壮士铁马将军剑，旌旗半卷出长安。女儿柔肠男儿胆，滔滔热血汉衣冠。大漠无垠江湖远，暴雨惊雷夜如盘。美人泪，杯中酒，天下任，丈夫肩，风萧萧，路漫漫，情切切，意绵绵，生死盟，山河恋，君与臣，恩与怨，何必回头伤往事，且把风流唱少年。万里江山千钧担，守业更比创业难。

嗓子，不孬吧！记性？也不孬。说到记性嘞。前年年底，俺们邯郸一背晦老人买了几斤鸡子回家，打在碗里蛋白和蛋黄混混沌沌，炒出来没啥鸡子香味儿，下锅煮，熟嘞是硬蛋蛋。去检验，化学的，快赶上现代的炸弹嘞。鸡子壳漏用碳酸钙做的，蛋黄和蛋清是用海藻酸钠、明矾、明胶、食用氯化钙加水、色素做的。日得砍，要是多吃嘞，脑壳里跟蛋白蛋黄一样糊糊涂涂，变成痴呆变成傻子的。多坏！恁说这是干啥哩。

强的（同屋油漆工小伙子的名字）不用朵盘子，朵碗的，有勺有筷子，大盆就中，馒头也找个盆装来。饭熟嘞，尝尝俺们工地的饭菜，没吃过吧！啥？恁在建筑工地干过四年？当过建筑工人嘞，日得砍，瞅不出。想吃啥？窝头，恁是害口嘞。这时候没地儿弄去，窝头现在是宝不好找。从邯郸过来自打到这工地至今儿，俺和它还没见过面嘞。俺们把窝头叫窝的，有的地方叫黄金塔，过去是穷人穷日子的主食。娘跟俺说过这样个故事，自当传说：以前有个教书先生过年只能蒸几个窝窝头充饥，他贴出对联嘲哄自己：上联"人过新年二上八下"——包饺子俩指头在上边捏，其他八个指头在下边；下联"我辞旧岁九外一中"——做窝头时只有一只手的大拇指放在窝头眼内。

　　好玩儿吧！

曾　哲：

　　建有建筑的意思，有设立成立的意思，还有提出首倡建议的意思。现在提倡构建和谐社会，"建"是关键。

　　建一宫而三物成。（刘基）

　　古代天文学称北斗星斗柄所指为建。一年之中，斗柄旋转而依次指为十二辰，称为"十二月建"。

如：建寅（正月）；建卯（农历二月）；建辰（农历三月）；建巳（农历四月）……

有学者，把绘画称为视建筑；把文学称为意建筑；把摄影称为形建筑；把哲学称为思建筑。

有构建，就有解构。在解构主义设计军团中，有一位瑞士人叫屈米的学者兼哲人型建筑师，他认为：建筑功能与形式并不是两种界限分明的概念，而是可以互相混合甚至颠倒的概念。他的意思要"放弃建筑功能和形态"。他被指责牵扯过多的哲学思想，就像他设计的法国东北部的一个公园：规则自由，理性浪漫，被一种虚的网格形的结构所控制，同时又自由地结合了景致。

面临这么热闹的建筑观念，中国建筑设计怎么走？

"鸟巢"有人说，"水立方"有人说，这是正常的。

其实，中国建筑设计的思想在三千多年前的《周礼》中就有表述，所谓"前朝后室，左宗右社"。

秦阿房宫绵延八百里，唐长安城恢弘壮丽，宋东京汴梁繁华一时，元大都城让那个显赫一时的马可·波罗赞不绝口，而明清北京古城就成为中国古代都市建设的最后结晶，"象征着一个伟大文明的顶峰"（丹麦规划家罗斯穆森）。哦，满足一下。之后呢？再自我满足一下，"北京可能是人类在地球上建造的最伟大的单体作品，它的设计是这样的光辉灿烂，为我们今天城市提供了丰富的思想宝库"。几十年前，美国著名的城市规划学者爱德蒙德·培根实实在在地作出过这样的评价。

形式简单的后现代主义建筑其实很富有，新折中主义表现得淋漓尽致：历史的造型与符号，直接借鉴使用并赋予新的内涵。将古典的建筑风格及其装饰的特点进行夸大或变形，外观有时代感，

自然产生对传统的联想，主张建筑要与环境有机结合。具有个性，又拓展传统，呼应协调周围建筑。还具象征主义，用隐喻的手法暗示某种意义，或表达建筑的内容。瞅瞅，这好像要成为中国建筑时代的未来。

后现代的新乡土风格的出现，恰恰吻合东方文化的内涵。到乡村或土著建筑中去收集传统表现手法，使建筑出现乡土特色，无疑也要时髦起来。刘自明先生已经搞了二十年，到发轫的时候了。

后现代主义的建筑，贪婪地掠夺历史建筑语言中极富表现力的词汇，目的是突出历史的传承性，继而使用新型材料，为之造型形态的对比与变化，以此反映建筑观念。如此看来，后现代建筑风格，几乎就是独一无二的未来建筑设计的出路。都这么说，后现代主义不是没有目的，是有预见性的。建筑设计的诸位老师们啊，就像雅各布森把家具"悬浮"在室内一样，视线和界线不会被限定吧。

要想真正理解，必须与之生活。就像我们的环境无法表明我们置身何处，无法确认我们是谁一样。

故　宫：

天安门最早建于 1417 年，三年后落成。因完全仿建南京的承天门，所以开始叫承天门。当时只是一座黄瓦飞檐三层楼式，四面透风的五座木牌坊，其名取"承天启运"、"受命于天"的意思，被视为皇朝承天命敬天意之首地。

寿康宫在慈宁宫西，为前朝留下的太后、太妃和太皇太后的住所。御额："慈寿凝禧"。乾隆联：

庆叶瑶图，融和开寿域

祥呈阆苑，熙皞乐康衢

这是一幅吉庆合乎美妙的图卷，太平盛世开辟出融和的境界；祥瑞呈现在美好的宫苑，在康庄大道上为无限的光明而快乐。

朱小地：

我很后悔当年在清华学习的时候，没有花费必要的时间学习中国传统建筑，尽管当时对中国古建史和中国传统建筑构造有所了解，但只是停留在书本上。我曾在中国建筑学会的一次年会上做过题为《补课》的报告，将我对传统建筑的学习成果向在座的同行介绍，我相信只要潜心研究过传统建筑的建筑师，一定会被其魅力所吸引。我也意识到学习传统建筑文化一定要去考察，将自己置身于古建筑环境之中，才能有所收获。基于这样的认识，我利用节假日和可以利用的时间，开始了考察中国传统建筑的道路，先后对河北、陕西、河南、山东、浙江、安徽和江西重要的古建筑遗址进行了学习考察，也积极参与和领导了由国家文物局与北京建筑设计研究院共同组织的，重走梁思成古建之路——四川李庄行活动。

当然最吸引我的还是对北京传统城市空间的研究，这既是最精彩也是最直接的教科书。北京城特有的公共空间系统以及在系统中存在的建筑类型所表达的绝不是"形式"的问题，也不仅限于建筑学领域，而是文化的范畴，因此也具有传统的极高价值。所以，生硬地全面强化保护，以"不动"来拒绝现代文明的进步，是不合时宜的；强迫现代建筑冠以传统建筑形式的方法也是行不通的。我们只有对旧城空间所包容的文化传统加以理解，将城市的现代化发展和城市特征的彰显与文化的传统联系在一起，古城与老建筑的保护才能得到真正的重视。在此基础上形成的城市空间的现代化发展，才能走上健康的轨道。因此，在北京即将迎来 2008 年奥运会，城市再一次进入大规模建设时期的时刻，强化对北京旧城空间传统的研究，以指导城市的现代化发展，维护弘扬北京城所特有的文化特色，是十分必要的。

天人合一的思想是中国传统文化的集中体现，这一思想也被导入祖先对城市与建筑的认识方法，即将建筑和人作为一个整体来对待，形成了建筑与人的共生关系。自宋代以后少有的几部关于房屋建造的书籍中，均很少谈及建筑美学范畴的内容，说明我们的先人在理解空间环境时并没有将建筑作为人的对立面，以强调建筑形式之于人的影响力，只以一个轻松的"间"的组合来应对万千变化。因此过度追求单体建筑或城市形象的雄伟、奇丽，就如同用色彩和造型能力去评价中国画一样，不仅毫无价值，而且还会造成国人对城市与建筑认知方法的扭曲。

建筑与人之间的共生性特征，必然使建筑空间与人或人群产生对应关系，所以城市空间的归属性特征即显现出来。比如，四合院落空间属于居住在其中的一家或几家所拥有；胡同空间属于居住在其旁的四合院的人家所拥有；街道空间又属于四周的居民所拥有。因此北京旧城的城市空间是一个具有强烈归属性特征的多层次序列空间，这与西方城市中的市民广场有很大的不同。这一特征告诫我们，在城市中不能一味追求大规模的"景观"绿地广场，这不仅浪费了大量的土地资源，而且毫无归属性的环境也不会被市民所接受。归属性特征在城市空间形态上，直接得到充分体现。围合的院落空间，是北京旧城的机理。因此研究院落空间的现代化发展，营造多层次的公共空间体系，是摆在当代建筑师面前，亟待解决的重大课题。

吴之昕：

主桁架的钢构件在地面分段拼装之后，在高空借助支撑塔架实现对接。施工方引进了两辆 800 吨和两辆 600 吨的履带吊车，分别在场外吊装桁架柱与外圈主桁架，在场内吊装内圈与中圈主桁架。

整座钢结构吊装成后，在 8 月底适宜的温度配合下，合龙进行得十分顺利。"合龙并不算难"，设计人员认为，除了等待适宜温度，合龙工程并没有更多难以突破的技术关口。"难的还在后头。"合龙之后是钢结构工程的又一道关键工序：解除 78 个临时塔架给钢结构约 1.4 万吨的支撑力，让它独自站立。

支撑塔架的存在多少影响了其他分部工程的进行。"支撑塔架整个贯穿了目前的混凝土结构，只有把它拆除，才能进行混凝土结构洞口的封堵，才能进行 14000 块看台板的安装，才能进行看台内的装饰装修和机电安装工作。"2006 年 8 月 31 日合龙成功后，并没有太多时间来享受喜悦。2006 年 9 月 11 日，项目部为卸载做好了液压千斤顶、中央控制系统、监测系统等全部准备，并制定了十几套紧急预案。

严格来说，这是一个给主结构加载、给支撑塔架卸载的过程。"鸟巢"的钢结构在每个受力点上，依靠若干垫片与支撑塔架连接，卸载的过程就像汽车换轮胎一样，用千斤顶架起钢结构，抽出松动的垫片。在卸载过程中，结构本身的杆件内力和临时支撑的受力均会产生变化，支撑塔架的荷载逐渐减小，钢结构体系受力逐步增大。

78 个支撑塔架，按照设计的理论，计算出卸载后的挠度（塔架卸载后的沉降量），然后分成等比同比下降，但各方下降的绝对数量是不一样的，内圈降得多，外圈降得少。在计算分析的基础上，项目部将整个支撑塔架体系分为外、中、内三圈分圈进行卸载。整个卸载步骤分为 7 大步，每大步中又分为外圈—中圈—内圈—中圈—内圈 5 个小步，各圈在每小步当中等比例降低支撑垫片的高度，直至支撑完全脱离主结构。

7 大步 35 小步的卸载步骤在 2005 年 8 月正式确定后，设计方与施工方又在 2006 年完成了计

划方案，并编撰了厚厚的卸载技术手册，印了 500 本，层层交给每一个管理人员和工作人员。到正式卸载前，操作手册上已经明确落实了每个细节、每个人的责任。

事后回想，2006 年 9 月 12 日进行的两次空载调试相当重要。从中央控制系统，到信号系统，到工人的操作，到各方的配合，项目部及时发现并改正了好几个隐藏的问题。

2006 年 9 月 13 日上午，施工现场开始进行负载调试。项目部通过 78 个支撑塔架两侧的 156 个千斤顶把整个屋盖顶起了 2 毫米，用以测试千斤顶的真实反力。这一步设计师压力尤其大。"1 万多吨的屋盖整个顶起来，还不能顶太多，否则结构可能有变形的危险。"

2006 年 9 月 13 日下午启动的预卸载中，项目部尝试着先走了第 1 大步当中的 1、2、3 小步，即把外、中、内圈上的所有支撑塔架都下落了一档。每个卸载点上部署三名工人，一名负责拆垫片，另一名负责支撑塔架上的油泵开关，第三名管理人员负责记录操作进度与过程。这三小步的技术程序没有出现问题，加上上午负载调试中称重顺利，大家心里有了底。

随后的 14 日至 16 日，基本按照早上 8 点半到晚上 7 点的工作时间，每隔一个小时卸载一小步。卸载前准备的十多套应急预案几乎没派上用场，整个卸载过程有健全的监控系统，每一步卸载时关键结构应力状态、温度、塔架应力、反力、变形的监控数据都会即时传递到卸载指挥部，确保符合偏差后方可继续下一步。

按照设计要求，卸载后外圈总下降量应控制在 68 毫米到 286 毫米，中圈控制在 161 毫米到 178 毫米，内圈控制在 208 毫米到 286 毫米。2006 年 9 月 17 日上午，最后一步的内圈卸载完成后，内圈的沉降量刚好保持在了 286 毫米。

胡　越：

我们想通过这样的方式来决定这个建筑的体量和位置，刚才等高线已经定了位置，另外想把体量定下来。我们对它的户型做了一个外轮廓，根据看江景的方式我们把基本的建筑外形给它定下来，所以这样的话可以形成无论在设计的体量和高度，都有一个我们把条件再升华，最后产生了一个设计的结果。

第二个项目就是五棵松文化体育中心的配套设施，这个是在文化体育中心的北段，有一个 20 多万平方米的配套设施，这个我们做的时间比较长，我们变换了很多业主，做了很多。我们设想做完之后用系统参与很少一部分。我只是给大家讲一下这个过程，这个过程刚开始，我们对地块进行条件分析，另外通过条件分析，我们想形成一个评价和推导的系统，最后在系统当中把建筑的平面大概的外轮廓尺寸和外轮廓形状定下来，然后进行深入的设计。我之前简单介绍了一下五棵松体育馆，这个是长安街，这个是颐和园，五棵松在这儿，这个地点在新中国成立的时候是一块空地，当

时就想给北京老百姓提供一个娱乐健身的场所。这个地点在奥运期间一个是篮球馆，一个是棒球场，在赛后要把棒球场拆掉变成一个公园。这个就是现在的体育馆，然后是棒球场，这是一个临时设施。

因为体育馆已经定下来是这个位置不能动了，因此后面建筑的摆放就是一个问题。这个建筑当中业主提出几个功能，比如说有商业、办公等，尤其在北面用地紧张，这个图限高就是这么一个体量，根据它的各种可能性进行了评比，最后这种形状是最适合这个地和功能的配套，于是这个建筑做成两个龋齿，一个是在平面上，一个是在抛面上，做成双龋齿的形式。

第三个例子，我们做的时间比较长，从 2003 年 3 月份开始做，一直做到 2005 年的年初，这个我个人觉得构造比较完整一些，层次比较多，另外做得比较细一些，这个系统我们也做了一个构架，就是条件分析，取样，调研，之后根据结果进行设计，大概就是这样一个框架。

五棵松这个里面实际上就是一个体育公园，我们做的时候也分析了北京市和国内的很多场馆和设施，我们发现现在的体育场馆有一个赛后利用的问题，现在好像对体育场馆的赛后利用关心的人很多，也有很多文章发表，但是体育中心占地很大，对空地的赛后利用关注并不是很多，因此我们重点研究了一下这块 50 公顷的空地怎么用。当时调查的结果是，在目前建成的包括国外建的体育中心，实际上有大量的空地，主要是用于停车场。还有就是室外训练场地，这些地在比赛的时候都是人和车，但是在赛后的时候环境比较差，因为没有树，留不下人，这是对土地的浪费。因此我们想将它变成一个环境优美的体育中心，使用效率比较高的健身场所。我们分析了北京市体育健身设施，比如说现在外地也有相同行为，就是中老年人他们平时体育健身就是在公园里面，但是我们发现这里面一般造景的地占得很大，比如说颐和园水面就占了很大，同时还有山体，就是人上不去的。我想五棵松这块地比较平，又没有文物古迹，可以容纳更多的人到这里参与活动。

我们调研的时候发现很多公园不让人进去，就是活动很受限制，只适合中老年人，不适合年轻人，我们想在这里给所有人群提供运动的场所。这样我们想建立一个工作系统，这个系统就是一个套路，我在套路里面可以工作，而不至于迷失方向，这里面有一个基础，就是做了一个方格网，在这方格网上面种上树成了树林，之后下面所有的地都可以利用，可以停车，这是最基本的设想。

刘自明：

用一种自然心理功能语言来表达的"线条就是力量"夜以继日，创作设计哥特式建筑动感减弱后，通常倾向与结构本身无关的，更复杂的交错效益结构技术中的解脱，带来了两个后果。第一个后果，十分明显，那是消极尽管有一些精品但大都退化到纯装饰，哥特建筑极力追求典雅考究在晚期加强光的立体，分隔空间平面由此，使厚度减低。第二个后果，那是积极对当下的建筑师颇有教益，就是把动态线条，壳、薄膜撤离进行重新纪律最先进的现代结构也不把支点和中间分开，结构中将每种构件有机地联系建筑师，把外墙设计成了弯曲，以减低，整个体量的厚重感和负荷的根基致使对光影变化更加欣喜。曲线形檐口在隔断作弊，以冲淡大立柱的直意高度是神秘和显赫的征集。伟岸高耸，以炫耀中世纪强调垂直的超然意义当下周围的现代结构中可以把一些作品列举。铁塔控制高点的艾菲尔巴黎美国的索林大厦，这幢大楼演变了形式和新特奇。还有纽约大厦渥尔华斯夏特尔教堂两个尖塔在教堂群中鹤立鸡群，非对称和不协调是原则的对立城镇规划中每个必然的积极，造就社会学艺术创造力和建筑史结合的产区

三维反透视，四维分解法，对历史研究记载缜密而又周详，解决一切疑想互相依赖的历史责任和建筑创造力相得益彰，确定不移发扬光大理直气壮把平面分解成一系列正方形状。立面选择了一种模度，加个拱在正方形上并沿立面的长度方向，一再重复这个模度。一再强调一再重复，确定立场在中世纪建筑学上，府邸变化的壁孔和动态线角的飞扬，四射传统的光芒在透视中引入强烈的动感以及顺应三维空间的革命运动把四维空间的概况和二维平面分解方法作为多余东西加以排除重新组装，立体语言受到影响世界的眼睛，自觉不自觉地一个焦点一个焦点地移向，以致图像开始动荡破灭了对工业社会未来的幻想，我们越来越多地把注意力转向，史前现场人们和地球赖以生存的环境在急剧下降，下降的速度取决于人与人的交往但当下人与人的环境越来越脏，仅仅意识是懒汉懦夫，革命就要破肚开膛行为、图腾、文字、符号、禁忌，精神分析学和人类学考察原始人的榜样

被现代文明压制了的那些基本的和本能的思想。"零点"，意味着在建筑上
考虑所有最基本的情况，就如同人类激动人心地，建造历史上第一间草房

不仅夜总会还有革命者迫切进入地下，地下生命会提醒人们阳光照耀大地
坐落在支撑物上的建筑毫无必要意义，有人大胆地向世界提出这样的质疑
没有语言，人类无法交谈，不可能表达心意。是语言决定了我们唇齿相依
古典主义语言，是多少世纪以来唯有的经典的建筑话语。其他都没有经历
没有获得公认语言那种系统化的形似。共识共通共心理，古典规则的案例
具生命力但不代替古典规矩。现代建筑运动在反新古典主义行列举起大旗
浪费了大量的历史存遗，因为回避比重新解释来得惬意，无责任就不处理
为时不远了，完全会忘掉建筑语言的日期。大多数营造人员以及从事设计
只能窃窃私语，他们呼出毫无意义而又含糊不清的底气，常常唱词不达意
自己的思绪，他们什么也说不出而且也没什么可说的。我们面临严重危机
如现代运动的语言被抛弃，将无法惠顾那些使用古典语言的建筑师的原意
如用真正有说服力的语句，来系统地阐述现代观念被证明是不可能的过去
现代建筑将会走上一条自杀之旅，如此卑鄙的批评家和建筑师满足了希冀
摘掉我们所继承的旧文化枷锁必须付出极大的努力，但会带来解放的狂喜

董豫赣：

　　许多年前，我正带大一的学生做别墅设计，我要求学生虚拟自己的居住个性进行设计。某一天，一位主管教学的教授怒气冲冲地来告状——你的一个学生居然要在卧室里使用高窗。这位教授对卧室应当用什么窗有着或者个性的答案，但她要将它用成不变的标准来判断所有卧室。让我印象深刻的倒不是冒犯了教授的那扇高窗，而是一位女生为自己设计的卧室里的低窗——她将它藏在悬挑的床板下方，并计划用薄透的白被单盖住悬挑的床板，她假定那窗之光能让那白布单漂浮起来，她说这是她与假定的男友假定共享的浪漫之光。这窗床的漂白意象至今还常常在我眼前浮现，但我不觉虚幻——因为它质问了她个人的愿望——我以为她有能力解决未来她所遭遇的非常个人化的要求，但她后来出了国，还转了专业，成了中国第一位私人理财的女博士，成了美国某大学的教师。我虽觉可惜但对她的转行并不意外，按照叔本华对小说家的要求，我甚至相信她或者还能写写小说。

　　叔本华说：小说家的任务，不是叙述重大事件，而是把小小事情变得兴趣盎然，把原来肯定无聊的东西变得妙趣横生。

　　专业因为无能完全自足，就需要引入其他学科进行反身批判与刺激，跨专业的意义在于激活本专业已经僵化的边界或教

条了的核心，但常常出现的两种表现却是，要么将跨专业交流变成取消本专业的换专业，要么以建筑学的专业狂想吞并其他专业，这两种狂想在如今热门的城市研究的交汇处握手——用城市专业取代建筑的倡导者与用建筑专业来取消城市的妄想者济济一堂、畅谈甚欢。

北大一位对城市研究相当着迷的学生，用了半年的时间来调查城市里的"麦当劳"现象，我有点担忧她是否有能力提出问题并继而回到建筑设计，她总是以城市调查视角的特殊性来安慰我，她总是说随着调查的展开，问题总会出现的，设计总会开始的，但最终她的"麦当劳多半分布在城市主要干道附近"这一研究结论，让我难以断定它是建筑研究还是城市研究，我老觉得这是一个无须城市研究视角的常识结论。

去年，一位普林斯顿的毕业生安得森不远万里来到北大，义务帮我承担我并无兴趣的城市研究课，我特别感动，我旁观了他整个严肃且严格得让人感动的教学全过程。期末时候，我们一起坐在咖啡厅里，我眼见他眼里一贯的热情退晕成茫然，听他用他所收获的磕巴的中文说他发现我的学生们几乎丧失了在过程中发现问题的能力，于是结果就是问题没能提出，设计无从开始，城市研究就以资料的收集草草告终。

赵小钧：

社会舆论有些说法刚才我已经提到了，我就不一一讲了。刚才提到了在北京的东西就是发霉，因为"ETFE"的稳定性比玻璃还高，所以从这种情况来看的话，"ETFE"发霉是不太可能的事情。这是一个效果图，这就是我们的"泡泡吧"。这是当时做的模拟形状，这个是很大的。这是一比一的实物，当时测试的颜色，测试拓宽的一些模型，所有的板我们做了几百个，这几百个板有什么意义？就是不同的图层，不同的图案，不同的颜色，它的热学等等的一些指标应该是什么东西？最后选择了什么样的组合？因为从外到里，我们最多的是七层膜，最少的是四层膜，所以我们在技术上必须要有大量的实验。这是在屋顶需要保温的情况下一种膜的状态。这个状态是我们现场做投影时候的一些画面。像水轮，也可能有一些图案，这些投影在内部的很多地方都用到了。

这是在做物理实验的时候，做冲压、挤压测试硬度关系。然后是夹具，简单地说就是把两层膜夹起来。刚才一开始讲基本关系的时候，就讲到了关于两层膜，关于室内热能的处理方式，在夏天的时候，它基本上是这样一种控制方式，冷空气进来，然后冷空气再走，把直射光的热量带走。然后在冬天的时候会让辐射进来，然后再让加过热的热气反进来等等，这是不同情况下的热能处理方式。然后还有一些自然通风的做法。像一些噪声的控制，这是自然通风隐藏在"ETFE"下面的一些设备，我们还做过很多热能的计算机模拟，这些软件都是国内最先进的或者说直接从国外引进的。我们在设计的时候，这方面的投入是很大的。因为"水立方"整个的设计从我们公司的财务账上来讲我们是赔本的，而且赔得不少，就是这样的一些工作。这样的软件我们拿到加拿大做了一些实验，

这些工作看上去不是百分之百的，但是它带来了工作的顺畅，因为有了这样一些基本的数据，每一次专家会我们就过得非常顺利，这里面的好处是非常巨大的。因为这个过程里面我们真真切切地接触到了，各个技术领域世界上最高端的东西。这种积累对一个公司来讲，我觉得这是我们干十年都做不到的一种状态。

这是固定的通风口，这是做声学实验，做一个很大的洞口，底下放一个膜，上面放了一些水，然后再做一些声学的处理。

比"鸟巢"争议更极端的例子还有库哈斯设计的中央电视台新台址。做"水立方"的时候，我更多想到的是一种策略，从大众的接受程度、中国的社会文化和北京的潮流来寻找设计的感觉。我评价其他建筑也是依据这个角度。

赫尔佐格在毫无依托的背景下凭空创造出一个"鸟巢"，这种创造性思维是我做不

到的。然而从个人感觉而言，我不讨厌这个建筑，也不喜欢，只能说它不是一个败笔。这是一个很好的创意，但无论是赫尔佐格还是库哈斯，他们不可能完全理解中国人的文化心理，他们按照西方人的思维创造了一种很张扬很有冲击力的建筑，在中国的文化氛围里得不到好评也是正常的。但他们同时也打破了中国人思维的一种禁锢，这个设计对我们业内冲击非常大，可以说，我们是看到了"鸟巢"，才敢做这么一个设计，也因为有了"鸟巢"，"水立方"变得更容易被接受。

白天仓：

"水立方"的节能，不仅仅体现在水资源上。为了节约能源，北京在奥运场馆建设中选取了3类126个项目，采用高效节能光源，其中，国家体育场"鸟巢"和"水立方"，是节能技术方面科技含量最高的两个项目。

"水立方"没有窗户。为了节约能源，"水立方"采用了两种方式来组织自然通风：一是在气枕墙面和地面之间留出一圈空间，安装通风百叶；二是在场馆顶部将个别气枕升高70至80厘米，在四周安装通风百叶，利用空气压差来形成风流。

钢结构墙体的厚度3.472米，屋顶厚度7.211米（这也是结构基本模型，十二面体的基本尺寸）。内外双层气枕之间的空腔里，设计了通风系统。在比赛大厅和戏水大厅，泡泡结构和地面之间，设计有通风空间。

"水立方"合理组织自然通风，循环水系统的合理开发，高科技建筑材料的广泛应用，都共同为场馆增添了更多的时代气息。

经过优化的五棵松体育馆，取消了原来场馆上部的商业配套设施和外立面的四面大屏幕，建筑面积由原来的11.9万平方米减少到6.3万平方米，用钢量大大减少。另外，体育馆的竞赛层比以前抬高了近8米，观众大厅的入口抬升至地面，环行车道、下沉式广场和隧道也都进行了简化。调整后的五棵松体育馆估计可以节约造价5亿多元人民币。

功能简化后的五棵松体育馆，能容纳18000人的规模和首体、工体相同，但体积要小。如果场馆体积大，对混响时间的控制就比较困难，体积小就容易得多，进行各种声场的控制如吸声、隔声等，效果都要更好一些。这样，将来如果要举行音乐会或是开会的话，里面的声音条件就要好得多。

体积小的另一个好处是比较节能，这点很容易理解。就比如空调是体育场馆中耗能非常大的部分，使用同一台空调，50平方米的屋子肯定比100平方米的耗电要少得多。

在国内，同等规模的体育馆都是综合性场馆，为兼顾多种项目赛事，馆内的比赛场地面积一般比较大。由于五棵松体育馆是奥运会篮球馆，这个前提条件的存在使它在功能上更加偏重于篮球，所以馆内比赛场地较其他同类体育馆要小。当然，像羽毛球、手球等比赛五棵松体育馆都可以兼容，

但与国内其他大型体育馆相比，它却是一座更加"地道"的篮球馆。

除了正式比赛场地，馆内还有一块热身场地，有两个篮球场那么大，是为运动员在赛前训练热身用的。比赛场和热身场是紧挨着的，使用起来很方便。

更衣室是场馆的重要组成部分。五棵松体育馆的更衣室要比其他场馆大得多。过去设计过的体育馆，更衣室的面积一般是60多平方米，而五棵松体育馆有6套更衣室，4大2小，大的面积可以达到130平方米，小的也有40平方米。两个小更衣室是为热身的人员准备的。

除了这些，五棵松体育馆还有一个国内其他同等场馆很少看到的设备——斗形屏。斗形屏可以说是一个多面体的显示设备，悬挂在场地中央的正上方。离场地较远的观众可以清楚地从它的屏幕上看到场地的情况，而它上面的6～8面屏幕可以照顾到各个角度的观众。

由于奥运会对场馆的要求，使五棵松体育馆的设施比其他同类场馆高出一筹。建筑师认为，从硬件上说，五棵松体育馆绝对是国内最好的。

厕 所：

故宫的楹联多，我们厕所也不少：

1. 天下英雄豪杰到此俯首称臣

世界贞节烈女进来宽衣解带

　　横批：天地正气

2. 脚踏黄河两岸手拿机密文件

　　前面机枪扫射后面炮火连天

　　横批：爽

3. 大开方便之门

　　解决后股之忧

　　横批：众屎之地

4. 有小便，宜

　　得大解，脱

　　横批：鞠躬尽瘁

5. 来前百步紧

　　出后一身松

　　横批：愉悦身心

6. 静坐觅诗句

　　放松听清泉

　　横批：清静世界

7. 最适低吟浅唱

　　不宜狂轰滥炸

　　横批：讲究卫生

8. 小坐片刻，便会放松意念

　　清闲一会，即成造化神仙

　　横批：世外桃源

　　著名评论家朱大可先生的文字，从文学转场到建筑以至厕所，他在《经济观察报》上说：1923年的冬天，当卡夫卡坐在厕所里时，他说出了关于马桶的真理。传统的厕所意味着反面的性感：肮脏、污浊、臭气熏天，在视觉、触觉和味觉等所有方面，都构筑着一个反转的公共卫生神话。

　　基于厕所的这种逻辑限定，出恭就是不恭，就是对身份和礼仪的一种冒犯。或者说，出恭就是身体的一次卑微而隐秘的书写，身体的欲望推动了它，从而获得了一种不可言说的经验。它的畅快性荡漾在臀部和马桶之间。出恭解除了身体的困厄，它是一次肛门的缓慢的咳嗽，但它始终是所有欲望中最难以启齿的欲望，卑微、细琐、下贱，甚至有点可耻，却注定要在如此暧昧的身体学语境中成为我们每天必须从事的功课。只有弗洛伊德才会坚持把这种操作视为人类性欲的组成部分。它有时甚至与形而上的崇高事物相关。马丁·路德·金曾经在马桶上看见过上帝。就在那个器具的上空，美国民权先知触摸到了精神的奇迹。

故 宫：

养心殿在隆宗门北，西六宫南，为皇帝居住和进行日常政务活动的地方。"养心"二字是借用孟子说的"存其心养其性以事天"一语。殿内悬有雍正帝的御额："中正人和"。1861 年，西太后在此搞所谓"垂帘听政"。1911 年辛亥革命爆发后，隆裕皇太后（光绪后）在此召开御前会议，决定签署清王朝下台的诏书。1912 年 2 月 12 日，她在东暖阁宣布清帝退位。阁有佚名一联：

无不可过去之事

有自然相知之人

告知人们，一切杂事都将过去，一定会有情投意合的人。一个老天之下万人之上的位置，都可以退下来，人何不能?！万难困扰包括生命都会化为乌有。

工地 十二　筑

阿　端：

《说文解字》筑：以竹曲，五弦之乐也。从竹，从巩。巩持之也。

筑又名竹曲，筑曲，据说是具有五弦的弦乐器，亦有称为二十一弦，十三弦。会意兼形声字，以竹、巩示意，巩像持物之形，表示击时要以左手持之；竹又是声符。

自打你开通了俺，读书之外俺见天很注意咱奥运建筑的情况，尤其和咱颜色密切的。中央美术学院有个叫王敏的教授厉害得很嘞，他们在做北京奥运会核心图形的设计。2008 年北京奥运会举办时，从各类标志到吉祥物，从环境色到核心图形，从单项体育标志到各类宣传品，所有的奥运景观都是一个统一的整体，这样就能突出奥运会整个的形象。

俺写在这里了，俺给你念：奥运从准备到举行有一个很长的过程——比邯郸到北京要长多嘞。在这个过程中要有很多活动，也有很多材料要设计，需要一个视觉形象来将所有的奥运视觉元素连接在一起，这就是奥运会的核心图形。——恁去过雅典，恁说过雅典奥运会就有一个十分明确的核心形象吧？这个核心图形自始至终，都在用来塑造一个完美的、和谐的奥运形象。

——咱吃，咱现在的核心是吃。吃吃。

核心图形和吉祥物是一个样的，都是奥运会视觉元素的一部分，眼巴前的事。设计成功的核心图形对北京奥运会意义很大嘞——要传播中华文化、提升北京在国际上的形象、推动市场开发的顺利进行、推进中国设计文明的进程、提高城市艺术品位、塑造美好的城市形象。——俺听着心里都激激昂昂的。

恁看看，这么多讲究。核心图形设计目标图得不仅要表现永恒的奥林匹克运动的追求，还要表现出中国对北京 2008 年奥运会的独特理解，还要表现出中国、北京的独特形象和精神，体现悠久历史的北京正用崭新的面貌进入新世纪的决心，传播"同一个世界，同一个梦想"的奥运会主题和"绿色奥运、科技奥运、人文奥运"的举办理念。——俺这几个月的文化，可做深嘞。

作为北京奥运会形象的基础元素之一，专用色彩系统的作用是确定北京奥运会的基础色彩、辅助色彩及主要色调，营造北京奥运会形象与景观的独特视觉环境。"奥运色彩的运用，既要体现我国优秀深厚的民族文化传统，凸显生机勃勃的国家形象，又要体现现代化、国际化、人性化的全人类的共同追求，同时要充满动感，要突出奥林匹克更高、更快、更强的体育精神。"

中国红：红色的宫墙，红色的灯笼，红色的婚礼，红色的春联……红色是北京的颜色，也是北京的象征。从古至今，北京的生活中充满红色的装饰主题。红色是激情和运动；红色是喜庆与祥和；红色是民俗与文化。这样一来，红色构成嘞北京奥运会的会徽颜色的主色。

琉璃黄：黄色的琉璃瓦，金秋的树叶和丰收的农田，是北京最亮丽的色彩。"琉璃黄"代表着北京独特的自然景观及人文与历史的精彩和辉煌。黄色在中国的色彩文化中具有崇高的象征意义，将在奥运会专用色彩系统中扮演明亮与欢快的角色。

还有"长城灰"、"青花蓝"、"国槐绿"等等。——前面说到的"鸟巢"就是灰色的，北京城市整体的色彩也是以无彩色的灰色调构成。这个色调一是能够体现蜿蜒起伏的万里长城和掩映在绿树丛中的四合院民居；二是能衬托皇家"红墙黄瓦"，从而将北京的历史地位展示得更加突出、鲜明；三是能使北京具有浓郁的现代感，灰色是北京奥运会色彩系统中独具魅力的元素。

——俺不能再背书嘞，再背下去恁不说啥，读者要大呼日得砍嘞。

曾　哲：

筑，是建筑的意思，也是贵州贵阳的别称。贵阳为什么简称筑，看一下繁体字大致就明白了：築。据说古代贵阳盛产竹子，因"竹"与"筑"谐音。这么看来就不如《说文解字》了。筑室道谋：自己造房子却要和过往的路人商量。比喻自己没主见或者毫无计划，东问西问，结果人多眼杂嘴杂，不能成事。

虽然"鸟巢"主设计师说他们不追从任何潮流，但还是在后现代建筑理念中徘徊良久，最终找到了出路。毫无疑问，后现代主义首先出现在建筑领域。在20世纪50年代现代主义日渐衰落的情况下，后现代主义的文化思潮开始逐渐盛行。

在中国实际追捧和推崇这种建筑风格，也就这几年的事。它强调设计有历史的延续性，继承发扬又不拘泥传统的逻辑思维方式。探索创新造型也讲究人情味，而且在不失众望的情况下追求个性化。改革开放多年后，那些使用者或业主受教育的水平在迅速提高，他们的欣赏或假装喜欢都可以理解。

为什么还要说后现代建筑风格，是因为这种风格在今天和未来很长一段时间，其他的建筑风格都无法替代。夸张变形，古典的元素与现代的符号，新的手法融合，造成语言无以复加的丰富。建筑学学者刘自明先生归纳：后现代建筑用非传统的混合、叠加、错位、裂变及象征、隐喻等手段，以期创造出一种融感性与理性，集传统与现代，糅大众与行家于一体的，亦此亦彼，非此非彼，此中有彼，彼中有此，双重译码的设计风格。这一切的一切，中华大地，建筑设计师，业主或是使用

者，大家慢慢地消受吧。

在希腊神庙问题上，诋毁与顶礼膜拜共存。忽视内部空间是无法避免的缺陷，但这一缺陷竟然产生了一种魅力，同时它创造并具备了高超的无与伦比的人体尺度的绝妙应用。缺陷制造魅力，我随意性的一句话，被某人标榜为，继承发展了神庙古希腊主义。

2006 年 10 月，我出差到希腊雅典，然后抵达意大利，观摩建筑和奥运建筑。从北京出门时，我刻意在行李箱中，装上一本阅读了三分之二的《建筑空间论》，准备遇到无聊时打发无聊。2006 年 10 月 16 日乘船去意大利的途中，我有意又无意地拿上这本书去了酒吧，在靠近轮船的栏杆坐下看海。身边一个头发乌黑大眼睛亮晶晶的高个子的女人，用标准的汉话和我招呼。没等我礼节性地回应完她，她就像发现了新大陆一样，盯着我手中的书，两倍于招呼地高声："您在看塞维您在看塞维。"简直这就像一个童话，或简直就像一个阴谋。在后来的聊天中得知，她叫古琴娜塔，在北京清华大学读了三年建筑。是 1998 年 5 月 28 日，罗马与北京结为友好城市之后的第二个月，来到中国的，前后待了五年。她说她非常喜欢塞维还很中国幽默地说："我几乎爱上了这个老同志。"她告诉我，塞维这时不在索兰托就在罗马或者那不勒斯，他只在这三地居住生活。我很高兴，这三处都是我要去的地方。当她说她出生在佩鲁贾时，我恍然大悟为何面熟，她太像莫尼卡·贝鲁奇，出生地、黑发、身材，甚至年龄。我说是《西西里的美丽传说》女主角，她摇头；我说《真爱伴我行》

她才明白，说英文是"Malena"。后来我听她说了一句姐姐，就追问是您的姐姐？她笑起来。姐姐姐姐姐姐姐姐，她这么说，我就糊涂了。

但对《建筑空间论》一点不糊涂。作者布鲁诺·塞维，意大利人。1918 年出生在一个古老的犹太大家族。年轻时从事过反法西斯斗争。1939 年离开意大利，1941 年在美国哈佛大学建筑学研究生院获得硕士学位。1943 年返回意大利，在威尼斯和罗马大学讲授建筑史。他在自己的著作中抨击了用绘画和雕塑等造型艺术的评价方法来品评建筑的现象，强调了空间是建筑的主角，应运用"时间——空间"观念去观察全部建筑史。

在意大利，在幽静的小巷里，在闲散的街头酒吧，看见白发苍苍的老人，我都会长时间地注视一会儿。那天我确定，我看到他了，像古琴娜塔跟我描述的塞维一模一样。

那是在地中海岸的一个花园边缘，面对着大海，我坐在一条长椅上喝了口水，然后开始发呆。背后是盛开着紫色红色花朵的树丛，清香弥漫。洁白的海鸥像闪亮的银线，把湛蓝的天空划开，缝合，缝合，再划开。一个老人，一个满头白发、粉色脸庞的老人，一身休闲打扮，拎着一个乌黑的拐杖，蹒跚地从我面前走过。当他淡蓝色的身影要走过我的视角时，我突然无声地在心底呼唤了一下他的名字：塞维。他竟然侧转身，摘了一下帽子看看我还笑了笑。抡起拐杖指指天空，指指大海。

步子还是那么缓慢那么蹒跚，在海岸线的拐弯处，他再一次站住摘下帽子向我挥动了一下后，倏地消失，如同消失在海潮里。在他消失的同时，我身边的花园也消失了，只有大海凝固的湛蓝，在慢慢升起，升起成一座巨大的建筑。潮水一样的交响乐，轰然于大脑。

良久我回过神儿来，回味着老人拐杖的指向。他的指向，什么也没有，空荡荡的没了海鸥没了大海的建筑。如同他走过的海滩，连脚印都没有。换句话说，你留下脚印，又能如何？

每个海滩都有自己的脚印，每个城市都有自己的故事，每个老人都记忆着述说。不管是文学还是建筑，愈向边缘愈会感到不安，如同设计，推向边缘的过程，是最激动人心的。

两间房子可以支撑一个家；一块土地可以支撑一片花园；一粒沙子可以支撑一片海；哪一个建筑可以把我们的精神支撑起来？那个叫刘自明的说，一切都未曾确定，因此才充满了活力和生的欲望。

故　宫：

清顺治八年，重修承天门。改建后正式命名为天安门。其建筑面积 2000 多平方米，60 根柱子雕梁画栋，金碧辉煌。城楼上东西各建 3 间黄瓦红墙、红窗的小房子，是护军之所。城门洞五个，即所谓的"五阙"。券形门洞大小不一，中间的最宽：高 8.82 米，宽 5.2 米，是皇帝专用。旁边门洞宽度依次为：4.43 米和 3.38 米。

天安门是谁设计的？据记载：1417 年，也就是天安门始建之年，蒯祥才被入选，而后得主持工程的建筑师蔡信、杨青所器重。最起码天安门，不是蒯祥设计的。

我们博物馆古建筑高级工程师，年近古稀的于倬先生说：过去大多数人都认为曾经主持建造南京宫殿的蒯祥是紫禁城宫殿的设计者，这个说法不确切。其实，蒯祥只是施工主持人，设计人应该是蔡信。永乐十五年紫禁城宫殿开始进入大规模施工高潮时，蒯祥才随朱棣从南京到北京，开始主持宫殿的施工，在此之前，蔡信已完成了故宫和北京城的规划设计。

与督工蔡信同时负责营建宫殿工程的还有瓦匠出身的建筑师杨青、石匠出身的陆祥；在他们之后又有了木匠出身的蒯祥、郭文英、徐果。宫殿竣工之后，蒯祥得到提升，但蔡信榜上无名。要是让我说，故宫是蔡信设计的，蒯祥等人在后来的建设过程中，作出了设计建筑的努力和贡献。在设计和建筑上，不能混淆。

西华阁在大佛堂的北面，太极殿西边，过去是妃嫔们的供佛之处。有乾隆一联：

般若慈源，远通华海汇

菩提觉路，妙转法轮圆

应该这么解释："般若"是梵语，是智慧，三藏法师名。也指通过智慧，可以到达涅槃彼岸。"慈源"就是"慈航"，佛教指菩萨大发慈悲，普度众生脱离苦海。比喻为船也可以。"华海"是佛海，比喻教义深广。菩提：佛教用语，译为道和觉，指对于真理觉悟的境界。觉路：佛教称正觉之路，就是觉悟之康庄大路。"法轮"是佛法的别称。佛教认为，佛法能摧破众生恶业，犹如轮王之轮能辗转推平山岳岩石，所以叫法轮。还有一说：佛教说法不停止于一人一处，而是辗转传入，犹如车轮。

朱小地：

多层次的序列空间之间，被明确的提示空间转合的处理得到加强。北京旧城中的牌楼、门楼、影壁、垂花门、游廊、门槛等一系列标志物，都在界定着不同层次的空间，人们在其间的活动受到相应的限制。老北京人，就是在这样的空间环境中得到无声的，形成特有的文化。其含蓄的韵味与西方建筑学中的流动空间的概念，显然有很大的差异。

建筑设计行业是一个特殊的行业，在这个行业中建筑师无疑是最活跃、最具潜能的生产因素。因此，建筑师普遍被认为是自由职业者。也就是说建筑师是通过自己的创意、技术、品格等方面表现出的能力，来获得业主认可的。而这些能力，完全由建筑师的主观能动性所支配。所以，建筑设计行业发展的原动力，是建筑师的敬业精神的发挥。这是我们这个行业天经地义的规律。

我们并不拒绝合作，但在广泛的合作过程中我们必须时刻保持文化自觉的意识，将我们所学到的东西，牢牢地植根于自己的文化脉络之上，丰富我国建筑文化的内涵。

倡导合作，必须意识到建筑产品的文化层面对于社会、对于城市的意义。建筑是一座城市文化延续的现实，也是这座城市未来文化的历史。建筑绝不是"时装"类的东西，以期用建筑来标新立异，迟早会落后。不懂得这一点，就是缺乏文化的表现。认识到这一点，合作设计的目的和意义，才真正会清晰起来。

国际合作能够健康地发展，有赖于中国建筑师、特别是青年建筑师对中国文化传统的研究深度，除了对建筑外在表征的学习之外，还需深入理解建筑传统形成的社会、经济、文化环境，以及建筑所传达的理念。不仅要从书本上对中国建筑历史有一个全面的了解，而且一定要通过考察实例，做亲身体验。因此，这绝不是短时间内所能达到的境界。不能理解和把握传统文化的内涵，在合作设计过程中，只能用诸如龙形、太极图、生肖图等肤浅的形式去"配合"别人的设计，也就不足为怪了。

多年来中国建筑界的各种争论，都随着时间的推移烟消云散了。近一段时间，面对国外设计公司送来的、对于我们已经薄弱的文化环境，以"摧枯拉朽"般冲击的设计方案，虽议论鹊起，但声音却是杂乱无章的。倒让洋设计，看了中国建筑师的笑话。究其原因，就是我们建筑师还没有真正的勇气，进入"社会体系"讨论问题，完全从个人在学术上的理解和好恶去参与争论。争论越多，项目"越夺人眼球"，越具轰动效应，这绝不是我们所期待的。

文化发展是需要投入的，绝不是仅仅依靠市场竞争即可以完成文化的延续，况且我们的竞争环境并不理想。要做到这一点，必须依靠市场的秩序与导向才能实现。当前最重要的是行业的联合，为我们的生存环境呼喊，为我们的建筑文化的生存环境呼喊。试想一个不能被社会正确理解和认识的行业，能够在社会中健康地发展吗？所以，面对激烈的市场竞争，设计行业应有统一的声音，以促进各级政府和市场管理机构，从国家建筑文化战略的高度提出解决问题的整体方案。否则一切围绕设计企业改革的研究与尝试，都将回到原点。对于某些人来说，只不过多挣了几年钱而已。

吴之昕：

主结构受力之后，不能再进行大规模的焊接。为了加强主结构在安装与卸载过程中的侧向稳定性，立面次结构的杆件已经在前期安装立柱与桁架的同时安装完毕，卸载之后，还需完成的只剩下肩部与屋顶次结构的安装。

这座钢筑"鸟巢"顶面上未安装的次结构构件有近 7000 吨。如果在卸载之前就将这批次结构构件也安装上去的话，它们将在卸载之后跟主结构一起受力，为此必须加大用钢量。此外，如果先行安装顶面次结构，则支撑塔架的拆除时间、混凝土结构最终完成时间、预制看台板的安装、室内装修工程及机电设备安装进度都将受到影响。

出于节约钢材与工期的考虑，中国建筑设计研究院决定在完成主结构的支撑卸载之后，再将顶面次结构构件作为不受力的纯荷载安装上去。但随之而来的疑问是，卸载后的"鸟巢"钢结构由于自重产生了变形，那么已经在加工制作的顶面次结构构件是否还能满足精准的对接？

实验室已经完成了顶面次结构构件安装偏差的评估。根据他们的测算，顶面次结构构件在安装时将会遇到的偏差有构件加工偏差、温度变形偏差、安装偏差、主结构落架变形偏差，甚至安装次结构构件过程中，主结构再次变形产生偏差。这其中，"主结构落架时的偏差、温度变形可以算，其他偏差则无法计算"。复杂的综合偏差使得实验室的专家，也难以保证测算结果可以满足矫正次结构构件的需要。

做了一年多的准备工作，做了大量的分析计算，在安装过程中也要做现场测量，这些问题都会在地面消化掉。次结构构件在深化设计时都被做得比原设计短，并在末端留出可伸缩的活动头，用以防备偏差。按照工期安排，2007 年年底安装完顶面的次结构构件之后，整个"鸟巢"的钢结构将完全成型。

"鸟巢"基本参数：

钢结构屋面呈双曲面马鞍形，最高点高度为 68.5 米，最低点高度为 42.8 米；平面上呈椭圆形，长轴最大尺寸约 333 米、短轴最大尺寸约 296 米；屋盖中部的内环呈椭圆形，长轴约 190 米，短轴约为 124 米；大跨度屋盖支撑在 24 根桁架柱之上，柱距为 37.958 米。

屋顶主结构均为箱形截面，上弦杆截面基本为 1000 毫米乘 1000 毫米，下弦杆截面基本为 800 毫米乘 800 毫米，腹杆截面基本为 600 毫米乘 600 毫米，腹杆与上下弦杆相贯，屋顶矢高 12 米。竖向由 24 根组合钢结构柱支撑，每根组合钢结构柱由两根 1200 毫米乘 1200 毫米箱形钢柱和一根菱形钢柱组成，荷载通过它传递至基础。立面次结构截面基本为 1200 毫米乘 1000 毫米，顶面次结构截面基本为 1000 毫米乘 1000 毫米。

设计总用钢量约 42000 吨。钢板的最大厚度 110 毫米。当钢板厚度 ≤ 34 毫米时，采用 Q345C 钢材；当钢板厚度 ≥ 36 毫米时，采用 Q345D、Q345GJD 钢材；局部采用厚度为 100 毫米和 110 毫米的 Q460E-Z35 级钢材。另外，桁架柱内柱由菱形截面向矩形截面转换处采用 Gs-20Mn5V 级铸钢件（C19 桁架柱除外）。

胡　越：

在基本的设想之下我们对场地本身进行了分析，这分析主要包括周围的现状、道路，根据这些调查的结果我们在北京选取了九个样本，跟它有近似的，比如说树林我们选天坛，根据这些选出样本，之后有十个人在十天里面天天去调研，其中有一个人在一年时间里面对它跟踪检测，这样形成了一个大量的数据表，根据调研报告我们进行数据分析，这样得出很多人们行为包括人的锻炼方式的结果。在这个结果基础上我们做了一次软件工程师，编了一个软件，这个软件就借助于这个系统自动的基础，接着我们把五棵松场地的条件定下来，人的出入方向定下来，我们把这些条件设计之后对这块地进行了预算。

我们根据各种因素限制调整为六米的网格，我们在这里面提供最大的可能性，在这网格里面可以有多种组合，我们做了一系列的标准，业主可以根据实际情况将来进去进行改动。我们主要设计里面有树，通过树想调整改善小环境的气候，以保证人们在里面锻炼健身能够更舒适，这样形成了我们绿化分布的结果，比如说种不同种类的树怎么利用分布。

　　还少量种一些草，这样把地面基本的设计通过这样的方式做完了。在这里面红方块是体育馆，这个体育馆前面有一个大广场，这上面没有种树，实际上这个将来我们想形成文化中心，把体育馆作背景，夏天的时候可以演出节目。我们对场地也进行了设计，在场地上做了一个景观，然后通过编织的方式把场地和多功能地形成类似图上的体育公园，就是在里面可以进行体育健身，最后形成体育广场的概念。

　　我们把里面的设施，比如说西面有公共厕所，有小卖部等整个做进去以后，把所有的东西叠加在一起，最后形成了这么一个体育公园的设想。

　　通过这几个尝试，我想工作系统实际上就是由主要设计师做一个程序，然后所有的人包括业主在这个程序里面玩。我想提供这样一个新的方法和新的思路，也许它能产生一个新的结果来丰富建筑设计的领域。

刘自明：

　　　　四维空间概念，完全彻底可以结束探索建筑空间维度特性的分析研究思考

　　　　没有一个建筑，不需要第四维空间，不需要入内察看的行程所需要的时效

　　　　建筑让你面临不同的具象，察看建筑要进入连续的视角，四维就可以再造

四维空间是你赋予了实在和可靠。每人熟悉的一种体验是建筑容积的外表
空间现象，只有在建筑中才能成为现实具体的你要，也就构成建筑的特兆
明确凡没内部空间的都不能算建筑这是必要。方尖碑凯旋门，门楼和大桥
机械的表现方式若不把诗意的观念加以强调，就无法传达空间真实的感召
无论是体积还是墙体墙角，都构成边界构成空间，是延续中的不断的歇脚
建筑的本身形成建筑内部的空间，而建筑周围环境是由外部的空间所构造
这不意味着建筑的评价完全在空间效果思考。主张内部空间是建筑的精要
有机建筑运动更注意空间的实效，欧洲功能主义，则对建筑容积效果强调
建筑历史主要是空间概念的史料。对建筑评价是对建筑物内部空间的塑造
空间既空的部分应当是建筑的主角，不仅是对生活的反映表态描述和写照
建筑有比四维空间更多的空间度量。其感受可以通过无数不同的路线寻找

以场馆为例：或你作为观众或你作为运动员或你作为灯光师或你作为摄影
空间被你穿越，四维所能诱发和你能把握得到，是亲身体验的动态的成分
如此等等，你不仅仅已经是这个建筑机体的部分组成，而且是它的度量衡
恰如你站在圣彼德大教堂之中，你八方感觉有上千个视觉感受的反复回应
古希腊建筑单一的体裁手法难以对比古罗马建筑包含的空间形式的多样性
尺度恢宏，拱和券的新结构技能，已把梁柱降级到仅充当美化装饰的代名
这代价是古希腊雕刻纯洁之风格的牺牲，换取得来了无与伦比的建筑高峰
至此古罗马建筑风格之风，成为了当时欧洲建筑业的最流行的用语和尊崇
构思是静态的，无论空间的圆形还是方形规律都是对称。但空间与之相邻
绝对是各自得逞。厚重的分隔墙，越发加倍强化了独立功能的标榜和宣称
建筑构件的巨大，似乎从不问津，如何运卸如何安定，如何适应人的习性
一座古罗马浴场与一座古希腊神庙对比，说明封闭空间与围合空间的不同
特征：以有格律的间距把建筑所有部件组成个完整，重点骨架，冷淡表层
放弃珠光宝气奢华的拜占庭，使结构形体粗壮的男性般的特性强健而纷呈

无目的漫游的乐趣游牧的自由方式，如草原留下狼群，必须恢复生活本质
学院派，主观地将和谐视为法则，把不协调性看做例外的先入为主的偏执
罗马遗产干扰现代建筑，混乱的现象比比皆是。真正的遗产不能无睹熟视
系列功能原则要求设计方法称职，是中世纪文化工艺美术运动新罗马形式

形成一个有修养的又是大众化的语言，要与此同时，对应找出发源的地址
在发展过程中控制。中世纪的经验，仍然为我们今日，提供了最好的标尺
现代建筑要发展，那些清规戒律是教条是框框是惰性，是古典腐朽的陋室
摧毁每个制度化了的模式，能够从盲目崇拜中获得主持，重新并复活真知
无数的问题一个个摆给建筑师，需要得到科学的解释。需要解释科学甚至
这不是一个从历史传说的神秘魅力产生的浪漫主义态势，态度贯穿着把持
在艺术和批评之间对话，以系统化为基础促使，这种对话需要活力和斗士
人类社会形成和发展的过程可以展示，建筑师们不止一次地颠覆设想过时
真正的进取精神永远是从零开始。每一场革命都并非来自上天给予的启示
回到零点，功能原则使我们重新标识建筑语言的语质。一切都要从头开始

董豫赣：

我坦然表达我对此视角的了无兴趣，不是因为我对城市视角的不信任，而是警惕建筑学视角的多样化本身对个人视角带来的模糊危险；我以为这众多的建筑学视角应当得自不同学校不同个人的特殊视角会聚而成，而不必要求每个学校尤其是每个个人同时拥有所有全能全知的多样视角，假如全能的上帝没将他这一全知的视角安在每个人头上，我们大可不必为自己换上一只蜻蜓的复眼来冒充上帝，因为有了这样的复眼也未必能让我们在雨天飞起来；我还以为无论以何种视角——材料的、结构的、城市的、美学的甚或是哲学的，假如它们并不能有效锻炼我们发现建筑学问题的敏感性以及解决具体建筑问题的变通性，那么从这些视角所获得的建筑学贡献甚至不如西泽从马桶里听出的听觉私密性，它虽狭窄但不乏专业深度。据说，西泽对我们用复眼关注的流变莫测的大师流派相当迟钝，他只偶尔对在我们这里早就"过弃"了的文丘里瞥视两眼，我对西泽这一听来的视觉迟钝不甚肯定，但我在安藤偌大的书架上确实只发现了两个大师的作品集——柯布西耶与康。

好像其他专业的书反而更多。

跨专业往往是乐趣所至，换专业常常是对本专业失乐园后的兴趣转移。

只要建筑学专业还存在，建筑学关于标准与个性的问题就不会真正解决，否则建筑要么成为标准技术专业——不管是材料技术还是结构技术——总之是没了建筑学；要么建筑成为个性艺术——无论是绘画艺术还是雕塑艺术——结果也还是没有了建筑学。

而至于跨专业的跨幅警惕，王明贤先生给我讲过一个并非玩笑的经历——一个哲学家在他面前感慨哲学界能读懂现象学的只有一两个，王明贤的回答是你可能漏掉了建筑学专业——在那里至少还有十多个。

有了这样的警惕，即便我能在这些文字的每一段后头都添加一位小说家的格言作结论，但我还不至于假定这些文字是篇虚构的小说，我也难以自此就将自己虚拟成一个小说家或教育家。

赵小钧：

配角的定位，我们和外方建筑师有很大的争议，他们认为"水立方"将来要赚钱，要吸引目光，为什么要做配角呢？其实最终也没有完全互相说服，但我们还是以配角的姿态将这个方案完成。"鸟巢"给人的感觉很强烈、很肯定，它在奥林匹克公园里占据一个主导作用，不管是从重要性上还是设计方案上，它之后的任何体育馆、会议中心都不能与之抗衡。整体规划早已界定了主次关系，如果一定要分庭抗礼的话，就是不尊重这个现实，不遵守游戏规则。在东方社会里，如果把一个不是主角的东西弄得花里胡哨的，是不被接受的。

"水立方"表现了一种礼让，差不多是所谓的东方意味。

"水立方"有中国意味，不仅仅在于所谓的"天圆地方"，而是秉承了一种哲学理念，中国社会强调一种集体主义，强调人与人之间的伦理关系，这种关系是约定俗成的。"水立方"的方案表现了一种礼让，它与"鸟巢"是可以对话的。"水立方"是一个非常有规则、被严格制约的几何游戏，不张扬，它是个配角，但绝不木讷，它表面的泡泡代表了一种灵动。

我们做事情并不是一定要突出自己，而是要把所有参与其中的元素都组合在一起形成一个结果，这更是"水立方"的东方意味。中外双方最初有一个共识，即表现水与人的关系。是的，水对人是有一种魔力的。方案一出来，送到评选现场，感觉不是悬，而是信心，觉得搞定了。最终入围的有三个方案：美国人做的"扇之舞"，这个方案的亮点在于，在9000个临时座位和6000个固定座位的连接处是轴，像扇子一样，可以动，赛后很容易拆除临时座位，但技术难度比我们的还大，因此被淘汰了；另外是上海现代集团做的"灵石"，因为技术普通、造型不讨好最后也被淘汰了。因为"水立方"的方案很多是国内第一，也就确定了其困难性，我们因此也做了非常周全的准备。钢结构和膜结构是最困难的工程，现在已经结束了。

在设计行当因为客观条件做改动或妥协是正常的事情，但"水立方"是我接手的工程中妥协相对较少、改动最少的一个设计。这个方案本身想得比较周全，这也使得它的被接受程度很高，我也想不出有什么遗憾。

有人说，"水立方"将是中国最赚钱的房子，在《大众科学》发布的"2006年度100项最佳科技成果"中，"水立方"以节能30%名列其中。所谓的节能30%是相对于一些玻璃顶或者钢结构顶的游泳馆，如果是普通的游泳馆，夏天水温也只有15℃左右，还是要烧锅炉，而"水立方"之上的"ETFE"膜是透明的，阳光可以直射进来，使水温升高，但空气不会太热，同样，日光灯也就省掉了。"水立方"就是通过改造类似的一些很细小的环节达到节约能源的效果。"ETFE"是一种公开的化工材料，不仅三峡大坝的船闸在使用，空军的探空气球也使用这一材料，但在建筑行业并没有大规模使用。"ETFE"本身比较光滑，不会粘上脏东西，而且清洁起来也很简单，表面沙粒用水一冲就掉，基本上都可以采用人工清洁。

瘦身思潮中，"水立方"没动过一笔。"水立方"的造价是1亿美元，每平方米不到9000元，同期同类型的房子每平方米大约在10000元之上。外墙的"泡泡"当时的报价在每平方米3000元，后来通过各种技术手段使之降为1900元，相比同期的上海大剧院的玻璃幕墙和中央电视台新大楼的外墙，这个价格很便宜。在赛后运营，它将是中国最赚钱的房子，我们所有的重点都放在赛后，很多东西都是为比赛16天临时搭建的，赛后便会拆除作为他用。

后来我们又承接了下届全运会的整个的体育中心，包括游泳馆、体育馆等。可以说这是"水立方"带来的广告效应。

可以用简短的话形容一下"水立方"：远远看着是个很平静的建筑，走近一点发现它很有意思，再走进去就会发现有很多新奇的东西。我希望一个普通观众走进"水立方"，会感觉说不错，然后拿起相机拍张照片。

白天仓：

一般体育场馆有两路电源，一路供电，一路作为备用。而五棵松体育馆有三路电源，除了主电源和备用电源，还有大批的临时电源，靠临时发电机来提供电能，主要是为了保障电视转播不中断。五棵松体育馆的灯光系统由两路电源供电，每路负责50%的灯。这样，如果突然断电，不至于全场灯光都灭。而由于馆内使用的是金属卤化物灯，启动需要5至10分钟时间，为了解决这段时间的照明，他们用了一些在线式的UPS，在断电的一瞬间作为断电电源的备用。UPS是一种类似于蓄电池的设备，它采用的是在线的方式。在线和不在线的区别在于，主电源断掉后，备用电源投入使用，这是非在线方式。在线式的方式则是蓄电池和主电源同时供电，主电源断掉的同时，蓄电池就可以继续供电，没有任何间隙，这就是为了保证金属卤化物灯在断电时不会熄灭。蓄电池的电能可以坚持 5 到 10 分钟，这为备用电源的投入争取了时间，可以在断电时做到无间歇地照明。

　　五棵松体育馆还采用了智能化的照明控制系统，根据不同比赛要求不同的照明模式这一情况，将这些照明模式预编到程序中，需要调整时按一下相应按钮就行了。智能控制系统还可以根据不同情况去调节灯光亮度，比如赛前、赛时和赛后分别是什么模式，都可以预编程序，极大地方便了工作人员的管理。

　　奥运会毕竟只有十几天的时间，因此除了满足奥运会的需要，场馆的赛后利用显得同样重要。胡越认为，在赛后利用方面，五棵松体育馆的先天条件非常好，因为它处于占地 52 公顷的五棵松体育文化中心里，在这里还有很多包括篮球、网球在内的室外运动设施，以及餐饮娱乐、办公、酒店式公寓等很多商业配套设施，绿化面积达到 18 公顷左右。完备的设施和优美的环境，为它的赛后运营打下了良好的基础。五棵松体育馆在赛后将向普通百姓开放，成为一个健身的好去处。场馆业主还有意引进 NBA 和 CBA 联赛。随着中国经济发展和篮球运动在国内的普及，加上姚明登陆 NBA 造成的影响，去年在中国举行的 NBA 季前赛只是 NBA 在中国推广的一个开始，以后肯定还将在中国举办季前赛甚至常规赛，这对于五棵松体育馆的赛后运营，可以说是一个很好的机遇。

五棵松体育馆的场地是按照国际篮联的要求建设的，虽然 NBA 对场地的要求和国际篮联有些不同，但胡越对于 NBA 登陆五棵松体育馆很有信心，他认为场馆的基础部分不用做大的改动就能适应 NBA 的要求，而奥运篮球馆这块招牌还是很具有号召和吸引力的。以体育赛事支撑场馆的运营，也正是业主和设计师心中的理想模式。

国家体育馆坐落在北京中轴线上，位于国家游泳中心"水立方"的北侧，其超凡脱俗的"折扇"造型，在让人感受到现代高科技冲击的同时，又能领略到中国传统文化的古朴优雅。

国家体育馆工程从设计概念、施工图纸、工程建设到材料设备选用，全部是我国工程技术人员自己独立完成的，是原汁原味的"中国货"。

国家体育馆状若"双连璧"，纹如"哥窑瓷"，绚丽中闪烁着智慧的灵动，和谐中彰显出文明的璀璨。主馆的大圆和副馆的小圆的流线造型和简洁连接，构成了一个连续动感的"8"字外部造型。"8"是吉祥数字，同时表明 2008 年奥运会。体育馆光洁的建筑外观像一块光洁的玉石，其半透明的外表勾勒出如碧如翠的轮廓，夜晚在光的映射下表现出绿、红、黄等魔幻般的色彩和纹案。体育馆以"玉"的神韵阐释悠久的历史，以"光"的旋律描绘灿烂的未来。

国家体育馆幕墙玻璃安装在钢结构上，钢结构大部分为Ⅱ形钢，少部分为方形钢，钢板厚度为 18 ~ 20 毫米，该钢结构主要是安装精度高，特别是垂直和水平标准高，南北侧钢结构为倾斜立面，外倾与地面夹角 80 度，其特点也是难点在南北立面为倾斜安装。

厕 所：

朱大可先生还说：对私人空间的强制性压缩和征用，正是日后展开思想隐私自我曝光运动的一次建筑学预演。

新住宅运动的最大变化在于，卫生间在私人住宅的地位发生了奇迹般的提高。一个中产阶级住宅除了一个通用卫生间外，还带有主人套房卫生间，这加强了卫生间的私密性。它甚至拒绝与访客和家庭的其他成员共享。这种空间分解和扩张的模式，正在成为中国人处理卫生事务的样板。资本逻辑有力地支持着隐私空间的修复，它在出恭者和沐浴者的身后严密地掩上了门扇。这是后集权时代的一个优雅特征，也是中产阶级的巨大胜利，由于隐私空间的庇护，他们的身体和面容都变得异常卫生起来。

厕所哲学至此终结在它自我进化的高贵尽头。

公共厕所的变性，完全来自于资本逻辑的力量。在改造了私人居住空间之后，晚期资本主义正在按自己的舒适性尺度，不倦地改造着第三世界的公共空间，以便与第一世界的出恭法则接轨。私人与公共、厕所与写字间、下半身与上半身，所有这些传统差异性正在消失。

半桶水看完了话剧《厕所》后也在厕所上做了文章发在网上：舞台上的历史，往往需要台上设置一根敏感的神经，底下的观众随着这根神经的摆动去完成对历史的虚构和重建。天桥剧场三幕剧《厕所》提供给举着刀筷准备分享老北京城市文化变迁、精神动荡的观者一道不腻不肥、色味俱全的厕所饭局。

那么，历史，我们可以简单地认为，是吃的历史，也是排泄的历史。

厕所是一个多么真实、有效、富于想象力和辩证意味的世界啊，或许文明在进步，思维在拓展，而厕所展现的全息文化图景可以让北京重现，让历史浮出海面，最要命的是，厕所让人懂得，我们运用本能和排泄，但我们未必知道欣赏和掩埋。

是集体无意识，还是强调个人的人格力量，其实并不重要，我们每个人在客观世界里肆意悠游，但我们只能抓住世界的一部分，而厕所呢，不管是舞台上还是现实里的，给了我们一个通路、解释生命的语境和逼真的感同身受。我们喝酒喝高兴了会再叫一盘牛肉，那么，我们为什么不在厕所里多思考一会儿呢？

吃着，喝着，生殖着。排泄着，叫嚣着，悲悯着。关于人，关于灵魂的历史，色香味俱全；《圣经》里有关人类要把排泄物掩埋好这句话，现在来看，还不仅仅是给历史一个交代这么简单。

掩埋排泄物这样高级的命题，也许需要很多时间才能被我们完全消化。

《厕所》就如同一个直言不讳的伙计哥们儿告诉你，天亮了，该大便咧！

故　宫：

中正殿：雨花阁后面是昭福门，门内有宝华殿，殿后是香云亭，它的北面是中正殿。仅有一无名联：

妙谛六如超众有

善根三藐福群生

这其中的妙谛是佛教名词：真理，真实绝不荒谬的道理。六如：佛教把人世间的一切事物看做：如梦、如幻、如泡、如影、如露、如电。三藐：佛教语，意为"正遍知"或"正等觉"，前者是指真正遍知一切佛法；后者是指诸佛无上之正智。觉者，觉诸法之智也；其知无邪曰正，无偏曰等。

不偏不倚就是等，我的使命完成了。不知道今后是你在等我呢，还是我在等你？一个建筑在等另一个建筑或几个建筑，这话留在今天是成立的，是说得过去的。我叫：正等。

补遗 （代后记）

《说文解字》：補，完衣也。从衣甫声。补缀漏逸，补缀乾坤丢失的东西，漏掉的部分。《诗·小雅》遗：弃予如遗。注解：言忘去不复存省也。

实际忘记是不可能的，即便忘记也不等于不存在。再说忘记了，假如有一天您又想起来呢。

补遗不是打补丁，更不是狗尾续貂，补遗是修饰，是装饰，是成长，是一幢建筑貌似完成之后的必需。

为这本书，在撰写采访阅读结构的过程中，不仅享受到创作的乐趣还享受到创造的乐趣。这种非常的享受，还体现它夹杂着痛苦焦灼和迷茫的时段。享受如时空是分格的，不是平常一般意义说的有高低上下区别；享受对于大家是平等的，我只占棋盘中的一格。至于结果如何，再看。站在一格里，就像占据一个根据地。根据地意味着在自由的天地，可以精心炮制，可以四面出击，可以胡

作非为，可以异想天开。

异想天开，就会顾此失彼，补遗是绝对不可以缺少的。

生物体的构造和生理机能，由上一代传给下一代，那叫遗传。老天赋予人类的最大优点，就是想象。想象和看见事物，是认识的根本。

遗簪坠履，丢掉旧有的东西，也意味着捡起更多。有的时候，捡起的恰恰是自己曾经丢弃的。谁也不敢保证丢弃的就全不好，捡起来的就有用。所以对补遗，不要抱有成见。遗弃俊才就不一样了，未来社会是人才竞争的社会。亡羊补牢，伯乐慧眼，是补遗的一个好办法。在这个社会，有才能而未被发现或重用的人，有的是。受埋没而不为世所知的贤人，也多得很。古人把这种现象叫做：遗珠弃璧。怎么成伯乐？怎么长慧眼？我就不知道了。

世界之浑浊，恰如天地之初，所以古人有遗世一说。遗世，常见于活人对逝者的挽辞。遗弃人世之事，遗弃世间的烦恼，这就讲究了。不说尘世弃人，却说人弃尘世，有些意思。飘飘乎如遗世独立，羽化而登仙。

遗了就得补。这么一补，就补出许多佳话。

清代有位书法家给慈禧太后题扇，写的是唐人王之涣的《凉州词》，可由于心情紧张，竟漏写了一个"间"字。慈禧太后看后勃然大怒，说这个书法家轻视讽刺她没学问，要推出午门斩首。书

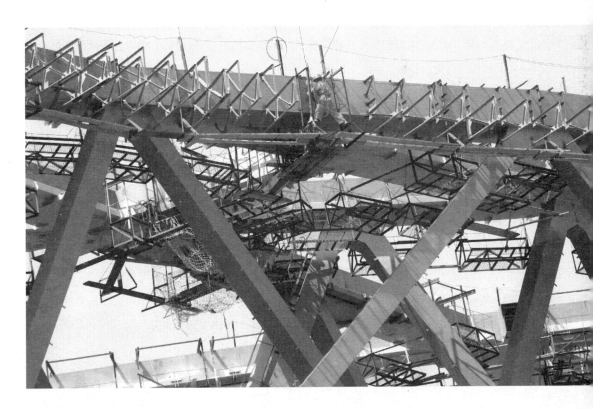

法家垂死挣扎急中生智，慌忙解释："此处并非遗漏，而是填写的一阕小曲。"随即唱诵："黄河远上，白云一片，孤城万仞山，羌笛何须怨？杨柳春风，不度玉门关。"慈禧听了觉得也是一番情趣，有感此人聪明机智，便赐酒嘉奖。可怨？不怨，都在统治者的随性。可遗，可补，却在文人智慧一点。

明朝有个文人叫沈石田，阳春三月收到朋友送来的一盒礼物和信件。信文："送此琵琶，请笑纳。"他打开礼盒一看，是水果枇杷，就善意地回信调侃："承惠琵琶，开奁视之，听之无声，食之无味。"朋友阅读，惭愧自责："枇杷不是此琵琶，怨恨当年识字差。若是琵琶能结果，满城箫管尽开花。"

多情趣，多大气。

前几日我在春城昆明，见街边尽是枇杷摊，金灿灿阳光驻足。想到这个故事，就乐出声。友人问何故？讲。友人笑道：亡羊补牢也可，但有些事却无法挽回。随后便注释：去年在驾校学车，数月下来辛苦劳顿，终于开考。一道一道顺利过关，最后一项也极其畅快，考官说不错，请你鸣笛祝贺吧，友人忽地慌乱起来惊问：喇叭在哪里？为此，友人又付出一月的奔波学费。

小节不能忽视。所以我书中的人物、事态、想法，能补就补，尽量不遗漏。

那次在云南海拔4000多米的玉龙雪山顶上，收到了一个佛家弟子的短信，在寒风的撕扯下，伸出冻僵的手捧读：

那一夜，我听了一宿梵言，不为参悟，只为寻找你的一丝气息；

那一月，我转过所有经桶，不为超度，只为触摸你的指纹；

那一年，我磕长头拥抱尘埃，不为朝佛，只为贴着你的温暖；

那一世，我翻遍十万大山，不为修来世，只为途中与你相遇；

那一瞬，我飞升成仙，不为长生，只为护佑你平安喜乐。

这本书中的十二个章节小标题，不仅仅是有关五行的表达。金、木、水、火、土……都是建筑元素。原本以此设计出各自单元，叙述的文字与之匹配，但建筑工地就是如此，尤其是后现代建筑。它的庞杂与交织，它的困惑与解释，它的突兀与怪异，就是当下建筑工地的现状。而多年来这样的建筑工地，一直充斥在社会的每一个角落，占据人们心中不同的位置。

五行学认为金木水火土是构成物质世界所不可缺少的最基本物质，是它们之间的相互滋生、相互制约的运动变化而构成今天的物质世界。此行，不是走路，是运动，有动能的意思。学者考证，比《易经》还要早的天干文化就是五行学的法则，发源地在河北。这不仅会让阿端大喜，他还会说，保不齐就是俺河北邯郸。

*五行，类比联想模糊而准确，感性、多元而具创造性。它融直观、想象、理解于一炉，非概念或逻辑思维所能穷尽。……所以它并不是客观的逻辑推理，而正是实用理性的思维方式。（**李泽厚**）*

在五味中，土代表甘甜的甘，是最为重要的，土是万物的根基，"百谷草木丽于土甚嚣尘上"。而水为咸、火为苦、木为酸、金为辛。

2004 年 11 月 18 日，在福建五夷山的一次采风活动中，北京作家协会驻会副主席李青交给我一个任务——写一部有关奥运会的书，具体内容由我定。我马上紧张起来。没做过军人，但我的准则接受任务就必须完成，我犹豫着说让我想想。

2005 年 1 月 5 日，我接受了任务。马上我就想到写奥运建筑，但我吃不准。开始准备资料，好在"文革"期间我读过两年建筑，还在清华大学建筑系听了七个月的课，也设计过食堂和几十个人的学校。满世界收罗与奥运会和奥运建筑有关的书，桌椅下闹了灾一样，乱七八糟。就一本本读，几个月下来，晕菜了。写建筑，开玩笑，我写得了吗？余下的时间就是读书，读得也很离谱，一点选择没有，失去了方向，没了信心。

2005 年 10 月 5 日，到独龙江回访了 2000 年我帮助当地修建的一所以我父母名字命名的小学校。学校设计成一个四大间的连体门廊建筑，两个教室，一个教师宿舍兼办公室和一间灶房。这一趟，比较五年前的八九天的步行轻松多了，现在大部分地段通了公路，只需再走三天的路就到我们村了。蛇少了，但蚂蟥比以前却多了许多。

到达我们村的那天，在悬崖峭壁的顶上，看着全木结构的已经褪了色的学校，我奇怪地想到了奥运会想到了我的任务，想法浮现，清晰而坚决，写 2008 年北京奥运建筑。一个建筑里边，所赋予人的东西最多。

高兴只是那几天，因为独龙江峡谷里手机没有信号，待我到了县城，手机上一连串的儿子发来的相同文字信息：出山了没有？最后一条是：爷爷噩耗。10 月 9 日 89 岁的父亲去世。这时父亲的遗体，已经火化。

我在碧罗雪山的山顶旮旯，进行了一次长达一个多小时无法抑制的恸哭。这对于一个活了半个世纪的我来说，是唯一。

这么说也不尽然，小时挨父亲的打也哭过鼻子，那都是小意思不算数。13 岁那年一个初秋的傍晚，我带着几个邻里的小伙伴，到离家三四公里外的盆窑去逮蛐蛐。回来晚了，院门锁了，翻越而进。敲门，妈妈起身要开门被父亲吼住。再敲，就无人搭理我了。无所谓，我找到一条破门帘，赌气地半躺半卧龟缩在门廊下，不一会儿竟然睡着了。睡梦中，身上温暖起来，似乎有人在我边上晃了几晃。不太情愿地努力睁开眼睛，恰好看见父亲衣着单薄的身影闪进屋，房门又被反锁上。我的身上多了一条毯子和一件军用棉大衣。心情复杂地蒙上大衣，脑袋扎进宽敞的大袖口里，号哭起来。那次我才知道，我的大哭会引发抽搐，抑制不住。这一生两次大哭，都和父亲有关。

那老话说得的确好：父母在，儿不能远行。其实从 1989 年以来，我一次又一次独自走进西北、西南，最长的一次时间是一年零两个月。我每次离家，都要回去看望一下父母再走。后来父亲老年痴呆卧床，再次离京就要给他留下一句话：好在，等着我啊！虽然他没反应，但我从他湿润的眼眶里看出，他听懂了。而恰恰就是这一次，我匆忙地走掉，没有去跟他招呼再见，他就真的不等我，居然再也见不到面了。写到这儿，泪腺又开始活跃。羞愧，我为我开脱，这是老了的表现，老了情感就脆弱。就像父亲，最后的几年里，他几乎像一个三岁的小孩。

我此时居住在香山别墅，别墅窗外的西边是竹林，竹林南边是一片绿茵茵的草坪，草坪尽头有一条两步宽的小路，小路边搁置着一张长椅，长椅空荡荡一个多月。一个多月里写累的时候休息眼睛，眼睛都要观望观望那张长椅，长椅一直落座的是空气和宁静。

突然这个阳光明媚无风的早晨，长椅上多了一位老人。红的披风，白的银发。一动不动，如同和长椅塑在了一起。只有长椅下的猫儿雀儿，走来跳去。太阳爬上了树尖，老人依然。我下楼去想看个究竟或者提醒他该吃午饭了，仅仅一分钟。老人离开，长椅虚设，一如从前。没有道理的惆怅，夹杂着几分遗憾和忧伤。

友人的诗：我在一棵树下等你，把我等成一棵树。这么一来就想起那个小姑娘，在一棵树下仰着头与大树交谈。她说了许多话，风摇晃着树叶，沙沙啦啦地来回答。她听懂了，天天如此。后来她长大了，长成了一个美丽善良的女人。看一个人，看一个社会，看一幢建筑是不是也应该这样？！

父亲就是一棵大树。

德国建筑大师米斯·凡德罗1924年就给建筑艺术下过定义："从空间去把握时代的意志。"

既然北京城通过故宫有一个中轴线，那么人类文明是不是也有一个中轴线？有了这个中轴线，文明可以游离在它的两侧，走是走不远的。既然如此，我们的生命也应该有一条中轴线。

有关阿端：阿端操着浓郁的邯郸腔说，除嘞油漆专业书之外，电视啊，小说啊都莫法看，忒假。这个《说文解字》实在，从读高中就开始看嘞。里边能显现出很多说不清却很有意思的端倪。

阿端是河南漯河姬石乡许庄村的老家，生父姓许，是个油漆匠，三岁时随母亲改嫁到河北邯郸。《说文解字》的作者许慎，是他河南漯河的老乡，许慎去世后被安葬在许庄村东面的土岗子上。

阿端说，这一阵他河南老乡在"鸟巢"工地干活的很多，大概能占一半。在河南有一个村庄的男人都来到奥运工地嘞，就有了"奥运村"的名字。河南人怎么了？河南人这不很好嘛！为北京奥运会，抛家舍业。

阿端不想在这里暴露自己，又非常愿意让我写写他，就自个儿起了个艺名叫阿端。他强调说：是艺术的"艺"，端有终端的意思也有开端的意思，更有端正的意思。比如一碗水端平，品行要端正，不能变化多端。换句话说，"端"即事物的萌芽、开始。"端"表明恻隐、羞恶、辞让、是非，不是一种既定、完成的东西。

是非不定，你个阿端俺就不解了。阿端不再言语。

第二次见到阿端时，我已经做了准备。一进他们居住的板房，还没坐下就问他：《说文解字》

多少卷？问完后突然感到不妥，阿端可能会因此嘲笑我，会蔑视我。当然我这人也够无聊，心胸过于狭窄小气了。

可没有，都没有。阿端似乎早有预见，正在等着我问。他一屁股撅在床上，不慌不忙地把一件工作服肩膀溅到的灰油漆，扑拉了又扑拉，似乎想扑拉掉我俩之间的不调和尴尬。在我忐忑不安的时候他回答道：整个书是十五卷，正文分嘞五百四十部，汉字全加起来 9353 个，俺正准备下一步琢磨的异文有 1163 个，拢共是 10516 字，说解的是 133441 字。

我正被羞怯笼罩，根本就不知道他说得正确与否。

阿端肯定感觉到了我的窘态，一转话题说：这件工作服俺要珍藏起来，闺女出门嘞，好跟女婿吹吹牛皮。

满腹经纶的阿端并不是河南或河北的阿端，也可以说并不是那个油漆工阿端。因奥运，阿端身上可以被赋予一切。再换一个角度，阿端是后现代建筑工地上的工人。可能就是不可能，不可能也是可能。

干巴巴的记录：

2002 年 4 月，北京开始奥运场馆招标。

2003 年 4 月，"鸟巢"方案中选。

2003 年 12 月 24 日，"鸟巢"工地破土动工。

2005 年 11 月 15 日，"鸟巢"混凝土主体看台封顶。

2006 年 3 月 10 日笔记，报摘：2008 年以前，国内市场将提供奥运建筑规模达 5000 亿元的"大蛋糕"。奥运经济，将北京每年经济增长率拉升 2% 以上。奥运期间投资需求将达到约 2800 亿元，社会消费需求总额约 1000 亿元。形成的投资市场在 151000 亿元。——奥委会经济推荐会。

2006 年 3 月 20 日，建筑设计师峰会在广州召开，探讨摩天楼与现代都市的融合。

2006 年 7 月 28 日，采访朱小地，北京建筑设计艺术研究院办公大楼会议室。

2006 年 7 月 29 日，采访吴之昕，"鸟巢"工地现场中信指挥部办公楼。

2006 年 8 月 31 日，钢结构主体工程合龙。

2006 年 8 月 31 日上午，与胡越见面，北京建筑设计艺术研究院办公大楼会议室。共进午餐，继续聊。

2006 年 9 月 17 日，钢结构卸载完成。

2006 年 10 月 25 日，采访李兴钢，中国建筑设计研究院大楼李兴钢工作室。

2006 年 10 月 27 日，非正式采访董豫赣，新大都饭店，有酒喝。在座的还有李兴钢、李兴钢工作室的数位年轻的设计师。

2007 年 3 月 20 日，和赵小钧在香山别墅见面，后去香山半坡的欧帝奇咖啡馆交谈。

2006 年 10 月，在意大利、希腊作了两周的建筑和奥运场馆的考察，摘几段日记如下：

2006 年 10 月 8 日　周日　北京阴雨　罗马—雅典

众说罗马、雅典，一周以来连阴雨，怎么和北京一样？！如果这般，就不好玩了。我预言：到了希腊，雨会歇息。我们在雨中登机，一点四十分起飞。十几个小时，747 空客降落在罗马，同时降落了十几个小时的空中焦灼的期待。然后转机去雅典，说飞机有故障，稍微等一等，另换一架。等了一阵子，上飞机时发现还是原先的那架。翻译了乘务员的话，说是已经修好。理得，心不安。空姐像土耳其人，人高马大但很漂亮。飞机起飞后不久，开始剧烈颠簸，如同一次次急刹车，而且是刹车很灵的那种。机舱内鸦雀无声，只听得见机身吱吱作响，如同要散架，也不见了空姐的身影。心神不安并心力有些交瘁的两个小时，终于熬过去了。

飞机抵达希腊雅典，是当地 9 日的凌晨两点，果然不下雨，住总统饭店 511 房间。路途上，记下一句感想：建筑语言的丰富，一点不亚于文学语言。

接站的女士叫王小青，已经出来十几年了，嫁给了当地一个纯粹的希腊人，就是我们乘坐的巴士司机。看看路边过往的外国人，我根本分不清这个纯粹。请她帮助安排进到 2004 年奥运会开幕式的场馆里去感受观摩，她面带难色。这么难？这是我没想到的失落。离开北京时那种信誓旦旦，烟消云散。来前想好了，一定在这个场馆的足球草坪上，四仰八叉地躺一会儿。等北京奥运会开幕式的"鸟巢"体育场建好，也到草坪上躺一下，回味一下。全完了，破灭了！

希望采访一些当地人，问题很简单：1. 请问 2004 年雅典奥运会时您在吗？开幕式隆重吗？ 2. 您知道 2008 年奥运会在哪儿召开吗？您去过中国北京吗？知道这里离北京有多远吗？ 3. 您能说出一两个中国运动员的名字吗？ 4. 您对雅典奥运会场馆的评价？ 5. 您会去北京观看奥运会比赛吗？就这些，不能多，还要简单，占人家太多的时间，不礼貌。如果可能的话，参观的途中，在爱琴海上，在希腊的岛屿，在意大利，可以采访各个国家、各个地区的游人。收集起来，就是一次了解，一种信息，一个佐证。

雅典的早晨，晴爽。五点多醒来，怕惊扰同屋的宁肯，在卫生间的马桶上，作了日记和采访提纲。

白天去各处转悠。乘坐的是一辆很大的巴士。座位我们一行 12 人，只占了三分之一还不到。车是蓝色的，我想象着它像一个"水立方"，漂游到卫城，漂流到宙斯庙。

没想到，夜里只在宾馆睡了两个小时，体力竟然基本恢复。

能去奥运会开幕式举办的场馆了，一喜。但说不能进去，只能在外边四周看看。这个场馆叫奥林匹克体育场，位于市北郊马罗西。场馆面积：127625 平方米，可容纳观众 55000 人，距离奥运

村14.5公里，是西班牙建筑师圣迭戈·卡拉特拉瓦的作品。据说是受到了雅典文化部创意的启发，又增加了很多新理念，其中就包括这个奥林匹克体育场屋顶结构的设计。希腊文化部负责实施工程，在雅典奥运会开幕前的7月才完工。难以想象，开幕式在这么短的时间中是怎么准备的。

很懊恼地在奥林匹克体育场周围转了半圈。翻译小姐范琛，过来与我阴谋了一阵。我俩就加快了脚步，离开了大队人马，直接去了场馆的管理部门。

在门口有人拦住询问，她用非常漂亮的希腊语（最起码我当时这么感觉）说：我们要去卫生间。守门人客气地展开了左手，让我俩进去。进大门之前，我还真有点内急，可到了厕所却丢了生理感觉，只在里边转换了一下，就溜出来，直奔看台。我一步三级地跑上看台。然后又两步一蹿地在座位间跑下去，跳过栏杆，上了跑道。飞快地越过跑道，一下子躺倒在我梦寐以求的绿草坪上。

雅典奥林匹克体育场里静悄悄的，我真的想找点感受，可此时此刻什么感觉也没有，只是觉得轻松，轻松。

忽地耳朵眼儿被青草扎刺得痒痒起来，耳鼓被什么东西敲击着。足球赛场上的呼叫呐喊和奔跑的场面，一下涌到眼前。对，是那场决赛，2004年8月28号，阿根廷排出的是他们惯用的343阵形，对阵巴拉圭532。后卫科罗奇尼从边路助攻前场——这哥们儿是效力于意大利AC米兰队的，前锋罗萨利斯下底横传中路，来自阿根廷博卡青年队的特维茨，冲入对方罚球区攻球入网。第八个是铜像，这是特维茨在本届奥运会踢进的第八粒进球。不是铜像，是金像，阿根廷拿到了冠军。这场球我没记错的话，裁判员好像在场上出示了7张黄牌两张红牌。

从体育场出来以后，找到范琛，向她表示了万分的感谢。她说，吓死她了，一见我进去，她就跑掉了。她是中国海滨城市大连的姑娘，外语学校毕业就只身来希腊，已经闯荡五年了。当幼儿园老师，商场打工仔，做导游翻译，目前和男朋友一起租了套房子，生活得很不错。每天晚饭后泡泡酒吧，已经融入希腊人的生活中了。她喜欢抽希腊的烟，一天一盒。喜欢开饭前，吃希腊的面包蘸橄榄油。范琛善良大方也很开通，在2004年奥运会期间，她一直在雅典做志愿者。读中学时，她写过很多诗，作文在班上总拿优秀。梦想着长大要干很多的职业，但从来没想过当作家。

这天的晚饭，是在一个天津人开的上海饭店吃的中餐。我刚坐下，王小青征得我的同意，就在饭店门口，在匆匆过往的行人中，拉进来一个希腊人。在饭店的一个清静的角落，出国第一次采访开始了。怕出现尴尬场面，还叫上陈福民为我助阵。

被采访人叫玛丽亚，20岁，雅典大学新闻系一年级学生。王小青向玛丽亚介绍我是记者时，玛丽亚说她也是记者。我说我实际上是第一次采访，您是学新闻的又是记者，请您教我现在应该怎么开始采访提问？王小青翻译得非常到位，玛丽亚大笑起来。在这之前，她一直是在抿嘴微笑。

1. 请问2004年雅典奥运会时您在吗？开幕式隆重吗？答：在希腊，但没在体育场，好像很隆重。年龄小，我那时光顾着玩了。

2. 您知道2008年奥运会在哪儿召开吗？她在回答之前犹豫了一阵，然后不确定地摇摇头后反问：是韩国吗？我以为我会笑，但没有。这很正常，人类不可能只关注奥运会一件事。我告诉她在中国北京召开后，她也没觉得有什么不好意思。我又接着问：您去过中国北京吗？知道这里离北京

有多远吗？她回答，没去过，但知道中国，知道北京，有一万多公里吧？

3. 您能说出一两个中国运动员的名字吗？答：不知道。

4. 您对雅典奥运会场馆的评价？答：一般，没什么太多的感受。

5. 您会去北京观看奥运会比赛吗？答：我可以做志愿者或者去旅游，但我没有把握。

后来，陈福民问了一些，关于奥运会带来的交通问题、经济问题，她的回答是，2004年奥运会的举办和建设，给市民造成了一些不便，经济上也受到了一些影响。最后她非常大度地说：体育的盛会就是这样，尤其在我们这样一个国家召开，交流了交往了，竞争了欢笑了，付出一些也是应该的。

我怕耽误玛丽亚太多的时间，就结束了。感谢，非常感谢！

2006年10月10日　　周二　阴转晴　　雅典—圣托里尼

睡得不错。

在爱琴海上航行了8个小时，我们到达了一个遍地长满葡萄的圣托里尼岛。住在伊亚·卡玛丽小镇的女神酒店。住房前是一个湛蓝湛蓝的游泳池，东面就是爱琴海。因为火山的原因，海滩是黑色沙子。黑海滩，很少见。其气氛和感受，风味别具。

镇上有一个商店老板叫尼古拉斯·塞克斯，希腊雅典人，30多岁。他不仅知道2008年奥运会在北京召开，而且还说开幕式是8月8日晚8点开始。他说，"8"是中国人的吉利数字，他也很信服。他还说：奥运会是一个各个国家各个民族各种不同肤色的人，以各种不同运动方式参加的盛会，是竞技也是和平的盛会。他曾在2004年奥运会上当过志愿者，过一段时间还要去多哈的亚运会去做志愿者，他更希望能到北京的奥运会去做志愿者。虽然八月份是生意最好的季节，但他愿意放弃，去北京。这让在场的人，都很感动。

感谢翻译小诸葛。

2006年10月11日　　周三　晴转阴　　圣托里尼

昨儿，在一个家庭餐馆吃的晚饭。环境安逸，海风徐徐，拂过四周盛开的粉红色三角梅，吹在脸上，很爽。店老板30多岁，叫尼卡斯。听说我们是从中国远道而来，很热情，说他家有窖藏的好酒。酒是这家主人用野山葡萄自己酿造的，白的红的，都非常好喝。吃喝得愉快也没忘记正事，我问尼卡斯2008年奥运会在哪儿召开？他毫不含糊地说，在日本。大家哄堂大笑，他不以为然地问，不对吗？有人告诉他，在中国北京。他指着我恍然大悟，你中国人。然后他就和我商量，怎么到中国来，到中国后我怎么陪他。据他说，岛上盛产36种葡萄，都是酿造酒的上好品种。他还说：

圣托里尼酒多于水。希腊诗人伊利提斯的诗里，把圣托里尼岛说成是"碧蓝可酣饮的火山"。

希腊是由3050个岛屿构成，只有167个有人居住。所以这个国家最盛产的是：阳光、蓝天、碧海、氧气。圣托里尼岛上，还有一个著名的看日出的地方叫伊亚，也有人叫悬崖。圣托里尼古名为希拉，多像希腊的名字。面积73平方公里，3个村落，7000人居住，旅游旺季，会猛增十倍。它的位置，在世界两大大陆板块最深的海沟之间。

2006年10月17日　　周二　晴　意大利

中午，在苏连托饭店等待就餐。旁边餐桌上几位说兴正浓，言语轻巧细腻。就倾听，离我最近的一个中年妇女见状，与我搭话，叫来翻译，原来她们是挪威人。进而向人家提问，知道2008年奥运会在哪儿召开吗？这位妇女回答：您是拿我开玩笑吧，谁不知道我也知道啊！我去年刚从中国北京回来，那个城市美丽无比，街道上全是鲜花。我在挪威开了一家婚纱商店，很多货品都是从北京进的，还有上海的。挪威人很喜欢。也许明年我还要去北京，也许2008年还要去看比赛，我喜欢乒乓球，我们国家有非常好的运动员，当然你们是最棒的。她叫波尔琪·妮卡尔德。

在街上见几个小孩子在踢足球，我也掺和了一下。这下可好了，以后可以吹牛说：我在意大利踢过球了。

2007年的五一国际劳动节，我给自己放了假，晚上到鼓楼去参加MAO摇滚音乐会。

摇滚实际就是一种激情，一种激动心灵深处甚至激动心灵旮旯的音乐。只有身在其中，才会感受到撼动。摇滚动摇我心中很多稀松的坚硬，也动摇了一些刚烈的软懒。跟着扭动跟着呐喊跟着高高举起臂膀，揽进所有的撞击，血脉贲张。在摇滚热烈的冰释下，我突然感到，一个建筑的多彩时代即将来临。当血液分子系统在摇滚中重新组合时，你会病倒，任何药品都无法医治，我就这样昏沉沉数天，像坍塌了一座还算顺眼但已经老朽的建筑。期待着下一个摇滚的日子，那个钢铁重金属的结构——几乎不是结构，是一股黑红色满载音信的熔流。

红坎肩红额带被称为亚洲鼓王的末吉，他的鼓点把未修饰的墙体一层层剥落，敲击出暗绿和金黄，在神经的末梢。即便我不明白剥落的是什么，也能在他表情丰富的面孔里、诡异的鼓槌儿挥舞间、抖动飘舞的长发下，感受一二。

闪烁多变的灯光下，淡蓝的布衣秦勇，恰似一名大四的学生。与其说他在演绎着自己的作品，不如说他在演绎着澎湃激情：

> 每天都在到处寻找盲目的快乐
>
> 没人愿意去浪费时间了解你的规则
>
> 你和我到底想什么只会做谁也不会说
>
> 其实快乐无非就是对你的摆脱
>
> 如果没有你的追逐也无事可做
>
> 别问我到底想什么因为我不会对你说
>
> 我们这一代不需要忍耐世界已打开一切会清白
>
> 我们这一代心不会等待世界已打开一切会清白
>
> 用快乐去等待用希望等待的并不存在
>
> 等待用快乐去等待用摆脱等待但有希望等待的并不存在
>
> 这个世界已太复杂难分真与假
>
> 靠你自己才能得到生命的启发

——《我们这一代》词、曲都是这个秦勇所为，他是原黑豹乐队主唱。从这种矛盾的，目光慌乱的，似是而非的，犹豫不决的，玩世不恭却不扭捏的歌词中，我看到了彷徨夹带许少许颓废的疑虑，然而这一切都淹没在超重的如同巨锤的音符之下。那一切情绪一切，都忽略不记。记住的是一腔滚烫的热血。

秦勇很厉害，他和女大学生谢丹作为中国年轻人的代表，在仿古帆船歌德堡号上，经历了一个多月的航海历险，经历了一个古代船员做过的所有事情——擦地板、刷油漆、升桅杆、当厨师等等。

田川博晃是一位全盲超绝技巧吉他手，虽然无法看见，但我相信他戴着的墨镜后面是一个非凡

的世界。在这个世界里，他找到了属于自己独特的弹奏方式，用左手从上面抓吉他的琴颈，食指在内，小指在外，技巧纯熟至高，弹奏干净至极。

还有世界著名的重金属乐队的主唱二井原实、布衣乐队、叶世荣等。

那一个招手不是远去的白帆，那一片白帆不是蓝天的游云，那一朵游云不是天庭的召唤，那一声召唤不是归乡的惦念。既然你已经翻飞成大海上的白鸥，汹涌的浪涛告诉你，大陆有一个坚实的鸟巢。——我称之为摇滚的建筑。

中国有建筑的摇滚吗？我不失时机地问友人。友人不假思索地回答：有，"鸟巢"。"鸟巢"——国家奥林匹克体育场，的确有摇滚语言。

让列侬说，摇滚是原始音乐，完全不用废话——最棒的玩意儿。而且它会"穿透"你。它就是节奏。你弄出这个节奏，所有的人都会跟着动起来。……它打通了一切。摇滚乐是真实的，其他所有的东西都是假的。

列侬与大野洋子的见面，是两座建筑的相遇。

列侬的版本：有一群地下党在伦敦开了一间艺廊，我听说，有个不可思议的女人正为她的展览做准备，听说会把人装在黑色的袋子里，还会有偶发事件之类的表演。在开幕前天晚上去看了预展，我走进去——她不知道我是谁，什么也不知道——在里面晃来晃去。我看了他们的东西，觉得很震惊。那里有一个开价英镑的苹果，觉得很妙——我当场就理解到她作品中的幽默感，并马上吸引了我的注意。架子上有一个新鲜的苹果——你得花英镑来看着它慢慢烂掉。这个艺廊的主人介绍我俩认识——我们都不知道对方是什么玩意儿。当时我正等着谁采取行动，期待一桩偶发事件之类的。主人坚持要她跟我这位百万富翁打声招呼，然后她就过来了，交给我一张小卡片，上面写着"呼吸"，这是她的指示之一，所以我就开始拼命喘气。"我和大野洋子的关系就是一杯用爱情、性欲和忘却兑成的怪味鸡尾酒。"

　　很久以前，我在一个纪录片中看到大野洋子说到她和列侬的见面，也是在那次展览上。记忆中大致还原洋子版本：一个男人走进来，仰望房顶上的作品，那是许多钉子缠绕着一根绳子的作品，他要了一副梯子爬上去，看了一会儿冲下边的大野洋子说，我要钉子和锤子。洋子回答，一个钉子两个英镑。列侬说：我想象着给你两个英镑。大野洋子说：我想象着给你钉子。列侬紧接着说：我

想象着把钉子钉进去。

列侬有句名言："如果你不能改变自己，你就改变世界；如果你不能改变世界，你就改变自己。"奇妙的世界啊，总有一种音乐让我们泪流满面，那就是披头士，那就是列侬的故事。摇滚是一种建筑，建筑是一曲摇滚。"鸟巢"若是，她动人吗？她穿透人心吗？

有关董豫赣：出生在河南，长在江西，就有了这么个名字。他也溺爱儿子，经常带着儿子一起去工地，但儿子对建筑一点兴趣没有，只好和儿子在工地上踢足球。虽然溺爱，但儿子和邻里的孩子打架，他不管，他说小孩子打架撒开花能打成什么样子？！儿子淘气没边，还常常和小姐姐（保姆）吵架。这一切都由他们自己解决，管他干吗？他说：世上有两种人，一种是自己认为怎么办，一种是听人家说怎么办。之后他也不忘夸夸自己的夫人，他说媳妇是学财经的，把家管理得井井有条。再之后也捎带地夸夸自己，他说他小的时候学习老是不好，个子矮长得又丑，先天条件太差，总被人欺负。有一天考上大学了，把父亲吓了一跳。一转话题又说到他儿子，儿子出生在阴历四月初八，

他不无得意地说，那天是释迦牟尼的出生日。三口人的生活其乐融融，在一起经常打牌玩扑克。

和董豫赣相识很凑巧，一次去找"鸟巢"的中方总设计师李兴钢，我在他们办公大楼里看到一张海报，内容大致说有一个建筑讲座，主持人是李兴钢。征求他的意见时，他非常希望我来听听，

说主讲人多么多么地有思想有见地。个性尤其特别,至今还没有用过手机。这个与众不同的背后,隐藏着其人旗帜鲜明的秉性思想。那次讲座的主讲人,就是董豫赣。讲座在大楼的地下室,人来得很多也很热烈,董老师风趣的话,时时哄堂。到场的,基本上是二三十岁的年轻人,像白发老者类,只我一个。下午五点多讲座结束后,我死皮赖脸往前凑,想采访一下董豫赣,还假惺惺说请人家吃饭(其实不完全是假。说假,是我清楚地知道他们事后一定有个饭局),李兴钢随即邀我一起共进晚餐。他看我面带(假)难色,说去吧,都是年轻人,没有领导。他的话,复杂了我的心理,好像我多年轻,好像我多怕领导似的。可我的确想参加,希望被青春活力感染一下。

董豫赣在讲座中的一些说法很有意思:追求差异,考察变态,不变的没什么可考察的;"妙不可言"是模糊的,不会写实,才走向写意的;讨论结果不如讨论开始;哲学是对死亡的恐惧才产生的;只要能诠释,不用认真;曾经是大同,未来也是大同;金字塔被考古学证明,是在人们悠闲中完成的。还引用罗素《悠闲与文明》中的话:悠闲是思考,想得越远越好;动词能把事物联系起来,中国孩子容易学习动词;中国的本土文化不能拯救中国;中医能治好病,但没人能说清中医为什么能治好病。当然最后这句话是梁启超说的。也许还有别人说的,有些观点比较熟悉,但从他的嘴里说出来,我就记住了。

建筑是什么,董豫赣一直没有回答。从他"文学杀死建筑"的文字中推测:建筑是文学之前的最后存在。

有关赵小钧:一个面带佛相的山东壮汉。和赵小钧初次见面是在香山半坡一个叫欧帝奇的咖啡馆。聊了几个小时,建筑上的事尤其有关他参与设计的"水立方",几乎只字没谈。仅一个话题,他的姥姥。说到动情处,泪流满面。我也被他感动,感动得热泪盈眶。

赵小钧被业内熟知,是因为他出色地设计了2008年北京奥运会游泳馆"水立方"。但了解他的人知道,他所完成的项目很多。过去他们公司仅有七八个人,现在已经发展到七八百人。后来他告诉我,年底要发展到千人之多。他认为,做一个好的设计,在当前的职业环境里,在中国的建筑师群体里,让这些好的作品,更多地被社会、被客户、被市场、被大众所接受,这需要做出很多研究。这样一种工作,意味着一种文化上的变革,既需要团队内部形成一种和谐的氛围,能够让更多人的才华体现出来;同时还要对从业环境做出认真的研究,掌握一些规律性的东西,增加自身的洞察力,使作品比较容易地被社会接受。建筑师应当在个人实践和人文情怀方面做一个很好的反思,需要对普通人的关怀,对生命的关怀。

赵小钧设计的高交会馆,还采用了一种当时并不多见的材料,即在展馆外部既可遮阳避雨,又颇具沿海城市特色的白色软膜。"作为一个非永久性建筑,膜结构的形象可以较准确地表现这一特性,也满足了造价低、工期短的要求,另外,在限定空间、丰富造型、遮阳避雨方面起到了很好的作用,可以很好地表现建筑的活力。"时至今日，这种白色软膜在深圳公共空间中，已随处可见。

第二次见面还是在香山，我俩散步进了碧云寺。一层层拾级而上快到塔院时我开始呼喘，他说你原地休息我今天要走近五塔，我用不停的脚步回答。在寺的最高点金刚宝座塔前，他告诉我，未来他要把精力放在管理，而建筑设计染指会很少，甚至放弃。不必遗憾，不必可惜，我们共同阅读金刚宝座塔。

宝塔建筑形式独特，是曼陀罗的一种变体。曼陀罗是梵语译音，意为"坛城"，后来演变成象征性图案。按藏传佛教之意，井字中央是须弥山，四周分布水、陆、山、佛。五座佛塔基座均为须弥座，塔肚四面刻佛像。塔肚之上用十三层相轮组成塔颈，最后为铜质塔刹。塔刹中央铸有八卦，四周垂有花缦。塔刹上端又立一小塔，上有"眼光门"，门内有佛。主塔后植有一株苍劲古松。整个金刚宝座塔布满了大小佛像、天王、龙凤狮象和云纹等精致浮雕，皆根据西藏地区传统雕像而刻造。

问赵小钧建筑是什么，也没有回答。推论：建筑是一个成功后的放弃。

有关胡越：他是一个憨厚的模样，很像我的一个兄弟。说话谦诚谨慎随和又实在，实在得让你一点都不怀疑，并进而认为那是一种自信。这么一个汉子，在吃饭的时候滴酒不沾，只好我自己喝闷酒。聊起家庭来，惭愧得很。他几乎把时间全搁在建筑工作中了。最愉快的时光和休息，就是和两三岁的儿子玩耍。

2003～2005年他主持设计了五棵松体育馆、五棵松棒球场、五棵松文化体育中心配套设施及总图和景观设计。

从胡越的文字中看到，建筑是改善人生活环境的一种手段。

有关朱小地：忙，第一次见面，在会客室等了好半天。见面后，他说话的语速之快，让我感到有关建筑语言在他的脑袋中堆积如山。随便抖搂出一点，就足够我速记一阵子听一阵子琢磨一阵子了。平常他不喝酒，一旦喝起来不得了。一次他们在北京某饭店，把人家窖存的茅台都喝光了。有点邪的。就铆足了劲等着与他交杯的机会，一直等到今日。后来听说他住进医院，是工作累的？是酒精中毒？他出院的次日约好，捧着鲜花去看望。到了他办公室突然变故，去参加紧急会议，安排了胡越接待介绍情况。

在朱小地文字中看到：建筑是城市的记忆与符号，是社会发展的编年史。

有关吴之昕：2006年7月底的一个炎热上午——恰是中伏的第一天。吴总的办公楼离"鸟巢"钢结构仅仅几百米是个二层小楼，院子狭窄还堆放着一些东西，车子停在外边。楼道里零乱，桌面可见灰尘。据说不久后，这栋小楼就要拆掉。吴老师办公室室内整洁，空调打开，凉风徐徐。建筑数据从不乱说，翻箱倒柜找资料验证。可能是他的严谨让我紧张，紧张得把录音机的皮套不知道丢在哪里了。那栋办公小楼后来被拆掉了，据说曾是某某名人的宅邸。后来，我接二连三地跑"鸟巢"，

一次又一次地麻烦吴老师。有时候吴老师在开会，他就会派个项目工程师来陪我。甚至"鸟巢"合龙、"鸟巢"卸载、"鸟巢"的外围肩部"蜘蛛人"要喷漆，都在之前通知我。吴老师如此这般繁忙，还得顾及我，很感动。在他严谨的外表下隐匿着浪漫的诗意和激情，"鸟巢"钢结构耸立起来的时候，他写了一首诗："金尊廿四入云中，挽臂双双架飞虹，铁树千株枝藤茂，蟠龙九曲傲苍穹。"吴老师在书法楹联上也颇有造诣，民工食堂门口的对联为证，上联是"煎炒烹炸敬四座"，下联是"蜀鄂冀豫亲一家"，横批"昌裕和谐"。

吴总认为，建筑在不同人眼里有不同的含义。他酷爱乒乓球运动，并引用球友的话说：乒乓球在外交家的眼里是外交；在政治家的眼里是政治；在营销人员的眼里是商机；在球友眼里是友谊。在老百姓的眼里，建筑是自己的窝；在建筑师的眼里建筑是艺术；在史学家的眼里建筑是历史。而在我们建设者的眼里，建筑是自己的汗水、心血和梦。

有关故宫：故宫认为，建筑是未来历史的再现。我实际上不是很明白这句话的意思，就像以前不明白建筑语言真的可以交流一样。我应该是在7岁半，刚上小学时第一次到故宫。进故宫的程序很不规矩，是在一个大人的棉猴或者是一件呢子军大氅里裹进去的。我钻出来的时候，已经到御花园了。至于那时的记忆，除了在高高的灰色宫墙下行走，就是听大人在讲宫里的鬼故事。这个晚上，正好是他们说的那种夜深人静的时候。说这个时候，珍妃就会出来跳舞，但看不见脸。也就在这个时候，还会招来一两个飞贼，在琉璃瓦上留下嚓嚓的响动。我进故宫的目的实际和飞贼差

不多，想偷回去一块黄琉璃瓦，放在我家屋脊养鸽子。但此时此刻只有怕，我哪儿都不敢去，尿流在裤裆里，耳朵眼儿灌满了一只老蛐蛐缓慢又绵长的鸣叫。

有关刘自明：实际我们早就相识了，只是不太理会。他的名字，还是爷爷给起的。打小到大，好长时间没有注意到他，直到我 20 多岁写小说以后，开始了交道。最深的一次是在怒江，他来考察怒族、傈僳族的房屋建筑。我是闲逛，一个地道的穷流浪汉，但我读过几年建筑，就有了一些交流。这个人有点神经兮兮的，背着个破包比我的形象强不了哪去。走路他可厉害，从县城一天就能爬到石月亮下边的傈僳族村寨。阅读量很大，啥书都读，是个杂家。聪明，看见新鲜的不管国籍，趸来就用。他在这本书中的所谓十四行诗，是我第一次看到，不敢苟同。他自己有关建筑学的著作，我至今一本没瞧见。说他是北京人，可在城里的时候少，好像天南地北都是他的家。到目前为止，他已经转遍了西北、西南的 36 个少数民族。这人有庞杂混乱矛盾的建筑学理论观点，有时像大师，有时像玩童。有厚重的中国古诗词底子，有轻薄近似疯狂的想象力。烧过锅炉，当过建筑工人，曾经号称自己是建筑诗人。他说，建筑是诚实的沉思。

有关厕所：可能这角色一直在我的意识之下潜藏，有那么一天友人带来一个设计厕所的外国设计师，我才恍然大悟。这个角色的缺失，意味着人类无地自容。厕所认为，建筑是一种轻松。

到我曾哲发言的时候了：建筑是生命闲暇和时光剩余的仓库。建筑是京剧唱腔中的西皮。京剧

西皮包括导板、慢板、原板、快板、流水、散板、摇板等板式。西皮高亢刚劲、活泼明快。

听一段京剧《三击掌》：

王宝钏（白）慢说是爹爹之命，就是皇王旨意，也难更改。

王允（白）儿就该掌嘴。

（**西皮慢板**）

小奴才说此话全然不想，

不由得年迈人怒满胸膛。

你大姐配苏龙户部执掌，

你二姐配魏虎兵部侍郎。

唯有你小冤家性情倔强，

千金女配花郎怎度时光？

王宝钏（**西皮慢板**）

老爹爹说此话全不思想，

细听着孩儿说端详：

秦甘罗一十二身为宰相，

姜子牙八十二才遇文王。

你莫道薛平贵他花郎模样，

贫穷人发迹比富还强。

王允（**西皮原板**）

薛平贵生来命运低，

每日里在长街去讨食。

半截褴衫罩不住身体，

遮住东来露着西。

王宝钏（**西皮原板**）

昔日里有一个孟姜女，

她与那范郎送寒衣。

哭倒了长城十数里，

至今留名万古题。

王允（**西皮原板**）前朝事儿，（**西皮流水板**）休提起，千金怎为花郎妻？

王宝钏（**西皮流水板**）昔日韩信曾受困，登台拜帅落美名。

王允（西皮流水板）既知前朝韩元帅，未央宫死的是什么人？

王宝钏（西皮流水板）未央宫死的是韩信，可知那张良与苏秦？

王允（西皮流水板）沈宏也会把亲退，另配姻缘为何情？

王宝钏（西皮流水板）沈宏虽然把亲退，他乃是不义不肖人。

王允（西皮流水板）要退要退偏要退。

王宝钏（西皮流水板）你不能不能万不能。

王允（西皮流水板）两件宝衣来脱下。

王宝钏（西皮流水板）再与爹爹把话明。（白）请问爹爹，这两件宝衣，是哪里来的？

王允（白）乃是圣上所赐。

2007年建筑的理性设计与实施国际论坛，3月30日上午在北京国际饭店召开。我隐隐约约感觉，这次的大会主题是有针对性的。针对什么？还真闹不明白。

我在电脑上观看直播。首页文字赫然：建筑业的快速发展，给各个城市带来了空前的繁荣；在与城市的融合中，有的建筑成就永恒的音符之美，有的却沦为钢筋混凝土的庞然怪物。究其原因，巨大的经济利益诱惑、激烈的招投标竞争和紧张的工期使不少开发商、业主、设计师或承建商偏离了建筑的理性轨道。不顾地域和人文环境差异的"炒作"、盲目的标新立异、建造过程中的偷工减料、

材料的张冠李戴、炫目的外观和拙劣的功能的反差……都是建筑上的非理性之举，而且有愈演愈烈之势。面对目前建筑业的浮躁，每位有责任心的建筑业界人士，都必须时刻保持清醒的头脑，用理性的思维创造建筑精品。

建筑和宗教密不可分，而现代建筑尤其后现代建筑与宗教距离更远了一些。把希望寄托于他人或虚幻，不如依赖自己进行更理性的思维。朋友讲故事了：某人在屋檐下躲雨，看见观音正撑伞走过。这人说："观音菩萨，普度一下众生吧，带我一段如何？"

观音说："我在雨里，你在檐下，而檐下无雨，你不需要我度。"这人立刻跳出檐下，站在雨中："现在我也在雨中了，该度我了吧？"观音说："你在雨中，我也在雨中，我不被淋，因为有伞；你被雨淋，因为无伞。所以不是我度自己，而是伞度我。你要想度，不必找我，请自找伞去！"说完便走了。

第二天，这人遇到了难事，便去寺庙里求观音。走进庙里，才发现观音的像前也有一个人在拜，那个人长得和观音一模一样，丝毫不差。这人问："你是观音吗？"那人答道："我正是观音。"这人又问："那你为何还拜自己？"观音笑道："我也遇到了难事，但我知道，求人不如求己。"

在这个论坛上，有我认识的北京建筑设计艺术研究院总建筑师胡越，他的演讲题目是《工作系统的设想》；也有在文字里和建筑阅读上熟悉的中国建筑设计研究院副院长兼总建筑师崔恺，他的题目是《在本土中若隐若现 ——关于地域建筑设计的思考》。

第一个演讲嘉宾是深圳市建筑设计研究总院院长兼总建筑师孟建民。他的《互动设计》给我启发。

今日中国的"互动"一词出现率很高，我为什么不和被采访者互动一下。比如：和"水立方"的中方设计师赵小钧见了面，我要写对他的感受，那么他也要把他对我的感受写出来。这不仅是表面的互动，而是采访者和被采访者双方平等的对应效果。双方的印象同时放在书中，交给读者进行阅读审视体验，这是一个不错的想法。若是我和一位位被采访者都能做到这点，规划在文章中，应

该说是报告文学的一种尝试。

BCIASIA 主席在这个大会的开幕词中说："我们看出中国已经取得了非常持续性的发展，特别是在过去十年里，这在历史上是前所未见的。建设速度已经成为在经济增长速度当中非常重要的亮点，在不到五年时间内，中国的建筑市场已经成为全世界最大的建筑市场。但是为此我们付出了什么样成本呢？现在有一些交付时间的限制，很多无效的规划导致了大量丑陋建筑形成，更主要在环境上没有办法实现可持续发展。有一些设计，大家看到简单地模仿外国的一些建筑，它没有考虑到当地、气候、文化方面独特性的因素。另外一些建筑呢，许多寻求一种外表的一些突兀性，没有把环境和经济的因素，还有长期的经济和环境可持续性考虑进去。这些问题有什么样共性呢？就是说它们缺乏一些理性，它们单纯地追求一些短期的利益，或者是两者的兼顾。"

关于白天仓：三位一体的神话人物。白泽既然能使邪恶现形、趋吉避凶，人们就将它的形貌使用在日常物品上，有白泽旗帜、白泽枕头等等。他和掉了脑袋还能骁勇善战的刑天仅仅一连手一接触，血管就已经沟通。将中国神话人物合一，以相互佑。与此同时，他们就成为更具现代性的人物。可我觉得不够，就再加入造字的仓颉吧，三位一体。《淮南子·本经训》里有颂："仓颉作书而天雨栗，鬼夜哭。"他仨各取一字，白天仓就诞生了。他认为建筑，是一个在常羊山下的神话造字故事。

建筑是造字？是在大地上书写的文字？是写给宇宙观看的文字？这一说法让我异想天开。假如一幢建筑是一篇文字的话，地球外的生命会在太空俯瞰阅读。建筑的语言就可以与之交流，把地球上的信息传达。这么看建筑的功能，不仅仅只是居住、运动、景观了……

人类在建筑上的问题，一直在提醒人类的发展方向。那天我正在蹲厕所，听到新闻：国内某座古城的城墙有四百年的历史了，在某一天的修整中发现，是"豆腐渣工程"。建筑行业的偷工减料者，一定在偷偷摸摸地笑。这些承上启下的××，心安理得了吧？！心安理得吧，空子总是有的，缝子也是不可避免的。建筑，会得心应手地把它使用起来。后来也听说某某桥梁坍塌，某某纪念碑墙溃散。有一说：桥梁、广场、纪念碑、纪念塔等，不能算是建筑，那么桥梁建筑美学该放在哪里？若如白天仓所说，建筑是在大地上的造字，桥梁可以是感叹号、省略号；纪念碑可以是逗号、顿号。

友人偶得20世纪40年代初出版的《书学》合订本，拿来与我共享。主编是商（承祚，为清代最后一名探花商衍望次子）、沈（子善）、朱（锦江，是胡小石书法弟子），文信书局印行。四年间共出了五期，每期价格：湘纸25元，川纸16元，为32开本，仅出五期，第三期起由沈子善主编。书中撰文者多艺文学究书论大家，陈立夫的发刊词洋洋洒洒，戴季陶的文字鞭辟入里，还有沈子善、沈尹默等等之大作。《书学》首期于1943年7月发刊。胡小石文章《中国书学史绪论》里居然谈到了建筑，更让我吃惊的是居然谈得那么好：

建筑：中国建筑，不如西方之可持久，若埃及，若希腊，皆有数千年之建筑遗留至今，殷周之明堂灵台，固无寸址可寻，即秦汉之阿房未央，吾尝吊其故墟，亦惟见荒烟蔓草耳。今中国最伟大之古建筑物者，皆推万里长城，以为建于秦始皇时，实则今之长城，东起山海关，西迄嘉峪关，皆明初防蒙古所造之边墙。秦之长城，其地盖尚远在明城之北数千百里。盖以砖造城，其起甚迟，今之北平城为明成祖永乐中所造，元时北平之大都城，尚用土筑，其材取之涿州，此事详见缪氏《艺风堂文集》辽金元明京城考。赫连勃勃在河套造统万城，蒸土筑之，锥入一寸，便杀筑者。蒸土恐系以土和他物为之，若后人之参糯汁。又今洛阳以西，筑城尚多用土，旅行西北者犹可时时见之。今之所谓台城，人以为即梁武饿死其下者，实非也，此为明初筑南京城时错出之一段。以砖筑城，当始于宋，以之筑室，当广于明，平时所见汉晋古砖，大率皆冢墓中物耳。中国建筑，所以不能持久者实以取材多为土木，土则畏水，木则畏火，偶值骤变，则千门万户之观，一旦悉为灰尘，言建筑史者，仅能于古图书中想见之耳。现存建筑之较古者，当属石阙及塔。如河南嵩山之太室少室二阙，川西之高颐冯焕诸阙，并出汉代。塔之最早者，盖起三国赤乌，北朝及唐，亦多有存者。近如栖霞之隋塔，牛首东山之晚唐塔，皆未全毁，若灵谷寺中之无量殿，世以为梁代物，实不过明仿印度所制而已，塔制出自印度，佛寺造石室，其制亦然。石窟之古者，见于甘肃之邠州及敦煌，山西之大同云冈，河南之洛阳龙门，其时代最先者，出于元魏，实皆取法印度，今孟买东北安疆达之大石窟，规模宏巨，可资参较。此数者以取材料于砖于石，故保存持久。

对胡小石先生文字的舒适阅读，令我疑虑：假若文字是一座建筑的话，胡适首先倡导的中国白话文运动，会不会是一场糟糕的兴建或者说是一个美丽的错误？马上我又听到了设计学者的话：白话文革命，给当代中国城市和景观建设以许多启迪。倡导创造白话的城市和白话的景观。尊重平常，回到人性，回到土地与地方性，以获得当代中国人的民族身份，重建人地关系的和谐。

90多年，快一个世纪了，客观的社会现实还没有给予应有的裁定。

法国建筑设计师安德鲁设计的北京某建筑，总投资概算为26.88亿人民币，他的事务所竟然得到了总造价的百分之十一。而若是国内的建筑设计事务所，所得仅仅百分之三到百分之四。

只为补遗嘛。用我的一首小诗，作为全文的结束：

抓紧时间去跟建筑交谈吧

你不要以为它没有生命

在那里静悄悄发愣

它的骨头渗透的不是红色的血浆

渗透弥漫出一个蔚蓝色背景

在你的脊梁、肺腑和退化的尾巴根

坠落的星星敲打着欢喜的哀鸣

小心翼翼地去删除放大缩小打开

翻转打开好自己折叠的身影

打开你充满病毒的信箱

让符号让数字让劳苦和从容

让血汗让目光让笑颜和欢腾

焊接公开成一个长长的记录

宣告你我心脏解开了纽扣和拉锁衣领

畅通透明的血管公演搭桥的过程——背过身

去细细倾听

2007年3月27日初稿

2007年5月29日于北京香山别墅二稿

本书中照片均为曾哲摄。

参考文献

1．商承祚、沈子善、朱锦江主编：《学书》（合订本），文信书局印行，1943 年。

2．中国戏曲研究院：《京剧丛刊·第十集》，新文艺出版社，1953 年。

3．（唐）欧阳询撰：《艺文类聚》，中华书局，1965 年。

4．萧乾著：《北京城杂忆》，人民日报出版社，1987 年。

5．宗白华著：《美学与意境》，人民出版社，1987 年。

6．古向阳、张月中、何惠琴、李宁辑注，康棣华主编：《北京名胜楹联辑注》，北京出版社，1988 年。

7．马国馨著：《丹下健三》（国外著名建筑史丛书），中国建筑工业出版社，1989 年。

8．刘啸编：《圣贤语录与文化现象》，中国青年出版社，1989 年。

9．《邓小平文选》（第二卷），人民出版社，1994 年。

10．〔美〕苏珊·泽凡著，周榕译，朱迪斯·瓦茨摄影：《走入建筑》，三联书店（香港）有限公司，1997 年。

11．刘钧杰著：《同源字典再补》，语文出版社，1999 年。

12．李泽厚著：《己卯五说》，中国电影出版社，1999 年。

13．《北京百科全书》总编委会主编：《北京百科全书》，奥林匹克出版社、北京出版社，2001 年。

14．庞维坡编：《建筑装饰绘画基础——素描色彩》，科学出版社，2002 年。

15．（汉）许慎撰：《说文解字》，中华书局，1963 年。

16．高毅存主编：《奥运会城市的场馆规划与设计》，中国建筑工业出版社，2003 年。

17．〔美〕亨德里克·威廉·房龙原著，谢伟编译：《房龙讲述建筑的故事》，四川美术出版社，2003 年。

18．〔英〕布莱恩·劳森著：《空间的语言》，中国建筑工业出版社，2003 年。

19．〔美〕阿摩斯·拉普卜特著，常青、张昕、张鹏译：《文化特性与建筑设计》，中国建筑工业出版社，2004 年。

20．潘运告主编：《清人论画》，湖南美术出版社，2004 年。

21．〔日〕重石晃子编，顾莉超译：《绘画色彩基础教程》，中国青年出版社，2004 年。

22．杨昆编：《绘画技法 1：色彩》，天津杨柳青画社，2004 年。

23．〔意〕布鲁诺·塞维著，席云平、王虹译：《现代建筑语言》，中国建筑工业出版社，2005 年。

24．〔日〕松永安光编著，小山广、小山友子译：《世界著名建筑 100 例》，中国建筑工业出版社，2005 年。

25．〔意〕布鲁诺·塞维著，张似赞译：《建筑空间论：如何品评建筑》，中国建筑工业出版社，2006 年。

26．孙立人著：《游移与转化》，广西师范大学出版社，2006 年。

27．《新华文摘》，2006 年第 4 期。

28．王英健编著：《外国建筑史实例集Ⅲ》（西方近代部分），中国电力出版社，2006 年。

29．《建筑师》，2006 年第 7 期。

30．〔美〕扬·温纳著，陈维明、马世芳译：《列侬回忆》，广西师范大学出版社，2006 年。

31．侯伟、陈虹著：《静物色彩——绘画基础教学训练》，广西美术出版社，2006 年。

32．王其钧著：《后现代建筑语言》，机械工业出版社，2007 年。

33．《时代建筑》，2007 年第 3 期。